클레브 공작부인

클레브 공작부인

라 파예트 부인 지음 | 김인환(이화여대 명예교수) 옮김

좋은 책 좋은 독자를 만드는 -
㈜신원문화사

차 례

제1장 • 9

제2장 • 69

제3장 • 127

제4장 • 192

작품 해설 및 작가 연보 • 257

클레브 공작부인

제1장

 앙리 2세 성대(聖代) 말경만큼 호화찬란하고 우아했던 시대는 일찍이 이 프랑스에 없었다. 국왕은 매우 우아하고, 그 자태도 유려할 뿐 아니라 연상의 여인과 연애마저 하고 있었다. 발랑티누아 공작부인, 즉 디안 드 푸아티에에게 처음 가슴을 태우게 된 것이 벌써 20년 전의 일이었지만, 그 여인에 대한 총애는 유난스러웠다.

 국왕은 모든 운동에 능숙했기 때문에 그것을 큰 행사로 삼고 있었다. 그래서 매일 사냥, 테니스, 발레, 나아가서는 마상 투창 등의 놀이가 열리곤 했다. 그 때마다 발랑티누아 공작부인이 좋아하는 빛깔의 물건이나 공작부인 이름의 대문자가 어긋나게 맞춰진 장식들이 보였다. 공작부인은 혼기를 앞둔 손녀 라 마르크와 함께 온갖 치장을 하고 그 자리에 나타나곤 했다.

카트린 드 메디시스 왕비가 이 자리에 왕림했기 때문에, 이러한 귀부인들의 참석도 허가된 셈이었다. 왕비는 젊진 않았지만, 그래도 여전히 아름다웠다. 그녀는 장대(壯大)한 일과 호화스러운 것들, 거기다가 놀고 즐기는 것을 좋아했다. 국왕이 그녀와 결혼을 한 것은 아직 오를레앙 공이라 불리어지던 시절이었으며, 형 프랑수아 드 발루아 왕세자가 살아 있을 때였다. 왕세자는 그 출생으로 보든지, 뛰어난 성품으로 보든지 간에 부왕(父王) 프랑수아 1세의 뒤를 잇기에 마땅한 사람이었으나 그만 투르농에서 세상을 하직하고 말았다.

왕비는 대망지인(大望之人)으로서, 국정에 참견하기를 좋아했다. 발랑티누아 공작부인에 대한 국왕의 애착도, 왕비는 있을 수 있는 일이라고 보아 넘기며 질투하는 내색조차 없었다. 그러나 원래 여간해서는 본심을 남에게 보이지 않는 사람이었으므로, 곁에 있다 하더라도 아무도 그녀의 참마음을 알아차릴 수는 없는 일이었다. 게다가 그녀는 발랑티누아 공작부인에게 빠져 있는 국왕을 곁에 붙들어 두기 위해서는 발랑티누아 공작부인을 자기편으로 만들어야 한다고 생각했다. 국왕은 여인들과 무분별한 교제를 나누었으며, 별로 마음에 들지 않는 부인들과도 교제를 했다. 그러므로 매일 왕비 방으로 궁정 사람들이 모이는 시간이 되면 찾아와서는 여간해서는 나가려고 하지 않기 일쑤였는데, 사실은 그 방의 남녀들이 모두 아름답고 출중한 사람들이었기 때문이었다.

그 때만큼 프랑스의 미남미녀가 궁정에 총집합한 적은 일찍이 없었다. 이는 마치 대자연의 조물주가 인간에게 줄 수 있는 가장 아름다운 것을 이들 귀부인이나 귀공자들에게 바치면서 이를 즐기고 있는 듯했다. 우선 엘리자베트, 나중에 스페인 왕비가 된 이 왕녀는 그 놀랄 만한 재기와 훗날 그녀에게 불행을 가져다주는 원인이 된 그 절세의 미모를 차츰 드러내고 있었다. 스코틀랜드의 여왕이자 프랑수아 왕세자(앙리 2세와 카트린의 맏아들—옮긴이)와 결혼한 지 얼마 안 되는 메리 스튜어트는 궁정에서 왕세자비라 불리어지고 있었는데 재기나 용모, 그 자태로 보아 나무랄 데가 없는 여인이었다. 프랑스 궁정에서 자랐기 때문에 궁정 안의 우아함은 모조리 몸에 지니고 있었고, 더구나 미술·문예에 선천적인 자질이 있었으므로 아직 젊은데도 불구하고 그 방면에 누구보다도 정통했다. 시어머니인 왕비와 시누이인 공주들도 같이 시·연극·음악을 즐겼다. 선왕 프랑수아 1세의 문예 취미가 아직도 프랑스를 풍미하고 있었던 것이다. 그리고 프랑수아 1세의 뒤를 이은 앙리 2세는 운동 경기를 좋아했으므로, 궁 안에는 문무(文武)의 즐거움이 모두 모여 있었지만 궁정을 가장 화려하게 만든 것은, 뛰어난 재능을 가진 왕후 귀족들이 구름떼처럼 모여들었다는 점이었다. 그들은 이 시대의 자랑거리였다.

나바르 왕(카트린의 막내딸인 마르그리트와 결혼한 앙리 드 부르봉—옮긴이)은 그 몸이 나면서부터 지닌 높은 지위와 그 몸에 갖춘 당당한 위풍으로 인해 만인의 존경을 받고 있었다. 자신도 용장(勇將)이기는 했지만, 경쟁자인 기즈 공작에게 뒤져서는 안 되겠기에, 기즈 공작과 함께 위험한 장소로 쳐들어가 일개 병졸이 되어서 싸운 전력도 몇 번인가 있었다. 기즈 공작은 몇 가지 눈부신 무훈을 세우고 혁혁한 전과를 거둔 사람으로서, 무장이라면 누구든 그를 선망의 대상으로 삼는 것은 당연한 일이었다. 기즈 공작은 무용(武勇)뿐만 아니라 다른 뛰어난 자질도 겸비하고 있었다. 넓고 깊은 이해력과 고귀한 정신을 가지고 있었으며, 전략을 세우는 데도 정략(政略) 못지않게 뛰어난 수완을 보여주었다. 기즈 공작의 동생 로렌 추기경은 예민한 두뇌와 훌륭한 설교, 거기다가 학문의 깊은 뜻을 깨닫고 차츰 비난의 대상이 되기 시작한 가톨릭교를 그 학식으로 옹호하여 더욱더 중요시된 인물이었다. 마찬가지로 기즈 기사는 나중에 대수원장(大修院長)이라고 불리어진 사람으로, 누구나 다 좋아하던 귀공자였다. 용모도 수려하고, 재치와 재간이 있었으며, 더욱이 그 무(武)의 명성은 전 유럽에서 모르는 사람이 없었다. 콩데 대공은 몸집은 작았으나 고매한 정신과 절세미인들의 눈에도 호감이 가는 총명함을 갖고 있었다. 느베르 공도 혁혁한 전공과 요직을 역임한 빛나는 생애를 갖고 있었으며, 이제 사십 고개를 넘었으나 궁정에서는 인기가 떨어지지 않고 있었다. 느베르 공에게는 아들이 세 명 있었는데 셋 다 미남자였으며, 특히 차남 클레브 공작은 용감하고 호방하며, 더욱이 그 젊음에 비해서는 신중한 성격으로서 영광된 이름 그 자체였다. 샤르트르 대공은 친왕께서 그 가명(家名)을 친히 부르시는 만큼 명문 가문인 방돔 가의 후예로서 무도(武道)와 풍류에도 한몫하는 사람이었다. 미남이면서 애교가 있었으며, 용감하고 활달하기까지 했다. 그러므로 만약 느무르 공과 비교할 수 있는 사람이 있다고 하면 우선 이 샤르트르 대공을 내세울 수밖에 없을 것이다. 사실은 이 느무르 공이야말로 대자연의 조물주가 만든 걸작 중의 걸작이었다. 이 느무르 공에게서 좀 꺼림칙하게 생각되는 점이 있다면, 그가 더없이 아름답고 단정한 모습의 귀공자라는 점이다. 느무르 공이 다른 귀공자들을 능가하는 것은 그 용기와 더불어 얼굴이나 동작이나 재치 있는 말 속에 넘쳐흐르는 그 독특한 애교일 것이다. 그는 남녀를 불문하고 호감을 갖게 만드는 쾌활함을 갖고 있었고, 어떤 운동 경기에도 능숙했으며, 옷차림은 그 누구도 흉내를 내지 못할 만큼 세련되었다. 요컨대 일단 그가 나타나기만 하면, 그의 일거수일투족을 지켜보고 싶게 만드는 점을 타고난 것이었다. 궁정의 부인들 중에 느무르 공과 눈길이 마주칠 때 가슴이 설레지 않는 여인은 없었으며, 그의 사랑 고백을 단칼에 거절했노라고 자랑할 수 있는 여인도 없었다. 그뿐만이 아니라 느무르 공은 그런 눈치를 내보이지 않았는데, 혼자 애태우는 여인도 몇 명 있었다. 원래 느무르 공은 상냥한데다 호색한이기도 해서 자신을 사모하는 여자들을 거절하는 것도 한두 번이지, 때로는 아는 체를 안 할 수가 없었다. 그러므로 그에게는 몇 명의 여인이 있었으며, 그 중 누구를 사랑하고 있는지를 맞추어 보기란 보통 일이 아니었다. 느무르 공은 자주 왕세자비 메리 스튜어트를 찾아갔다. 왕세자비의 아름다움과 상냥함, 누구에게나 친절히 대하려는 마음가짐, 더욱이 느무르 공에게 베푸는 특별한 호의로 보아, 그가 왕세자비를 사모하고 있다는 추측도 생길 법했다. 왕세자비의 작은아버지인 로렌 추기경은 조카딸의 국혼(國婚)에 의하여 자기 가문의 권세를 더하고, 성망(聲望)을 높이기에 이르렀다. 기즈 가문의 야심은 친왕에 못지않은 지위를 차지하여 몽모랑시 수석 원수가 쥐고 있는 권력을 나누어 갖고자 하는 것이었다. 국왕은 몽모랑시 원수에게 대부분의 국정을 맡기고, 기즈 공작과 생탕드레 대장을 총신(寵臣)으로 삼아 특별히 대우를 받고 있었다. 하지만 그러한 특별한 대우를 받고 국왕을 보좌하고 있는 측근이라 하더라도 현재의 지위를 유지하려면 싫든 좋든 발랑티누아 공작부인의 비위를 맞출 필요가 있었다. 공작부인은 이제 젊지도 예쁘지도 않았지만 국왕을 좌지우지하고 있는 터이므로, 사실상 국왕의 실권은 그녀가 쥐고 있다고 해도 과언이 아니었다.

몽모랑시 원수를 좋아했던 국왕은 즉위하자마자 선왕 프랑수아 1세의 명령으로 귀양을 간 그를 불러 올렸다. 이리하여 궁정은 기즈 형제 일파와, 친왕들이 미는 원수 일파로 나뉘었는데, 두 파 모두 발랑티누아 공작부인을 자기편으로 끌어들이려고 애썼다. 기즈 공작의 동생인 도말 공이 공작부인의 딸을 아내로 맞이했기 때문에, 원수 쪽에서도 국혼을 통한 인척 관계를 맺고자 했다. 그런데 원수는 이미 본처 소생인 장남을 디안 왕녀와 혼인시킨 뒤였다. 디안 왕녀는 그녀를 낳자마자 곧 수녀가 되어 버린 피에몽의 어느 귀부인과 국왕 사이에서 생긴 왕녀로, 원수에게는 이런 흐릿한 인척 관계가 도무지 탐탁치가 않았다. 그리고 이 결혼은 몽모랑시가 왕비의 시녀였던 피엔느와 약혼 비슷한 것을 했다고 해서 일이 꽤 복잡했었다. 그 때 국왕은 친히 이 분규를 해결해 주었다. 하지만 원수는 발랑티누아 공작부인의 지지를 얻고, 그녀에게도 차츰 불안의 씨가 되기 시작한 기즈 가문을 그녀와 떼어놓지 않는 한 도저히 안심을 할 수가 없었다. 공작부인은 왕세자와 스코틀랜드 여왕의 결혼을 가급적 연기하려고 했다. 미모와 재기를 갖춘 이 여왕의 결혼으로 인하여 기즈 가문이 더욱더 높아질 것을 생각하니 견딜 수가 없었던 것이다. 공작부인은 유독 로렌 추기경을 싫어했다. 추기경은 공작부인에게 가시 돋힌 말을 할 뿐만 아니라, 경멸하는 것 같은 말투조차 썼고, 왕비와 특별히 가까운 사이였다. 원수는 지금이 바로 공작부인의 환심을 살 기회라고 생각하고, 차남 당빌 경과 발랑티누아 공작부인의 손녀 라 마르크를 혼인시키려 했다. 몽모랑시 원수는 장남을 결혼시킬 때와는 달리 차남 당빌 경의 마음속에 다른 뜻이 있으리라고는 생각하지 않았다. 그러나 당빌 경은 왕세자비를 미칠 듯이 사모하고 있었다. 처음부터 이 사랑에 큰 기대를 걸고 있었던 것은 아니지만, 그렇다고 해서 다른 어떤 여성에게 마음을 줄 생각도 없었던 것이다. 궁정 안에서 무당무파(無黨無派)인 사람은 생탕드레 대장 정도였다. 총신이기는 했지만, 총애하여 대우하는 것은 대장의 인격과 관계가 있는 일이었다. 국왕은 왕세자 시절부터 이 대장을 좋아했고, 그 뒤 아직 출세 따위는 생각할 나이가 아닌데도 대장으로 승진시킨 것이다. 이러한 은총으로 대장은 인기를 모으고 있었으나, 그 빛나는 지위를 온갖 치장을 한 향연, 정교함이 극에 달하는 온갖 세간 등 평범한 사람들은 꿈에서도 볼 수 없는 호사스런 생활로 보내고 있었다. 대장의 이런 사치는 국왕의 용인을 받아 국고에서 지출되는 것이었다. 국왕은 마음에 드는 사람이라면 아무리 무분별하다 해도 지출을 싫어하지 않았다. 물론 국왕은 모든 장점을 갖추고 있던 것은 아니지만, 몇 가지는 갖고 있었다. 특히 전쟁을 좋아하는 것과 전쟁 이야기를 듣기 좋아하는 일 따위가 그것이었다. 그러므로 대승리를 거둔 적이 많았고, 생캉탱 전투를 빼놓고는, 문자 그대로 연전연승이었다. 랑티에서는 스스로 싸워 이기고, 피에몽도 정복했다. 다만 생캉탱 전투에서만은 프랑스 제국의 전 병력을 모아 포위 공격했음에도 불구하고, 메스의 성시(盛市)를 눈앞에서 보면서도 자기의 행운이 헛되이 사라져 가는 것을 목격해야만 했다. 생캉탱의 패전 후, 프랑스의 정복욕은 쇠퇴하기 시작했고, 그 뒤는 승패 반반이란 형세가 되었으므로, 두 나라 군주 사이에는 어느덧 화평의 분위기가 조성되기 시작했다.

왕세자가 결혼할 무렵에는, 선대(先代) 로렌 공의 미망인이 이미 화평을 청하고 있었다. 그 때부터 화평 교섭이 계속되다가, 겨우 강화 회의 개최지로 아르투아 주의 케르콩이 선택되었다. 이 자리에는 국왕 대신에 로렌 추기경과 몽모랑시 수석 원수, 그리고 생탕드레 대장이 참석했다. 스페인의 펠리페 2세 쪽에서는 알바 공과 오렌지 대공(大公)이 대표자였다. 그리고 로렌 공과 어머니인 로렌 공작부인이 조정 위원이 되었다. 강화의 주된 조항은 엘리자베트 왕녀와 스페인 왕세자 돈 카를로스의 결혼(결국 왕녀는 왕세자가 아니라 왕과 결혼했다 — 옮긴이), 왕의 여동생과 사보아 공의 결혼 문제였다.

이 교섭이 진행되는 동안, 국왕은 국경에 머물러 있었는데, 때마침 영국 메리 여왕의 부고를 받게 되었다. 국왕은 영국의 왕위를 잇게 될 엘리자베스 여왕에게 랑당 백작을 보내어 축하의 말을 전했다. 새 여왕은 프랑스의 사자(使者)를 기꺼이 맞이했다. 자신의 권위가 아직 공고하지도 않은 터에, 외국의 국왕으로부터 인정을 받는 것은 유리한 조짐이 되리라 생각했기 때문이다. 랑당 백작은 엘리자베스 여왕이 프랑스 궁정의 사정이나 여러 인물들의 성격을 자세히 꿰뚫고 있다는 것을 알았다. 특히 느무르 공의 명성에는 감격하고 있다는 듯 느무르 공의 일을 몇 번이나 말했으므로, 랑당 백작은 귀국해서 귀환 보고를 올릴 때, 느무르 공이면 엘리자베스 여왕에게 무엇을 부탁하더라도 윤허가 안 될 것이 없으며 여왕의 지금 심정이라면 프랑스의 느무르 공과 결혼하는 일조차도 불가능할 것이 없다고 말했다. 국왕은 그날 밤 당장 느무르 공에게 그 말을 꺼냈다. 국왕은 랑당 백작으로 하여금 엘리자베스 여왕과의 대담을 자세히 이야기하도록 한 뒤에, 한번 큰 도박을 해보는 것이 어떻겠냐고 공작에게 권했다. 농담으로 받아들이고 있던 느무르 공작은 그것이 진담인 것을 알게 되자 이렇게 말했다.

"만일 제가 이 꿈과 같은 계획을 가슴에 안고 바다를 건넌다 하더라도, 그것은 단지 폐하의 말씀을 따르기 위해, 폐하께 유리하다고 생각하기 때문에 그런 것입니다. 계획대로 성공한다고 해도, 이 세상에서 납득할 때까지는 이 일을 비밀로 해 주시기 바랍니다. 저를 한 번도 보신 일조차 없는 여왕께서 소문만 들으시고 저에게 정을 보내시어 결혼을 하려 하신다고 이 편에서 주장을 한다면, 자만심으로 가득 찬 사나이로 알고 웃음거리가 될 것이 뻔하기 때문입니다."

국왕은 원수 이외에는 입 밖에 내지 않겠노라고 약속했다. 이 혼담을 성공시키기 위해서는 비밀로 해두지 않으면 안 된다고 생각했기 때문이다. 랑당 백작은 여행이라는 명목으로 영국에 가는 것이 좋겠다고 권했으나, 느무르 공작은 좀처럼 결심을 할 수가 없었다. 그래서 우선 자신이 아끼는 부하인 리뉴롤이라는 재치 있는 젊은이를 먼저 보내서, 여왕의 의중을 떠보고 교섭의 실마리를 잡기로 했다. 그리고 이 여행의 결과가 나타나기까지 느무르 공 자신은, 스페인 왕과 함께 브뤼셀에 머물고 있는 사보아 공작을 만나러 갔다. 메리 여왕의 죽음은 화평 교섭에 큰 지장을 가져와, 회의는 11월 말에 결렬되고 국왕도 파리로 돌아왔다.

그 때 궁정에 한 미인이 나타나서 주목을 끌었다. 미인이 가득한 이런 궁정에서도 눈에 띄는 미인이라면 그야말로 완벽에 가까운 미인일 것이다. 그런데 그녀는 샤르트르 대공과 같은 가문 출신으로서, 프랑스에서는 몇 안 되는 훌륭한 후계자가 될 아가씨였다. 아버지를 일찍 여의고 미망인 샤르트르 부인의 손에서 애지중지 자라났는데, 어머니인 샤르트르 부인 또한 희대의 미인이자 숙덕(淑德)이 높고, 재능이 풍부한 것으로 이름난 여인이었다. 그녀는 남편이 죽은 뒤로 궁정 출입을 하지 않고 오직 딸의 교육에만 전념했는데, 용모나 재지(才智)를 닦는 것뿐만 아니라 연애에 관한 교육도 빼놓지 않앗다. 세상 어머니들은 흔히 딸을 연애 따위에서 멀리 떼어두려면, 딸 앞에서 연애 이야기를 안 하기만 하면 된다고 생각하기 쉬운데, 반대로 샤르트르 부인은 딸에게 실제 연애 이야기를 들려주어 연애에는 즐거운 측면도 있지만 일생을 망치는 위험한 측면도 있다는 것을 알려주려고 했다. 남편에게 충실하지 않은 일, 거짓된 사랑 때문에 생기는 가정의 불행 따위에 관해서 이야기해 주는 한편, 정절을 지키는 여자의 일생이란 것이 얼마나 조용하면서도 만족스러운 것인지를, 더욱이 태생도 올바르며 아름다운 여자에게는 그 정절이 얼마나 인생의 빛을 더해 주는 바람직한 것인지를 가르쳐 주었다. 또한 이 정절이라는 것은 극기로 일관되어야 하는 일임과 동시에, 여자의 유일한 행복은 남편을 사랑하고 남편의 사랑을 받는 일임을 명심치 않고서는 그 정절이나 행복이 유지되는 것이 아니라는 것을 납득시켰던 것이다.

  이 무남독녀는 그 당시의 프랑스에서 손꼽히는 결혼 상대였기 때문에, 혼기가 되기 전부터 중매를 서는 사람들이 나타나곤 했지만, 샤르트르 부인은 자존심이 무척 강한 여인이었으므로, 그 어느 신랑감이든 부족하다고 생각했다. 그러다가 딸이 열여섯이 되자, 부인은 딸을 궁정으로 데리고 갔다. 궁 안으로 들어서자, 샤르트르 대공이 반갑게 맞아 주었다. 대공은 샤르트르 양의 아름다움에 깜짝 놀랐는데, 그것도 무리는 아니었다. 투명한 피부와 반짝반짝 빛나는 금발이 우선 다른 미인들과는 판이했고, 이목구비는 완벽하여 비너스 여신이 살아서 움직이는 듯했으며, 얼굴과 몸에서도 기품과 애교가 넘쳐흐르고 있었다.

궁정에 간 다음날, 이 아가씨는 세계 각국과 거래를 하는 이탈리아 사람들의 보석 상점에 들렀다. 이 보석 상점은 이탈리아 왕비를 따라 피렌체에서 온 사람이 개점을 한 곳으로, 장사가 날로 번창했다. 그리하여 처음에는 일반 주택에서 시작했으나 지금은 사람들이 줄지어 모여들어 마치 제후의 저택 같았다.

샤르트르 양이 상점에 있는 동안에 클레브 공작이 들어왔다. 클레브 공작은 샤르트르 양의 아름다움에 크게 놀랐고, 그 놀라움을 감출 도리가 없었다. 샤르트르 양도 자신을 보고 놀라는 것임을 알자 얼굴이 붉어졌다. 그러나 곧 침착성을 되찾고 꽤 지체가 높아 보이는 남성에게 정중하게 인사를 올렸다. 클레브 공작은 정신없이 샤르트르 양을 보았으나, 그녀가 누구인지는 알 수가 없었다. 그 말씨나 몸가짐, 또 시종들의 태도로 보아 훌륭한 가문의 아가씨란 것만 짐작할 뿐이었다. 나이로 보아서는 아직 소녀인 듯한데 그렇다고 어머니 같은 부인이 곁에 있는 것도 아니고, 가게 주인의 행동으로 보아 늘 오는 단골도 아닌 듯했으며, 마나님이라고 부르는 점에서 볼 때 어떻게 추측을 해야 좋을지 모른 채 그냥 멍하니 보고만 있을 뿐이었다. 공작은 다른 아가씨들은, 자신의 아름다움이 상대방에게 좋은 인상을 주었다고 생각되면 으레 기뻐하는 법인데, 이 아가씨는 자신의 시선을 받고 매우 난처해하고 있다는 것을 눈치챘다. 그리고 한시라도 빨리 이 자리를 피하려는 것도 자기 때문이 아닌가 하는 생각을 하는 찰나에 샤르트르 양은 황급히 가게를 나가 버렸다. 그리하여 그녀의 모습은 잃고 말았지만 그 대신 이 가게에서 그녀의 가문을 알아낼 수 있지 않을까 하는 기대를 걸었다. 하지만 그녀를 아는 손님은 없었고 주인도 아는 것이 하나도 없었다. 그러나 공작은 이 아가씨의 아름다운 자태와 그 고상한 몸가짐에 충격을 받아, 보통 이상의 연정과 흠모를 품게 되었다. 그날 밤, 공작은 왕의 여동생 마르그리트 공주를 찾아갔다.

마르그리트 공주는 오라버니인 국왕의 신망이 매우 두터웠고, 사람들의 존경을 받고 있었다. 그리고 이 두터운 신망 때문에 국왕은 공주를 사보아 공작과 결혼시킨다는 조약을 맺고, 평화를 유지하기 위해 피에몽을 돌려주는 것을 승낙한 것이었다. 공주는 줄곧 결혼하기만을 고대하고 있었지만, 한 나라의 원수가 아니면 결혼을 하지 않을 작정이었다. 당시, 아직 방돔 공작이었던 나바르 왕을 거절한 것도 그 때문이며, 전부터 사보아 공작 하나만을 희망하고 있었다. 프랑수아 1세와 교황 파울루스 3세가 니스에서 만났을 때, 공작을 문틈으로 엿본 이후로 마르그리트 공주는 사보아 공작을 사모하고 있었다. 공주는 워낙 재치가 있고, 문예·미술에도 일가견을 갖고 있었기 때문에 '온 궁정이 마르그리트 공주에게로 모인다' 던 때도 있었다.

클레브 공작은 여느 때와 마찬가지로 공주를 뵈었지만, 샤르트르 양의 매력과 아름다움으로 가슴이 벅차 있었으므로 딴 이야기를 할 수가 없었다. 오늘 만난 정체를 알 수 없는 미인에 관해 큰소리로 이야기하고 극구 칭찬하기를 그칠 줄 몰랐다. 마르그리트 공주는 공작이 말하는 사람이 누구인지 짐작이 안 간다며, 만약 그런 아가씨가 있다면 모두에게 알려졌을 거라고 말했다. 그런데 공주의 시녀이자 샤르트르 부인의 친구인 당피에르 부인이 그 이야기를 듣고 있다가, 공주 곁으로 가서 클레브 공작이 만난 아가씨는 샤르트르 양이 틀림없다고 귀띔을 해 주었다.

그제야 공주는 공작을 돌아보고, 내일 이 자리에 오면, 당신의 가슴을 설레게 한 그 미인을 만나게 해 주겠다고 말했다. 그 이튿날 샤르트르 양이 궁정에 도착하자, 왕비와 왕세자비로부터 뜻하지 않은 대접을 받았으며, 모든 사람으로부터 용모와 자태에 대한 칭송을 들었다. 귀에 들리는 말은 감탄하는 소리뿐이었다. 샤르트르 양은 그러한 찬사들을 품위 있고 겸허한 태도로 받아넘기고 있어서 마치 그녀의 귀에는 찬사의 소리가 들리지 않고 그 말이 그녀의 마음에 울리지도 않는다는 생각이 들 정도였다. 그녀는 왕의 여동생인 마르그리트 공주도 찾아가 인사를 올렸다. 공주는 샤르트르 양의 아름다움을 극구 칭찬하면서, 보석 가게에서 클레브 공작이 그녀를 보고 어떤 놀란 표정을 지었을까를 상상하며 이야기를 했다. 마침 그 때 이야기의 주인공인 클레브 공작이 들어왔다.

"어서 오세요. 클레브 공작!"

공주가 말했다.

"내가 약속을 지켰는지 못 지켰는지를 보세요. 여기 있는 샤르트르 양을 보여 드리면, 당신이 보석 가게에서 본 뒤 열심히 찾고 계신 아름다운 아가씨와 만나 뵙게 되는 셈이죠. 당신의 그 열렬한 마음을 아가씨에게 이미 이야기했는데, 그 점에 대해서도 후한 사례의 말씀을 해야 할 거예요."

클레브 공작은 보석 가게에서 자기를 멍하게 만든 여인이 그 아름다움에 알맞은 신분을 가졌음을 알고 기뻐했다. 공작은 아가씨 곁으로 다가가서, 자신이 샤르트르 양의 아름다움을 칭찬한 첫 남자라는 점, 또 가문도 모르면서 그에 응당한 모든 경의를 표한 점을 잊지 말아 달라고 간청했다.

친구 사이인 기즈 기사와 클레브 공작은 나란히 공주 앞을 물러나왔다. 둘은 처음에는 샤르트르 양을 칭찬하다가, 나중에는 지나치게 칭찬을 한 것이 마음에 걸려 둘 다 생각하고 있던 바를 말하지 않게 되었다. 그러나 그 뒤로는 어디서 만나든 샤르트르 양에 관한 이야기를 할 수밖에 없었다. 이 새로운 미인의 출현이 오랫동안 곳곳에서 화제가 되었기 때문이었다. 왕비는 이 아가씨에게 대단한 찬사를 보냈으며, 왕세자비는 자기 뜻에 맞는 사람 중의 하나로 꼽아 두고 샤르트르 부인에게 자주 데리고 입궁하라고 당부했다. 또 왕녀들도 행사가 있을 때마다 이 아가씨를 모셔 오라고 사람을 보냈다. 이처럼 샤르트르 양은 온 궁정 사람들로부터 사랑과 칭찬을 받았지만, 발랑티누아 공작부인에게만은 예외였다. 그렇다고 이 미녀가 발랑티누아 공작부인에게 불안한 그림자를 던졌기 때문은 아니었다. 발랑티누아 공작부인은 오랜 경험으로 인해 국왕에 대해서는 무엇 하나 걱정할 것이 없다는 것을 알고 있었다. 다만 공작부인은 자신의 딸과 결혼을 시켜 자기편으로 만들려 했는데, 이를 거절하고 왕비 편으로 붙어 버린 샤르트르 공작을 몹시 미워했으므로, 공작과 같은 가문 출신이자 공작의 총애를 받는 사람에게는 호의를 가질 수가 없었던 것이다.

클레브 공작은 샤르트르 양을 사랑했으며, 그녀와 결혼할 것만을 생각하고 있었다. 그러나 다만 걱정이 되는 것은 느베르 공의 장남(클레브 공작은 느베르 공의 차남이며, 실제로는 스무 살이 되기 전에 죽었다—옮긴이)이 아닌 자신에게 딸을 주는 것이 샤르트르 부인의 자존심을 상하게 하지 않을까 하는 것이었다. 그렇지만 자신의 가문도 훌륭한 가문이고, 장남 유 백작은 왕실과 아주 가까운 혈연의 사람을 아내로 삼았으므로 그리 걱정할 일은 못 되었다. 정작 클레브 공작을 불안하게 만든 것은 이러한 실제적인 이유가 아니라, 오히려 연애할 때에 으레 따르게 마련인 비겁함 때문이었다. 공작에게는 경쟁 상대가 많았다. 특히 기즈 기사는 가문, 재산, 국왕의 총애에서 오는 가문의 권세 등으로 인해 가장 두려운 적이었다. 또한 기즈 기사도 샤르트르 양을 보자마자 사랑에 빠지고 말았으며 클레브 공작이 기사의 생각을 알 듯이 기사도 공작의 연정을 눈치채고 있었다. 원래 이 두 사람은 친구였는데, 같은 생각을 가진 자들의 반발 때문에 허심탄회하게 이야기할 수도 없게 되었고, 그럴 만한 용기도 없어서 우정은 차디차게 식어 버리고 말았다. 클레브 공작은 자신이 기사보다 먼저 샤르트르 양을 보았다는 것이 어쩐지 좋은 징조처럼 여겨졌다. 그리하여 다른 어떤 연적들보다도 자신이 더 유리하다고 생각했다. 그러나 한 가지 걱정은 자신의 아버지인 느베르 공작에게 난처한 일이 생기지 않을까 하는 것이었다.

느베르 공작은 발랑티누아 공작부인과 매우 친한 사이였으므로, 공작부인이 샤르트르 공작을 적대시하고 있는 한, 이 이유만으로도 아버지 느베르 공작은 샤르트르 공작의 조카딸을 사모하는 것을 승낙하지 않을지도 모르기 때문이었다.

딸에게 정절을 가르치기에 그렇게도 열심이던 샤르트르 부인은 나쁜 표본으로 가득 차 있어, 진정으로 조심시켜야 할 자리에 딸이 드나들게 된 뒤에는 더욱더 주의를 게을리하지 않았다. 야심과 연애는 원래 궁정 생활의 두 기둥을 이루는 것으로, 남녀를 불문하고 고통 속에 열중하고 있었다. 복잡한 이해관계와 여러 당파로 나누어진 곳에 여자가 뛰어들다 보면 연애가 정치로, 다시 정치가 연애로 얽히고설키는 것이었다. 여기서는 조용히 홀로 지내는 것을 즐기는 사람은 찾아볼 수가 없었다. 하루 세끼를 꼬박꼬박 먹고 생각하는 일이란 게 고작 출세욕과 아첨을 일삼는 것, 그리고 누구를 위해서는 하고, 혹은 하지 말라고 하는 것뿐이므로 편안함과 한가로움은 찾아보려고 해도 찾아볼 수가 없는 곳이 궁정이었다. 모두들 놀이 또는 밀모를 하느라 시간 가는 줄 몰랐다. 여자들은 다섯 파(왕비파, 왕세자비파, 나바르 여왕파, 공주파, 발랑티누아 파)로 나뉘어져 있었고 이러한 특수한 관계는 사람마다의 기호·기질·성격 따위에서 온 것이었다. 이제는 한물간 정조의 절대성을 주장하는 여성들은 왕비파였다. 아직 젊고 향락이나 연정을 추구하는 여성들은 왕세자비의 눈치를 보고 있었다. 나바르 여왕에게도 가까이하는 한 파가 있었다. 여왕은 젊었고, 남편인 왕을 자유로이 조종하고 있었다. 이 나바르 왕은 원수와 친했으므로, 이 점에서 위세가 있었다. 국왕의 여동생인 마르그리트 공주도 아직 아름다움이 가시지를 않았으며 많은 부인들을 가까이하고 있었다. 발랑티누아 공작부인은 눈독을 들인 상대는 모조리 자기편으로 만들었는데, 아주 친한 몇 사람을 빼 놓고는 왕비가 베푸는 것 같은 대연회를 벌이는 때가 아니면 초대도 하지 않았다.

이러한 당파가 제각기 밀고 당기고, 또 각 당파 안의 여자들 사이에서도 총애나 연인 관계로 질투가 그칠 날이 없었다. 권세를 바라보고 지위를 높이려는 속셈 때문에 남들이 보기엔 대단치도 않은 일이 통절하게 느껴져서 걱정거리가 되곤 했다. 이리하여 이 궁정 안에는 난맥(亂脈)까지는 아니더라도 어쨌든 일종의 움직임이 있어서, 이것이 이 궁정을 즐거운 장소로 만들기도 하고, 나이 어린 아가씨들에게는 매우 위험한 장소가 되게 하기도 했다. 샤르트르 부인도 이 위험을 잘 알고 있는 터라, 자기 딸을 이 위험으로부터 지켜낼 수단을 강구하고 있었다. 부인은 어머니가 아니라 친구의 자격으로서, 딸에게 그녀를 향한 남자들의 수작에 대해 하나도 숨김없이 말해 달라고 부탁했다. 그리고 누구나 젊은 시절에는 자신의 길을 찾지 못하는 일이 있게 마련이므로, 그럴 때는 어떻게 하면 좋을지 진지한 상담자가 되어 주겠다고 약속했다.

기즈 기사는 샤르트르 양에 대한 자신의 감정을 감추지 않았기 때문에, 모든 사람들이 그의 사랑을 알게 되었다. 그러나 기사 자신은 자신의 소망이 이루어질 수 없다는 각오를 하고 있었다. 자신의 지위를 지탱해 나갈 수 있는 재산이 없었으므로, 샤르트르 양과 어울리지 않음을 잘 알고 있었다. 게다가 그의 형들로 말할 것 같으면, 막내인 자신이 결혼을 하면 가운이 더 기울 것이라는 염려에서 결혼을 반대할 것이 불을 보듯 뻔했다. 이것이 공연한 걱정이 아니었다는· 사실이, 얼마 안 가서 로렌 추기경의 반대로 확실하게 증명되었다. 추기경은 샤르트르 양에 대한 기사의 사랑을 극구 비난했는데, 그 진짜 이유는 말하지 않았다. 사실 추기경은 샤르트르 대공을 미워하고 있었다. 이 미움은 그 당시까지는 표면으로 드러나지 않았으나, 나중에는 드러나고 말았다. 추기경은 동생인 기즈 기사가 샤르트르 대공과 인척 관계만 되지 않는다면 그 누구와 결혼해도 상관없다고까지 생각했다. 이처럼 추기경은 자신이 얼마나 대공을 싫어하는지를 공공연히 표명했기 때문에, 이 말을 전해들은 샤르트르 부인은 노발대발했다. 그래서 이번에는 부인 쪽에서, 자기편에서는 그런 결혼 따위는 조금도 생각이 없으니, 추기경은 벙어리 냉가슴 앓듯 할 필요가 없노라고 슬그머니 소문을 냈다. 이는 샤르트르 대공도 마찬가지였다. 부인 이상으로 대공은 추기경의 처사를 참을 수가 없었다. 대공은 추기경이 그러한 수작을 하지 않으면 안 될 이유를, 부인 이상으로 더 잘 알고 있었기 때문이다.

클레브 공작도 기즈 기사 못지않게 샤르트르 양에 대한 사랑을 공공연히 과시했다. 아버지 느베르 공은 아들의 소식을 듣고 마음이 쓰렸다. 어떻게든 아들을 타일러 단념을 시키는 것 외에는 도리가 없다고 생각해서 어느 날 이야기를 했지만, 그녀와 결혼하고 싶다는 의사를 버릴 수가 없다고 하므로 공은 격노하고 말았다. 남이 듣거나 말거나 아들에 대한 분노를 감추려 하지 않았으므로, 이 소문은 궁정에 쫙 퍼졌고, 샤르트르 부인의 귀에까지 들어가고 말았다. 부인은 느베르 공이 아들의 청을 들어주리라고 생각했기 때문에, 결과적으로 클레브, 기즈 두 가문의 아버지들이 싫어하는 것을 알고는 의외라는 생각이 들었다. 부인은 이 점잖은 가문들의 처사가 분해서, 그렇다면 자신의 딸, 나아가서는 자신의 가문을 우습게 보는 두 가문보다 좀더 훌륭한 가문으로 딸을 시집보내겠다는 결심을 하기에 이르렀다. 여기저기 수소문을 해본 결과, 부인은 몽팡시에 공작의 적자를 자신의 사위로 결정했다. 이 공작의 아들은 막 혼인 적령기에 이르렀고 궁정에서도 큰 세력을 쥐고 있었다. 어쨌든 샤르트르 부인은 빈틈이 없는 사람이었고, 위풍당당한 샤르트르 대공의 후원에 힘을 얻었다. 자기 딸은 나무랄 데 없는 신부감이었고, 몽팡시에 공작도 이 결혼을 지지하는 듯했기 때문에 다시는 실패가 없으리라 생각되었다.

　샤르트르 대공은 당빌 경이 왕세자비에게 연정을 품고 있다는 것을 알고 있었다. 그래서 경을 움직여서 국왕에게 접근해 당빌 경의 친구인 몽팡시에 공작의 아들에 대한 샤르트르 부인의 뜻을 거들어 달라고 할 참이었다. 그러려면 우선 당빌 경을 맘대로 조종할 수 있는 왕세자비의 힘을 빌리지 않으면 안 되겠다고 생각했다. 샤르트르 대공이 이 일을 왕세자비에게 이야기하자 왕세자비는 자신이 좋아하는 사람을 위하는 일이므로 기꺼이 청을 받아들이겠다고 약속했다. 그리고 이런 일에 관계하면 자신의 작은아버지인 로렌 추기경의 기분을 상하게 할지도 모르지만, 늘 작은아버지는 자신보다 왕비 편을 드므로, 자신이 원망스럽게 여길 이유도 있기는 하다고 말했다.

연애에 관심이 있는 여성들은 자기를 좋아하는 남성과 이야기할 공적인 구실이 생기는 것을 몹시 기뻐하는 법이다. 샤르트르 대공이 나가자, 곧 왕세자비는 샤틀라르를 불러 심부름을 시켰다. 샤틀라르는 당빌 경의 친신으로서 경이 왕세자비를 사랑하고 있다는 것을 알고 있었다. 왕세자비는 당빌 경에게 오늘 밤 만나자고 전하라는 분부를 내렸다. 샤틀라르는 기뻐하며 무릎을 굽혔다. 샤틀라르는 원래 귀족으로서 도피네의 유서 있는 가문의 후손인데, 그 수완과 재능 덕택에 가문 이상의 출세를 하고 있었다. 궁정의 모든 귀현(貴顯) 사이에서도 인기가 있고 좋은 대우를 받았다. 몽모랑시 가문의 추천으로 이 궁정으로 옮기게 된 후, 특히 당빌 경에게는 충실했다. 풍채도 어엿하고 모든 운동 경기에도 뛰어나며, 노래도 가수 이상으로 잘 부르고, 시도 지을 줄 아는데다 상당히 정통한 점에서 당빌 경의 마음에 들어, 경의 왕세자비에 대한 사랑의 고문 역할을 맡아 보게까지 된 것이다. 이 심부름으로 인해 샤틀라르는 왕세자비를 만나게 되었고 나중에도 몇 번 볼 수 있게 된 것이 인연이 되어, 그 뒤 이 사람의 이성을 잃게 만들고, 결과적으로 목숨을 잃게 만든 저 불행한 연애가 시작되었을 줄 누가 알았으랴.

　당빌 경은 물론 그날 밤 왕세자비를 만나 보았다. 왕세자비가 계획하는 일에 협력자로 선택된 것이 어찌나 기뻤던지, 어떤 분부라도 따르겠노라고 약속했다. 그런데 발랑티누아 공작부인은 이 결혼 계획을 알고, 어떻게 해서든지 훼방을 놓으려고 했다. 그래서 미리 국왕에게 말을 해놓았기 때문에, 국왕은 당빌 경이 혼인 이야기를 꺼내자 반대하는 뜻을 나타내고, 몽팡시에 공작에게도 그 뜻을 전하라는 분부를 내렸다. 샤르트르 부인이 그처럼 바라던 혼사가 이루어지지 않은 것에 얼마나 낙담했는지는 누구나 쉽게 상상할 수 있을 것이다. 이 실패는 부인의 적에게는 극히 유리한 조건을 주었고, 귀여운 외동딸의 얼굴에는 먹칠을 하게 되었다.

　왕세자비는 샤르트르 양에게 거듭 사과를 했다.

　"자! 보는 바와 같이 나에게는 아무런 힘이 없어요. 시어머님이나 발랑티누아 공작부인에게도 미움을 받고 있어서 내가 뭔가를 하려고 하면, 언제나 그 분들이나 그 추종자들에게 방해를 받고 말아요."

　왕세자비가 말을 이었다.

　"나는 항상 그 분들의 마음에 들도록 노력하고 있는데, 그런데도 나를 미워하시는 까닭은 우리 어머니 때문이에요. 예전에 우리 어머니 때문에 불안에 떨거나 질투를 하셨거든요. 폐하께서는 발랑티누아 공작부인이 오시기 전에 우리 어머니에게 사랑을 쏟으셨어요. 폐하께서 결혼하신 지 얼마 안 되어, 한편으로는 공작부인을 사랑하셨지만, 우리 어머니와 결혼하시기 위해 거의 이혼까지 생각하셨답니다. 발랑티누아 공작부인은 폐하께서 좋아하시는 분이 있으면 어쩌나 두려워하고, 또 그 상대가 미모와 재치가 뛰어나서 자기에 대한 총애가 식지나 않을까 걱정하여 몽모랑시 원수와 합심한 것이죠. 원래 원수란 사람은 폐하께서 기즈 가문의 딸을 비로 삼은 점을 기쁘게 여기지 않았어요. 그래서 이 둘은 선왕을 설득한 것이죠. 선왕께서는 발랑티누아 공작부인을 퍽 싫어하셨지만, 왕비는 사랑하고 계셨습니다. 그래서 이들은 입을 모아 폐하의 이혼을 저지시키려 했습니다. 더욱이 우리 어머니와의 혼인을 깨끗이 단념시키기 위해 우리 어머니를 폐하의 여동생과 결혼했지만 상처한 스코틀랜드 왕과 결혼시키고 말았던 거예요. 이것이 가장 가까운 길이므로 그렇게 하신 것이지만, 이 때문에 우리 어머니와 영국 왕과의 혼인 약속이 파기되어, 두 나라 왕 사이가 험악해지기까지 했습니다. 헨리 8세는 우리 어머니를 단념하지 못하시고, 사람들이 아무리 프랑스 이외의 나라에서 왕녀를 맞으시라고 권고를 해도, 가로채인 그녀 대신이 되겠냐고 말씀하셨다고 합니다. 우리 어머니는, 자랑은 아닙니다만, 아름다운 분이셨습니다. 롱그빌 공작의 미망인에 불과하지만 세 왕으로부터 청혼을 받으셨다는 것은 대단한 것이죠. 하지만 우리 어머니는 운수불길하여 그 중에서 가장 작은 나라의 왕비로 가시고 고생을 거듭하신 겁니다. 남들은 내가 어머니를 빼닮았다고들 합니다. 불행한 운명까지 어머님을 닮은 것인지, 어떤 행복이 나를 기다린다 하더라도 나는 이제 그것을 즐길 수 없을 것만 같아요."

샤르트르 양이 말했다.

"그런 불길한 예감은 아무 근거도 없는 일입니다. 곧 잊으시게 될 거예요. 왕세자비님의 운수는 그 모습대로 앞이 환할 것입니다."

이렇게 되어 아무도 샤르트르 양을 생각하지 않게 되었다. 국왕의 노여움을 사지나 않을까 하는 두려움도 있었고, 또 왕족과의 결혼을 꾀한 여성이라면 좀처럼 성공하기 어려우리라는 생각에서였다. 그러나 클레브 공작은 조금도 개의치 않았다. 마침 아버지 느베르 공작이 세상을 떠나 부모의 제재를 받지 않는 신분이 되었기 때문에, 이제 만사를 다 제쳐 놓고 샤르트르 양과 결혼하는 방법만 생각하고 있었다. 예의 사건이 있어서 다른 구혼자들은 다 포기한 상태이고 자신의 청혼이 거절당할 염려도 거의 없는 좋은 기회이기도 했기 때문에, 정식으로 이야기를 하기에는 안성맞춤이었다. 다만 클레브 공의 기쁨을 교란시키는 것은 당사자인 샤르트르 양이 자기를 좋아하지 않을지도 모른다는 것이었다. 애정이 없는 형식적인 결혼이라면 차라리 결혼하지 말고 샤르트르 양의 호의를 받는 편이 나을 것 같았다.

기즈 기사가 공작의 질투심을 불러일으킨 적이 있긴 해도, 그것은 이 기사의 천성 때문이지 샤르트르 양의 태도에서 비롯된 것은 아니었다. 다만 클레브 공작은 샤르트르 양에 대한 자기의 연모가 용납되면 좋을 텐데 하고 염려할 뿐이었다. 그런데 샤르트르 양과 만나는 기회라는 것은 왕비나 왕세자비가 계신 곳이나 궁정의 모임 때밖에는 없었고, 단둘이서 이야기할 기회는 전혀 없었다. 그래도 클레브 공작은 어찌어찌 기회를 마련해서 자신의 사랑을 정중하고 솔직하게 고백했다. 그러고 나서 자신에 대한 솔직한 감정이 무엇인지를 알려주기 바란다고 간청했다. 그리고 자식의 도리로서 어머님의 뜻을 무조건 따르는 것이라면 그것은 그를 영원히 불행의 구렁텅이로 몰아넣는 것이라고까지 말했다.

샤르트르 양은 고상하고 훌륭한 심지를 가진 여인으로서, 클레브 공의 그러한 태도를 참으로 고맙게 여겼다. 그런 감사의 마음이 대답이나 말투에도 배어 있었기 때문에, 사랑에 들떠 있던 이 귀공자는 가능성이 크다고 생각했고, 자기의 소원이 어느 정도는 달성될 것이라고 믿었다.

샤르트르 양은 약속대로 클레브 공과 주고받은 이야기를 어머니에게 보고했다. 샤르트르 부인은 클레브 공작이라면 위엄도 있고 우러러볼 만한 점도 많으며, 나이에 비해 철이 든 편이니 만약 결혼할 생각이 있다면 자신도 기꺼이 찬성하노라고 말했다. 샤르트르 양은 자신도 공의 특징을 인정하며, 다른 사람과 결혼하는 것보다는 클레브 공작 쪽이 훨씬 낫다고 생각하지만, 그렇다고 해서 클레브 공의 인품에 특별히 반한 것은 아니라고 대답했다.

이튿날 클레브 공작은 샤르트르 부인에게 자신의 의향을 전달했고, 부인은 이 청혼을 승낙했다. 부인은 딸을 클레브 가문에 시집보내면서도 딸이 자신의 배우자를 진정으로 사랑하는지에 대한 걱정 따위는 하지 못했다. 약혼이 성립되고, 국왕에게도 말씀을 올렸으므로, 이 결혼은 모든 사람들에게 알려졌다.

 클레브 공작은 기뻤지만, 완전히 만족하고 있는 것은 아니었다. 샤르트르 양의 태도가 공식적인 존경과 감사의 테두리를 한 걸음도 벗어나지 않고 있음을 알아차렸고, 이것이 클레브 공을 몹시 슬프게 만들었기 때문이다. 더군다나 그러한 느낌의 밑바닥에 더 상냥한 감정이 내재해 있을 것이라고는 기대할 수 없었다. 지금 두 사람의 관계에서 그러한 감정을 노골적으로 보였다 하더라도 신중하기 그지없는 샤르트르 양의 마음씨가 바뀔 것도 아니었다. 공작은 그녀에게 매일 자신의 마음을 호소했다.

 "이제 곧 부부가 되지만……."

 공작이 말문을 열었다.

 "난 지금 당신을 아내로 맞이하게 된 것이 너무나도 기쁘지만 행복한 것만은 아닙니다. 당신은 나에게 일종의 호의는 갖고 있을지 모르지만, 그것만으로는 내 마음이 채워지지 않습니다. 당신은 초조도, 불안도, 고뇌도 느끼지 않고 있습니다. 나는 이렇게 애가 타는데 당신에게선 울렁거림조차 느껴지지 않습니다."

 "불평을 말씀하시는 건 무리예요."

 샤르트르 양이 대답했다.

 "이 이상 더 어떻게 하라는 말씀이세요? 더 이상은 체면이 허락하지 않아요."

 "응! 과연."

 클레브 공작이 말했다.

"당신은 남들 앞에서는 나에게 여러 가지 신경을 써주지요. 난 이제 거기에 한 가지가 더 가미되기를 원하는 것뿐입니다. 그렇게만 된다면 난 그걸로 만족하겠지만…… 당신은 체면에 신경을 쓰고 있는 것이 아니라, 당신이 하고 있는 것, 당신을 움직이고 있는 것이 바로 체면입니다. 나라는 위인은 당신의 애정에도, 당신의 마음에도 가 닿지 않는 존재죠. 내가 당신의 눈앞에 있어도 당신은 기쁨을, 마음의 동요를 전혀 느끼지 않더군요."

"당신을 만날 때마다 제가 기뻐한다는 것을 잘 아시잖아요?"

그녀가 말을 이었다.

"당신을 볼 때마다 제 얼굴이 붉어지는걸요. 마음의 안정을 잃는 것을 잘 아실 줄 아는데요."

"당신의 낯이 붉어지는 것을 보아도, 내 눈에는 다르게 보입니다."

클레브 공작이 대답했다.

"그것은 신중을 기하는 데서 오는 것이지 그리움이나 흥분에서 오는 것이 아닙니다. 나도 나에게 편리한 해석만 할 수는 없습니다."

샤르트르 양은 할 말이 없었다. 클레브 공작이 말하는 것은 그녀의 상식을 뛰어넘는 것이기 때문이었다. 클레브 공작은 그녀에게 자신을 납득시키는 것이 쉽지 않다는 것과 그러한 것을 가져 달라는 부탁이 무리한 것이었음을 뚜렷이 알게 되었다.

기즈 기사는 이들의 결혼식 전에 여행에서 돌아왔다. 기사는 샤르트르 양과 결혼할 계획을 세웠었지만 그들 사이에는 장애가 많았기 때문에 성공하리라고는 꿈에도 생각하지 않았다. 그렇다 하더라도 샤르트르 양이 다른 남자의 아내가 되어 버린다고 생각하니 마음이 쓰렸다. 그리고 이 아픈 연정의 불길을 끄기는커녕 더욱더 활활 타오르게 했다. 샤르트르 양도 기사의 심정을 모르는 것은 아니었다. 여행에서 돌아온 그가, 자신의 얼굴에 나타난 깊은 슬픔이 샤르트르 양 때문이라고 고백했던 것이다. 재능과 매력을 겸비한 사람을 슬픔의 구렁텅이에 빠뜨려 놓고, 동정조차 안 한다는 것은 그녀로서 참을 수 없는 일이었다. 그렇지만 이 동정이 그녀를 다른 감정으로 이끌어 갔다는 것은 아니다. 다만 그녀는 이 귀공자의 애정으로 인한 자신의 고뇌를 어머니에게 이야기했을 뿐이었다. 샤르트르 부인은 딸의 솔직함에 감동했다. 이만큼 훌륭하고도 자연스러운 솔직함은 어디에서도 찾아볼 수가 없는 것이었기 때문에, 부인이 놀란 것도 당연한 것이었다. 그에 못지않게 부인이 감탄한 것은 그럼에도 딸이 아무런 감정적 동요를 일으키지 않는다는 점이었다. 클레브 공도 다른 남성 이상으로 딸의 마음을 흔들지 못한 것을 잘 알고 있는 만큼 부인의 인상은 더욱 깊었다. 그리하여 부인은 딸이 더욱더 남편을 사랑하도록 유도했으며, 그리고 클레브 공작이 딸에게 기울여 주는 애정이라든가, 다른 혼처를 버리고 딸을 택한 정열 등을 결코 소홀히 보아 넘겨서는 안 된다고 가르치기도 했던 것이다.

마침내 결혼식 당일이 되었고, 결혼식은 루브르 궁전 안에서 거행되었다. 그날 밤 왕과 왕비, 왕세자비 등은 궁정 사람들을 이끌고 샤르트르 부인 댁의 축연에 참석했으며 훌륭한 접대를 받았다. 기즈 기사는 참석을 안 하면 도리어 이상하게 여길 터이므로, 결혼식에 참석하긴 했지만 쓰라린 가슴을 안고 애쓰는 모습이 누구의 눈에도 띌 정도였다.
 클레브 공작은 샤르트르 양이 클레브 공작부인으로 바뀌긴 했지만, 그녀의 마음속까지 바뀌었다고는 생각하지 않았다. 남편으로서의 특권은 주어졌지만, 그렇다고 해서 아내의 마음속에 자신의 자리가 생긴 것은 아니라는 것을 알고 있었다. 즉, 남편의 지위에 오르기는 했지만, 클레브 공작부인은 여전히 변함이 없었다. 클레브 공작은 그녀를 일방적으로 사랑했기 때문에 아내와 화목하게 살면서도, 완전한 행복을 누리지는 못했다. 아내에 대한 격렬한, 그러나 부동하는 애정을 지닐 뿐이어서, 그의 즐거운 기분은 교란되기 일쑤였다. 그렇다고 해서 이 심란한 감정 속에 질투라든가 하는 따위의 감정은 추호도 섞여 있지 않았다. 아니 실제로 이만큼이나 질투라는 감정과 거리가 먼 남편도, 또 이만큼이나 질투의 원인에서 거리가 먼 아내도 이 세상에는 없었다. 그렇지만, 클레브 공작부인은 늘 궁정 사람들의 주목을 끌었다. 부인은 매일 왕비나 왕세자비, 공주에게 인사를 하러 갔다. 무릇 여자에게 호의를 갖는 젊은 귀공자라면, 누구나 클레브 공작부인 댁이나, 또는 누구에게나 문을 활짝 열어 놓고 사는 부인의 시숙 느베르 공저 등에서 부인의 모습을 볼 수가 있었다. 그런데 뛰어난 아름다움을 가진 클레브 공작부인의 태도는 오로지 경외하는 마음을 자아낼 뿐, 색정 따위와는 거리가 먼 것이었으므로, 대담무쌍하고 국왕의 총애를 받고 있는 생탕드레 대장 같은 사람도 부인의 미모에는 가슴이 뛰면서도 예의범절을 깍듯이 지키는 태도나 마음씨로써 넌지시 자기의 마음을 보일 뿐이었다. 물론 다른 남자들도 그보다 더 가까이 다가갈 생각은 감히 하지 못했다. 출가한 딸의 이러한 깍듯한 태도는 어머니 샤르트르 부인의 오랜 교육 때문이라는 것은 이미 소문이 난 사실이고, 이로 인하여 클레브 공작부인에게는 누구도 손을 못 대는 것으로 정평이 나 있었다.

로렌 대공 부인은, 평화 공작에 종사하면서도, 한편으로는 아들 로렌 공작의 결혼 준비로 분주했다. 로렌 공작은 국왕 앙리 2세의 제2왕녀인 클로드 공주와 결혼할 예정이었고 결혼식은 2월로 결정되었다.

그 동안, 느무르 공은 브뤼셀에 머무르면서, 오로지 영국 여왕과의 결혼을 성사시키는 데 몰두하고 있었다. 편지가 끊임없이 오갔으며 모든 곳에서 왕래가 있었다. 공의 희망은 착착 실현 일로에 있었으니, 드디어 리뉴롤에게서 이 계획을 마무리하기 위해 공 자신이 나타날 시기가 되었다는 편지가 도착했다. 공은 무척 기뻐했다. 그것은 야심에 찬 젊은이에게서 볼 수 있는, 왕위에 오를 수 있다는 것에서 온 기쁨이었다. 공의 이러한 기분은 어느덧 이 행운의 크기에 익숙해져서, 처음에는 터무니없는 계획이라고 배척하고 있었으나, 이제는 그의 상상력 덕분에 그러한 주저는 사라지고 전도가 유망하게 보였다.

공은 자신의 계획에 알맞은 호화스런 옷차림으로 영국에 상륙할 생각으로, 최상품만으로 파리에다 잔뜩 주문을 해놓고서는, 로렌 공의 결혼식에 참석하기 위해 급히 궁정으로 입궐했다.

공은 약혼 피로연 전날에 도착했다. 저녁인데도 예궐하여, 국왕에게 계획의 경과를 보고하고 금후 계획에 관한 명령을 기다렸다. 클레브 공작부인은 그 자리에 없었으므로 공을 보지 못했으며 그가 귀국한 것도 모르고 있었다. 그런데 부인은 일찍이 그가 궁정 제일의 미남자이며 가장 씩씩한 남자라는 소문을 들은 적이 있었다. 게다가 왕세자비가 한 이야기라든가 사람들의 입에 오르내리는 것 때문에 큰 호기심을 갖게 되었다. 그래서 그를 보게 될 날을 손꼽아 기다리고 있었던 것이다.

약혼 피로연 당일, 부인은 하루 종일 집에 있으면서, 그날 밤 루브르 궁전에서 개최되는 무도회와 피로연에 입고 나갈 옷을 준비하느라 바빴다. 궁정에 도착하자, 사람들은 부인의 아름다운 치장을 칭찬하느라 여념이 없었다. 무도회가 시작되고, 부인이 기즈 공작과 춤을 추고 있을 때, 입구가 시끄러워졌고 누군가가 들어왔다. 사람들은 그를 위해 길을 비켜 주었다. 클레브 공작부인이 춤을 끝내고, 다음 파트너를 찾고 있을 때 "지금 들어온 분과……"라는 국왕의 명령이 내려졌다. 뒤돌아본 부인 눈에, 몇 개의 의자를 넘어서 춤추는 쪽을 향해 성큼성큼 걸어오는 남자가 보였다. 순간, 부인은 그가 느무르 공작임에 틀림없다고 생각했다. 느무르 공은, 누구든지 처음 보는 사람이면 눈을 크게 뜨지 않을 수 없을 만큼 미모가 뛰어난 귀공자인데, 이날 밤은 특히 옷차림에 신경을 써서 더욱 더 출중해 보였다. 하지만 클레브 공작부인 역시 처음 보는 남성이라면 누구든 정신없이 쳐다볼 만한 미인이었다.

클레브 공작부인의 미모에 넋이 나간 느무르 공이 부인에게 다가가서 인사를 했는데, 이때 얼굴에 감탄한 듯한 표정이 나타났다. 음악이 흐르고 둘이 어울려 춤을 추기 시작하자, 여기저기에서 감탄하는 소리가 들리기 시작했다. 국왕과 여러 비들은 이 둘이 지금까지 만난 적이 없으려니 생각하고, 서로 상대가 누구인지도 모르는 채 춤을 추고 있는 모습을 보고는 참 신기한 일이라고 생각했다. 그래서 한 곡의 연주가 끝나고 춤을 멈추자마자 서로 말을 건넬 사이도 없이 국왕이 두 사람을 불렀다. 그리고는 서로 상대가 누구인지 알고 싶지 않은지, 또 누구인지 짐작도 못하는지를 물었다. 느무르 공이 대답했다.

"저는 알 것 같습니다. 혹시 클레브 공작부인이 아니신지요. 부인 쪽에서는 저를 알지 못하리라 생각되오니 아무쪼록 저의 이름을 전해 주십시오."

왕세자비가 끼어들었다.

"부인께서도 이미 알고 계시리라 생각되는데요."

클레브 공작부인은 입장이 곤란한 듯 말했다.

"하지만 저는 이 분을 알지 못합니다……."

"뭘, 잘 아시면서……."

왕세자비가 대답했다.

"느무르 공작이라는 것을 알고 있으면서도 자백하지 않는 것을 보니, 아무래도 이 분에게 무언가 사심이 있는 게 아닌가 하는 생각이 드는군요."

이 때 왕비가 둘의 이야기를 중단시키고, 춤을 계속 추게 했다. 느무르 공은 이번에는 왕세자비와 춤을 추었다. 플랑드르로 떠나기 전에는 왕세자비의 미모도 나무랄 데가 없다고 생각했으나, 오늘 밤은 클레브 공작부인밖에는 보이지 않았다.

여전히 클레브 공작부인을 잊지 못하는 기즈 기사는 마침 이날 부인의 곁에 있었는데, 지금 눈앞에서 벌어지는 일로 인해 가슴이 찢어질 것만 같았다. 기사에게는 느무르 공이 부인을 사랑하게 되는 운명의 전조처럼 보였던 것이다. 실제로 부인의 표정 어딘가에 이성을 잃은 듯한 빛이 있었든지, 그렇지 않으면 질투 때문에 기즈 기사의 눈에 그렇게 보였든지간에 아무튼 클레브 공작부인이 동요를 일으킨 것처럼 생각되었다. 이 때문에 기사는 부인에게, 멋진 춤으로 부인과 첫대면을 하게 된 느무르 공은 몹시도 행운아라는 말을 하지 않고는 견딜 수가 없었다.

클레브 공작부인은 집으로 돌아왔다. 머릿속이 무도회에서의 일로 가득 찼으므로, 밤이 늦었지만 어머니의 방으로 가서 이 이야기를 했다. 느무르 공을 칭찬하는 부인의 말투는, 기즈 기사에게 안겨 준 생각을 어머니에게도 안겨 주게 되었다.

이튿날, 결혼식이 거행되었다. 결혼식장에 나타난 느무르 공은 같은 남자라도 홀딱 반할 만했다. 클레브 공작부인도 뛰어난 외모와 몸가짐을 갖춘 느무르 공작에게 점점 더 놀라움을 느끼게 되었다.

그런 뒤로, 부인은 왕세자비 방에서 느무르 공을 만났다. 또 국왕과 함께 테니스를 치는 느무르 공을 보기도 했다. 마상 투창 때도 보았다. 목소리도 들을 수 있었다. 이렇게 부인의 눈과 귀로 느끼는 느무르 공은, 언제나 월등하게 타인을 누르고, 어떤 자리에서든 몸에 지닌 우아함과 거침없는 재치로 자유자재로 이야기를 이끌어 나갔으므로, 얼마 안 가 느무르 공은 부인의 가슴에 아로새겨져 버렸다.

한편, 느무르 공이 부인에게 느끼는 연정은, 사랑을 속삭이는 초기의, 다만 마음에 들고자 하는 생각에서 오는 상냥함과 명랑함에 친밀성을 더한 것이었다. 이렇게 두 사람은 마주치게 되었고 더욱이 루브르 궁전에서 손꼽히는 한 쌍의 미남미녀였으니, 이 두 사람이 서로 좋아하지 않는다면 도리어 그것이 이상한 일이었다.

발랑티누아 공작부인은 놀이라면 빼놓지 않고 참석했고, 왕은 여전히 공작부인에게 사랑을 속삭이던 처음과 조금도 다름없는 정열과 관심을 보였다. 클레브 공작부인은, 스물다섯 살이 지난 여자가 남자에게 사랑을 받는다는 것은 있을 수 없는 일이라고 생각했기 때문에 손자가 있고, 손녀를 며칠 전에 시집보냈다는 공작부인에게, 왕이 애정을 느끼는 모습을 경탄하며 바라보고 있었다. 그래서 부인은 어머니에게 이런 질문을 여러 번 했다.

"글쎄, 어머니. 그렇게 오랫동안 폐하께서 공작부인을 사랑하신다는 것이, 저로서는 참 이상하고 이해할 수 없는 일이에요. 자기보다 연상에다, 선왕의 애인이었고, 지금도 이런저런 소문이 끊이질 않는 분인데도, 왜 폐하께서는 공작부인에게 그렇게 열심이신지 모르겠어요."

"그야 물론."

샤르트르 부인이 대답했다.

"폐하께서 그 분을 좋아하는 것, 또 그 애정이 지금까지 줄기차게 지속되는 것은, 발랑티누아 공작부인의 성품이 뛰어났기 때문도 아니고, 무엇이든지 남이 안 가진 것을 갖고 있어서 그런 것도 아니란다. 이 점에서는 폐하도 이상하신 분이지. 공작부인이 지금도 젊고 아름다운 분이라거나, 아니면 이제껏 폐하께만 정절을 지켰다거나, 위계(位階)나 재물 따위는 모르는 척하고 폐하만을 사모하시며 자신의 권세를 이용하는 것도 오직 폐하의 뜻에 맞는 공정한 일에만 그치는 분이라면, 폐하의 저 격렬한 애착도, 우리들은 참 잘하시는 일이라고 말했을 거야. 여자란 내 나이가 되면 옛날 이야기를 하고 싶어 한다고들 하더라만, 너에게 그런 망령은 그만두라는 핀잔을 받을까 두렵구나. 폐하께서 공작부인에게 마음을 두시던 때의 일이나, 선왕 폐하 때의 궁정 일들, 지금까지도 꼬리에 꼬리를 물고 있는 일들에 대해 너에게 이야기해 주고 싶지만……."

"어머니! 별말씀을 다 하세요. 옛날 이야기가 왜 나빠요.

어서 말씀하세요."

클레브 공작부인이 말을 이었다.

"아니, 나쁘지 않다뿐인가요. 어머니께서는 옛날 이야기는 커녕 지금 이야기도 안 해 주시잖아요. 궁 안의 여러 가지 얽히고설킨 이야기나 남녀 관계에 대한 말씀이 도무지 없어서 사실은 어머니를 원망한 적도 있어요. 전 이제껏 그런 사정을 너무나 모르고 지냈기 때문에 바로 얼마 전까지도 원수님과 왕비님 사이가 좋은 줄로만 알고 있었어요."

"엉뚱한 생각을 하고 있었구나."

어머니가 대답했다.

"왕비께서는 원수를 미워하고 계신단다. 앞으로 왕비의 힘이 커지면, 그 때는 원수도 혼쭐이 나고 말 게다. 원수가 왕자님, 공주님들 가운데 폐하를 닮은 분은 첩 소생들뿐이라고 뒤에서 수군대는 것까지 왕비께서는 다 알고 계시니까."

"그런 미움이 서로 싹터 있으리라고는 꿈에도 생각하지 못했어요."

클레브 공작부인이 말을 덧붙였다.

"저는 원수님이 감금당하셨을 때 왕비께서 자비로우신 편지를 보낸 일과, 풀려서 돌아오셨을 때 왕비께서 기뻐하시던 일, 거기다가 그 분을 폐하와 똑같이 대부라고 부르신다는 이야기를 들은 걸요."

"이 궁정이라는 곳은 말이지."

샤르트르 부인이 대답했다.

"겉모양만 보고 판단을 하다가는 큰 코를 다친단다. 도대체 무엇무엇답다라든가, 무엇무엇스럽다라는 것은 거짓이게 마련이니까."

부인은 말을 이었다.

"여기서 다시 이야기를 발랑티누아 공작부인에게로 되돌려야겠구나. 너도 그 부인의 이름이 디안 드 푸아티에라는 것은 알고 있겠지? 그 분의 친정은 대단한 명문가로서, 옛날부터 내려오던 아키텐 공작 댁의 한 줄기였단다. 할머니는 루이 2세와 첩 사이에서 태어난 왕녀였지. 태생은 그 이상 좋을 수 없는 분인데, 그 분의 아버지인 생 발리에라는 분이, 너도 들어서 알고 있는 저 부르봉 원수 사건에 연루되어, 사형 선고가 내려졌고 단두대로 끌려가고 말았단다. 그런데 이 분의 딸이 그 기가 막힌 미모로 선왕의 마음을 끌었고, 아버지를 구해 냈단다―어떤 방법으로 구명 운동을 했는지 몰라도 어쨌든―아주 극적이었지. 사형되기 바로 몇 시간 전에 폐하의 사면장이 도착했지만, 그 분은 너무나 무서운 공포감을 이기지 못하고 미쳐 버리셨지. 그리고 석방된 지 4~5일 만에 돌아가셨단다. 아버지는 결국 돌아가셨지만 그 딸은 이 구명 운동이 계기가 되어 선왕의 애인으로서 궁정을 드나들게 되었지. 그런데 안타깝게도 선왕의 이탈리아 여행과, 뒤이어 선왕이 파비아의 포로가 된 까닭으로, 그녀에 대한 총애는 중단이 되었단다. 선왕께서 스페인에서 돌아오셨을 때, 당시 선왕 대신에 국정을 다스리던 루이스 드 사보아가 자신의 딸들을 데리고 바욘까지 마중을 나가셨지. 그 중에는 나중에 데텀프 공작부인이 된 피셀로 아가씨도 끼어 있었는데 선왕께서는 이 분에게 마음을 두셨단다. 피셀로 아가씨는 태생도, 재기도, 미모도 발랑티누아 공작부인보다는 못했지만, 매우 젊다는 점만은 부인과 비길 바가 아니었지. 디안 드 푸아티에가 결혼하던 날, 나는 피셀로 아가씨가 '오늘이 바로 내가 세상에 태어난 날이야'라고 외치는 소리를 들었어. 왜냐하면 발랑티누아 공작부인이 노르망디 지방 도감사인 브레제 백작과 결혼한 것은, 선왕께서 데텀프 부인에게 마음을 두시기 시작한 때와 거의 같거든. 여하튼 이 두 부인이 서로 미워하는 것처럼 심한 예는 보기가 드물었어. 발랑티누아 공작부인 쪽에서는 데텀프 부인에게 선왕의 총비라는 지위를 빼앗긴 것을 참을 수가 없었고, 데텀프 부인 쪽에서는 선왕께서 아직도 발랑티누아 공작부인과 인연을 끊고 있지 않았기 때문에 무서운 질투를 품고 있었던 거야. 그래서 선왕은 총비 두 분에게 똑같은 인연을 지켜 나가실 수가 없었던 거지. 두 분 가운데 한 분만을 총비라는 지위에 올려놓고 총우(寵遇)를 하시는데 그 대우를 받는 쪽, 궁정에서는 이것을 '작은 짬'이라고 부르는 몇 부인들 사이에서 차례로 맡아 돌리게 되었지. 그래서 프랑수아 왕세자가 투르농에서 돌아가셨을 때, 독살이라는 소문도 있었지만, 선왕께서도 퍽 슬퍼하셨어. 선왕께서는 지금 국정을 맡아 보시는 제2왕자(앙리 2세—옮긴이)에게는 죽은 큰아드님만큼 애정과 애착을 안 가지고 계셨거든. 둘째에게는 호담도 활기도 없다고 생각하셨기 때문에 말이야. 그러던 어느 날 발랑티누아 공작부인에게 그런 이야기를 하자, 공작부인은 왕자님을 발랄하고 매력적으로 만들기 위해 자기를 사랑하도록 유도해 보면 어떻겠냐고 여쭈었어. 그것이 성공한 것은 너도 아는 바이지만 그러고 나서 20년 동안 그 때의 정열이 식지도 않고, 오랜 세월과 많은 장애에도 아랑곳없이 폐하의 사랑이 계속되는 것이란다. 선왕께서는 처음에는 반대하셨지. 아직도 발랑티누아 공작부인이 좋으셔서 질투를 하신 건지, 아니면 데텀프 공작부인 — 이 분은 자기의 연적인 발랑티누아 공작부인이 왕세자와 어울리는 것을 아주 싫어해서 — 이 선왕에게 졸라댄 건지는 몰라도, 어쨌든 선왕께서는 이 둘의 사랑을 분노와 불안한 마음으로 바라보셨고, 이를 매일 얼굴에 드러내셨다고 한단다. 그런데 왕세자는 아버지의 노여움이나 원망 따위는 알 바 아니라는 듯, 그 연정을 억누르기는커녕 공공연히 드러내 보였고, 할 수 없이 선왕께서는 이를 묵인하실 수밖에 없었지. 이래서 사사건건 아버님과 아드님은 서로 싫어하게 되었고, 선왕께서는 제3왕자 오를레앙 공을 친애하시게 되었어. 이 왕자는 잘생기고 훌륭한 분으로서, 열정도 있고 야심도 크며 또 혈기도 왕성하고 몸집도 커서 성인이 되면 영민하고 비범한 군주가 되실 분이었지. 왕세자에게는 형이라는 지위가 있고, 오를레앙 공에게는 왕의 총애가 있다는 식으로 형제 사이에는 일종의 경쟁심이 생기게 되었고 나중엔 증오로까지 발전되었지. 샤를 5세(신성로마제국의 황제 — 옮긴이)가 프랑스에 오셨을 때의 일인데, 황제는 왕세자보다도 제3왕자 쪽에 호의를 보이셨으므로, 왕세자는 그것을 한으로 생각하여, 선왕이 샹틸리에 가셨을 때, 허락도 받지 않고 원수에게 명령에 내려 포박하려고 했었지. 원수는 왕세자의 명령을 거역했기 때문에 나중에 자신의 명을 어겼다고 해서 원수를 책망하셨어. 원수가 궁정을 멀리하게 된 것도 역시 이 때의 일이 화근이 된 것이지. 이러한 왕자들의 불화에 눈독을 들인 데텀프 공작부인은 발랑티누아 공작부인에 대항하여 자기가 선왕의 총애를 계속 유지하려면, 오를레앙 편이 되지 않으면 안 되겠다고 생각했지. 오를레앙 왕자는 부인에게 사랑을 느끼지는 못했지만, 데텀프 부인을 위해 뭔가 하려고 애쓰셨지. 마치 왕세자가 발랑티누아 공작부인을 위해 신경을 쓰는 것처럼 말이야. 이러한 경위로 궁정이 두 파로 갈리고 말았지만, 이렇게 되면 너도 짐작이 가겠지. 물론 음모에는 여자가 끼게 마련이지만, 그렇다고 이 부인으로부터 출발한 책모가 부인에게서만 그친 것은 아니었어. 샤를 5세는 오를레앙 공에게 호의를 가졌으므로, 그에게 밀라노 공작의 영지를 물려주마고 여러 번 제의했고, 그 뒤 화평 교섭 때도 17주를 주고 자신의 딸과 결혼시키겠다는 좋은 조건을 내세워 왔어. 왕세자는 원수의 입을 빌어 강화 조약과 결혼 조건에 반대를 했지. 동생이 17주를 가지고 황제의 사위가 되면, 가난한 자신이 왕위 계승자가 되었을 때 힘의 균형이 깨질 염려가 있다는 것을 아버지에게 주장하게 했단다. 원수로서는 왕세자의 심중을 너무나 잘 아는 터이고, 또 그러니만큼 자기의 공공연한 적인 오를레앙 공의 출세를 갈망하고 있는 데텀프 부인의 속셈에 정면 대립을 하고 있었으므로, 일이 이렇게 되어 버린 것이지. 그 때 왕세자는 샹파뉴에서 선왕의 군대를 이끌고 샤를 5세의 군대를 진퇴양난으로 몰아넣어 전

멸이라는 상황까지 밀고 나갔지. 데텀프 부인은 프랑스군이 너무 우세해지면, 화평 교섭을 하지 않게 되고, 황제의 딸과 오를레앙 공과의 결혼도 깨질 염려가 있었으므로, 적군과 내통하여 프랑스군의 군량이 있는 에스페르네와 카토티에리를 기습하도록 시켰어. 적은 그 말대로 해서 겨우 전군을 구출했지. 데텀프 부인은 이 이적 행위의 성공을 오래 즐길 수는 없었어. 얼마 안 있어 오를레앙 공이 전염병에 걸려 파르무티에서 죽고 말았거든. 오를레앙 왕자는 궁정 안에서 가장 아름다운 부인과 사랑을 주고받던 사이였는데, 그 부인의 이름은 말할 수가 없구나. 왜냐하면 그 분은 그 뒤로 근신을 하고, 돌아간 왕자에 대한 사모의 정을 가슴속 깊이 간직하고 계셨기 때문에 열부라는 평판을 얻게 되셨지. 그리고 이건 또 무슨 연고인지, 그 부인은 오를레앙 공의 서거 소식을 들은 날 남편의 부고를 받았단다. 그래서 슬픔을 감추지 않을 구실이 생긴 셈이라 거리낌 없이 통곡을 했단다. 선왕도 아드님 오를레앙 공의 서거 뒤에 그리 오래 살지는 못하셨어. 2년 뒤에 돌아가셨으니까. 왕세자에게 남긴 유언은 투르농 추기경과 다느보 해군 대장을 중용하라는 것이었는데, 당시 샹틸리에 칩거중인 몽모랑시 원수에 관해서는 한마디도 언급이 없으셨어. 하지만 왕세자는 즉위하자마자 원수를 불러올리시고, 국정을 맡기셨어. 데텀프 부인은 궁정을 쫓겨남과 동시에 혹독한 박해를 받았지. 발랑티누아 공작부인은 이제 기회가 왔다는 듯이 데텀프 부인을 비롯하여 자기 마음에 들지 않는 모든 사람들에게 마음껏 복수를 하셨어. 발랑티누아 공작부인이 폐하께 미치는 힘은 왕세자 시절보다도 무한해진 것 같았어. 그래서 부인은 폐하 재위 20년 동안 절대적인 권세를 누렸어. 임면(任免)도 정무(政務)도 자기 마음대로 하신 거야. 투르농 추기경도, 올리비에 대법관도, 빌르로이 경도 모두 이 부인 때문에 쫓겨나고 말았어. 부인의 그릇된 행동을 폐하께 한마디라도 여쭈려 했던 자는, 그런 눈치만 보여도 몸을 망치고 말았지. 포병 총사령관인 테 백작은 전부터 부인을 싫어했기 때문에 부인의 정사(情事)랑, 특히 폐하께서 질투하고 계신 브리삭 백작과의 관계를 폐하께 고하고자 했는데 이미 부인의 입김이 작용해 하루아침에 직을 빼앗기고 말았어. 그런데 이상하게도 그가 빼앗긴 포병 총사령관 자리는 부인의 추천으로 브리삭 백작이 맡게 되고, 백작은 금방 대장으로까지 승진하게 되었지. 그러면 그럴수록 폐하의 질투는 더욱 심해졌고, 브리삭 대장이 궁정에 드나드는 것조차 보기 싫어하셨어. 그런데도 대체 질투라는 것이 보통 사람에게는 살을 베이는 것처럼 고통스러운 것인데, 한 나라의 왕인 경우에는, 연인에 대한 존경심 때문에 적당히 얼버무려지는 듯하더구나. 그래서 피에몽을 통치시킨다는 핑계로, 폐하께서는 이 연적을 피에몽 총독으로 임명하여 겨우 내쫓았지. 대장은 피에몽에 몇 해 있다가, 작년 겨울에 돌아왔단다. 표면상 이유는 군력 증강의 탄원과 군수품 조달이라는 것이었는데, 사실은 발랑티누아 공작부인을 뵙고 옛일을 잊지 않게 하기 위한 귀국 행차였겠지. 이 때 폐하께서는 퍽 냉랭하게 대하셨단다. 기즈 가문은 발랑티누아 공작부인 때문에 겉으로는 아닌 척했지만,

사실은 대장을 미워하는 터라 대장의 공공연한 적인 몽모랑시 원수를 충동질하여, 대장이 요구하는 사항은 아무것도 들어주지 않도록 해 버렸어. 이러한 방해 공작이 척척 맞아들어간 까닭은, 원래 폐하께서 대장을 싫어하셨을 뿐만 아니라, 그가 궁 안에 있으면 불안했기 때문이지. 결국 대장은 선물 하나 못 가지고 임지로 돌아갈 수밖에 없었지. 굳이 선물이라고 하면, 궁을 떠나 있는 동안 꺼질 뻔한 연정의 불길을 발랑티누아 공작부인의 가슴속에 다시 피워 놓고 간 정도였지. 폐하께서는 이 대장 외에도 질투를 하셔야 할 사람들이 많았지만 질투를 하지 않으신 이유는 그걸 모르고 계셨든지, 그렇지 않으면 그것을 말씀하실 용기가 없으셨든지, 둘 중 하나였을 거야……."

샤르트르 부인이 덧붙였다.

"난 잘 모르겠구나, 딸아. 네가 알고 싶어하지 않는 일까지 말하고 만 것 같구나."

클레브 공작부인이 대답했다.

"아니에요, 어머니! 그런 생각은 조금도 하지 않았어요. 어머니께서 싫어하지만 않으신다면, 제가 모르는 일을 더 가르쳐 달라고 조를 참인데요."

클레브 공작부인에 대한 느무르 공작의 연모는 매우 거센 것이었으므로, 외국에 가 있을 때라도 공이 손을 끊을 수 없던 많은 애인들에 대한 애정이나 추억조차 까마득히 잊게 만들었다. 그로서는 애인들과 인연을 끊는 평계를 생각해 내는 것조차 귀찮을 지경이었다. 상대의 불평을 들어주거나, 원망스런 말에 대답을 해 주는 것조차 견딜 수가 없었다. 공이 상당히 애태우고 있었던 왕세자비조차도, 지금만큼은 클레브 공작부인에 비길 것이 못 되었다. 더 이상 하루라도 속히 영국으로 건너가기 위해 초조해하지도 않았고, 출발에 필요한 물건들을 재촉하지도 않았다. 공은 자주 왕세자비를 찾아갔는데, 그 이유는 클레브 공작부인이 자주 그곳에 오기 때문이며, 한편으로는 자신이 왕세자비를 흠모하고 있다고 사람들이 생각하게 만들고 싶었기 때문이었다. 클레브 공작부인은 매우 아름다운 여인이었으므로 자신의 사랑을 세상에 널리 알리는 위험을 저지르는 것보다는, 마음속 깊이 간직해 두기로 했다. 그래서 아무것도 숨기지 않고 허물없이 지내던 샤르트르 대공에게조차 이 연정을 말하지 않았다. 느무르 공은 언행을 조심했으므로 기즈 기사를 제외하고는, 공이 클레브 공작부인을 사랑하고 있다고 생각하는 사람은 아무도 없었다. 부인 자신은 그런 큐피드의 화살이 자기에게 쏟아지고 있다는 것을 눈치채기까지는 매우 힘이 들었지만, 공에게 호감을 가지고 그의 행동을 특별히 눈여겨보고 있었으므로, 공의 마음을 짐작할 수 있었다.

   부인은 다른 남자로부터 고백을 받았다면 전부 어머니에게 털어놓았겠지만, 느무르 공의 연정에 대한 자신의 심리 상태에 관해서는 전부 고백하고 싶지가 않았다. 그렇다고 비밀로 붙여두어야겠다는 뚜렷한 목적의식이 있는 것도 아니었지만, 어쩌다 보니 말을 할 수가 없게 되었다. 그러나 샤르트르 부인은 딸이 공에 대해 갖고 있는 호의나 사모의 마음을 감추고 있다는 것을 너무나 잘 알고 있었다. 그래서 부인은 복통을 앓을 지경이었다. 샤르트르 부인에게는 느무르 공만큼이나 뛰어난 사람, 더욱이 이 쪽에서도 호의를 갖는 사람으로부터 사랑을 받는 것은, 이미 혼인한 딸의 입장으로 볼 때 매우 위험한 일임이 불을 보듯 뻔했다. 딸의 심리 상태에 대한 추측은, 그로부터 며칠 뒤에 일어난 사건으로도 확인할 수가 있었다.

생탕드레 대장은 자신의 호화스러운 생활을 자랑할 기회를 호시탐탐 노렸는데, 마침 새로 지은 저택의 피로연이라는 구실로 여러 비들과 더불어 만찬회에 임행하시기를 국왕께 청원했다. 사실 대장은 낭비에 가까운, 깜짝 놀랄 만큼의 호화로움을 클레브 공작부인에게 보이고 싶었던 것이다.

초대장이 돌고, 잔칫날을 며칠 앞둔 어느 날, 늘 건강이 좋지 않던 왕세자(앙리 2세의 큰아들로 나중에 프랑수아 2세가 됨 — 옮긴이)의 병세가 갑자기 나빠졌다. 왕세자는 아무도 만나려 하지 않았으며 왕세자비(메리 스튜어트 — 옮긴이)만이 그의 곁을 지켰다. 저녁때쯤 왕세자는 기분이 좋아지자 밖에 있던 빈객들을 불러들였다. 왕세자비도 자기 방으로 돌아가서, 클레브 공작부인을 비롯한 극친한 부인 몇 명을 만났다.

왕세자비는 벌써 밤도 깊었고, 옷도 갈아입지 않았으므로 왕비께 저녁 인사를 드리러 가지 않기로 했다. 시녀에게는 지금부터 찾아오는 손님들에게는 자리에 없다고 전하라 하고, 보석 상자를 방으로 가져오라고 분부했다. 생탕드레 대장의 무도회에 걸고 갈 보석이나 장신구를 고르기 위해, 그리고 클레브 공작부인에게 선물하기로 한 것을 고르기 위해서였다. 이렇게 둘이서 보석을 고르고 있을 때 콩데 대공이 찾아왔다. 그와 같은 신분을 가진 사람은 어느 곳이나 자유로이 드나들 수가 있었던 것이다. 왕세자비는 대공에게 "왕세자를 뵙고 오신 거죠?"라고 말하고 왕세자의 병세를 물었다.

"모두들 느무르 공과 토론하고 계십니다."

대공이 대답했다.

"느무르 공은 자신이 지지하는 입장을 강력히 변호하고 있으나, 그 열렬한 태도로 봐서는 아무래도 그 자신의 입장인 것 같습니다. 아마도 느무르 공에게는 사랑하는 여인이 있어서, 그 여인이 무도회에 가면, 여러 가지 염려스러운 일이 발생할지도 모른다고 생각하는 것 같아요. 아무튼 그 분이 자신의 연인과 무도회에서 만나면 안 될 뭔가가 있는 것 같습니다."

"어머나, 저런!"

왕세자비가 대답했다.

"연인이 무도회에 나가는 것을 기뻐하지 않는다고요? 남편이라면 아내가 그런 곳에 가는 것을 꺼려하겠지만, 연인끼리 그런 생각을 하다니, 참 이상한 일이군요."

"느무르 공 말로는……."

콩데 대공이 왕세자비의 말에 대답했다.

"무도회라는 곳은 사랑에 빠진 남자가 상대 여성으로부터 사랑을 받고 있든, 그렇지 않든지간에 참아내기 어려운 곳이라고 합니다. '만약 사랑을 받고 있는 경우라면 그 남자는 며칠 동안 여느 때보다도 냉대를 받고 슬퍼해야 한다. 화장이나 몸치장 때문에 연인을 저버리는 여자란 별로 없다. 그래서 괴로움을 참고 열중하는 것이다. 그리고 이 몸치장이라는 것은 사랑하는 이뿐만 아니라, 또 다른 남자를 위한 것이기도 하다. 여자는 무도회에 나가면, 자기를 바라다보는 누구에게라도 좋게 보이려 한다. 그리고 여성이 자기의 아름다움에 만족해할 때 맛보는 기쁨에는 사랑하는 남자를 위한 배려가 들어 있지 않은 것'이라고 하더군요. 그리고 '상대 여성으로부터 사랑을 받지 못하고 있는 경우에는, 남자는 도리어 자기 여인이 그런 모임 속에 끼어든 것을 보고 괴로워한다. 그녀가 남들에게 칭찬을 받으면 받을수록, 그만큼 자기가 사랑을 받고 있지 않다는 것을 아주 불쾌히 생각하고, 행복한 사랑이 싹틀까 봐 안절부절못해야 한다'라고 하는군요. 그리고 마지막으로 한 말입니다만, 무도회에서 자신의 연인을 지켜보는 괴로움과 맞먹는 것은 없지만, 만약 있다고 한다면, 그것은 자신이 가지 않은 무도회에 연인이 가 있었다는 것을 나중에 알게 될 때라고 하더군요."

클레브 공작부인은 콩데 대공의 이야기를 듣지 않는 척하고 있었지만, 실은 매우 주의 깊게 듣고 있었다. 느무르 공의 의견 중에서, 특히 자신의 연인이 간 무도회에 자신은 갈 수 없는 슬픔에 대해 언급한 부분에서, 부인 자신의 일이 얼마만큼 포함되어 있는 것인지 부인은 쉽게 알 수가 있었다. 왜냐하면 느무르 공은 왕으로부터 페라에 공을 맞으러 나가라는 명령을 받아서 생탕드레 대장의 무도회에는 참석할 수가 없었던 것이다.

왕세자비는 콩데 대공과 함께 웃었지만, 느무르 공의 의견에는 찬성하지 않았다.

"느무르 공이 자신의 연인에게 무도회에 나가도 좋다고 말할 경우는……."

대공이 말했다.

"단 한 가지입니다. 즉 자기가 베풀 때죠. 작년에 그 분이 비(妃) 전하를 위해 무도회를 벌였을 때, 수행인처럼 꾸미고 왔다고는 하지만, 어쨌든 자기가 주최하는 연회에 비께서 참석해 주시는 것은 사랑하는 남자로서는 퍽 기쁜 일이고, 궁정 사람들 사이에서 매우 능수능란하게 손님을 대접하는 자신의 모습을 연인에게 보이는 것은 나쁘지 않다고 했습니다."

"그럼, 느무르 공이 여는 무도회에는 연인이 와도 좋다는 말씀인가요? 그 분에게는 연인이라고 이름 붙일 수 있는 여인이 너무 많이 있으니까 모두에게 똑같이 대접을 해야 할 거예요."

왕세자비는 웃으면서 말했다.

콩데 대공이 무도회에 관한 느무르 공의 의견을 이야기하기 시작했을 때부터, 클레브 공작부인은 생탕드레 대장의 무도회에 나갈 마음이 없어지고 말았다. 자신을 좋아하는 것 같은 생탕드레 대장이 있는 곳으로 가서는 안 된다는 생각이 들었기 때문이다. 그녀는 '느무르 공이 기뻐할 일을 해야 한다'라는 뚜렷한 이유가 준비된 것이 기뻤다. 어쨌든 왕세자비가 준 보석은 집으로 갖고 갔지만, 그날 밤 어머니에게 그것을 보이면서, 이번에는 이것을 쓰지 않으려 한다고 말했다. 그리고 생탕드레 대장이 자신에게 마음이 있다는 것을 기회가 있을 때마다 보이려고 애쓰는 것을 보니, 폐하를 위한 것이 되어야 할 연회가 자신을 위한 것처럼 보이기도 하고, 더욱이 자택에서 환대를 한다는 핑계로 이 편에서는 받기 곤란할 정도의 친절을 베풀 것이 우려된다고 말했다.

　샤르트르 부인은 그것이 세상에서 통하지 않는 생각이라고 말하면서, 딸의 의견에 반대했다. 그러나 딸도 상당히 강경하게 나왔으므로 부인도 지는 척하며, 연회에는 불참하더라도 나중에 의심을 받으면 안 되니까 병이 나서 못 갔노라고 해두지 않으면 안 된다고 타일렀다. 클레브 공작부인은 느무르 공이 나가지 않을 자리라면, 자신도 가지 않아도 그만이라고 생각하여 며칠 동안 친정에 와 있기로 했다. 이리하여 느무르 공은 부인이 연회에 가지 않게 된 것도 모르고 길을 떠나게 되었다.

　공은 이튿날 돌아와서, 부인이 무도회에 참석하지 않은 것을 알았다. 그러나 공은 자신이 왕세자 방에서 한 이야기를 누군가가 부인에게 이야기한 것을 몰랐기 때문에, 자신이 부인의 무도회 출석을 가로막을 만큼 행복한 남자라는 생각은 꿈에도 하지 못했다.

　이튿날 공이 왕비를 뵙고, 왕세자비와 이야기를 나누고 있을 때 샤르트르 부인과 클레브 공작부인도 곁에 앉아 있었다. 클레브 공작부인은 병색이 가시지 않은 듯 보이려고 일부러 너풀너풀한 옷을 입고 있었는데, 안색은 옷과는 정반대였다.

"어머나! 예쁘시기도 하지."

왕세자비가 부인에게 말했다.

"아무래도 병환 중이라고는 보이지 않는데요. 콩데 대공님의 말을 듣고 그 무도회에 가지 않으신 거죠?"

부인은 속으로 뜨끔했다. 특히 느무르 공 앞에서 자신의 속마음이 탄로났기 때문에 얼굴이 화끈거렸다.

샤르트르 부인은 그제야 비로소 딸이 왜 무도회에 가지 않으려고 했는지를 알아차렸다. 그래서 느무르 공도 그렇게 여기면 매우 난처하다고 생각했으므로, 재빨리 그럴듯하게 시치미를 떼려고 입을 열었다.

"사실 말씀입니다."

부인이 왕세자비에게 말했다.

"딸애는 비께서 생각하시는 것처럼 출중한 아이가 못 됩니다. 그 때는 정말로 몸이 안 좋았어요. 제가 말리지만 않았더라도 무도회에 꼭 참석했을 겁니다. 어젯밤과 같은 연회에는 여러 가지 진귀한 것도 많았을 것이니, 그것을 보기 위해서라도 저 애는 꼭 비를 모시고 갔을 겁니다."

왕세자비는 샤르트르 부인의 말을 믿었다. 느무르 공도 마찬가지였으므로 이를 유감스럽게 생각했다. 그렇다고는 해도 클레브 공작부인이 부끄러워하는 모습을 보자, 왕세자비의 말씀도 사실과 크게 다르지는 않을 거라고 생각하게 되었다. 한편 클레브 공작부인은 느무르 공 때문에 생탕드레 대장 댁에 가지 않았다는 것을 그가 눈치챌까 봐 조마조마했지만, 어머니의 말 한마디로 그러한 우려가 깨끗이 사라지자, 이번엔 어쩐지 슬퍼졌다.

　세르칸 회의는 결렬되었지만, 화평 교섭은 여전히 계속되었고, 그 외의 사태에도 조금 진전이 있었으므로 결국 2월 말에 카토—캉브레지에서 교섭을 재개하기로 되었다. 강화 사절의 진용에 변화는 없었다. 이리하여 생탕드레 대장이 파리를 떠나게 되자, 느무르 공은 가장 두려웠던 연적에게서 해방되게 되었다. 이 연적은 클레브 공작부인의 마음을 휘어잡으리라는 위협보다도, 부인에게 다가가는 사나이들을 엄중히 감시한다는 점에서 더 두려웠던 것이다.

　샤르트르 부인은 느무르 공에 대한 딸의 마음을 잘 알면서도 이를 모르는 척했다. 그것을 딸에게 이야기해 버리면, 자기가 가르쳐 주려 했던 여러 가지를 딸이 이상하게 여기지는 않을까 하는 걱정에서였다. 그런데 어느 날, 부인은 겨우 느무르 공에 관해서 입을 열었다. 겉으로는 공을 칭찬하는 식으로 이야기했지만, 매우 총명한 분이니까 연애 따위는 하지 못할 성격이라든가, 부인들과의 교제를 쾌락으로만 생각하고 진실한 사랑은 할 수 없는 사람이라는 식으로 그럴듯하게 모함을 해 놓았다.

　"그 분이 왕세자비께 놀러 가시더구나. 그러니까 너는 될 수 있는 대로 느무르 공과는 이야기를 안 하는 것이 좋다. 더욱이 단둘이서는 안 돼. 왕세자비는 네가 그 두 분의 연애를 중개하고 있는 것처럼 소문을 낼지도 모른다. 그런 소문이 얼마나 불유쾌한 것인지는 너도 잘 알고 있을 거야. 만약 그런 소문이 계속된다면, 너는 왕세자비를 뵙는 것을 그만두어야 할 거야. 남의 연애 소동에 들러리가 되어 끼어들어서는 안 되니까 말이지."

클레브 공작부인은 느무르 공과 왕세자비의 소문에 관해서는 들은 것이 없었던 터라, 깜짝 놀라고 말았다. 지금껏 공의 마음가짐을 여러 가지로 추측하고 있었는데, 자신의 추측이 모두 다 착각이었다고 생각하자 얼굴이 창백해졌다. 샤르트르 부인은 그 표정을 놓치지 않았다. 마침 그 때 손님이 왔으므로, 클레브 공작부인은 집으로 돌아가 두문불출했다.

방금 전에 어머니가 한 말 때문에, 느무르 공에게 품고 있던 자신의 호의를 뚜렷이 자각하게 된 클레브 공작부인의 괴로움은 무어라 형언할 수 없는 것이었다. 이제껏 부인은 그러한 호의를 품고 있는 자기 자신을 인정할 용기가 없었을 뿐이었다. 이내 이 사실을 자각한 부인은 자신이 느무르 공에게 품고 있는 이 느낌이, 남편인 클레브 공작이 그다지도 줄기차게 요구해 오던 바로 그 느낌이라는 것을 비로소 알게 되었다. 그녀는 남편에게 품어야 할 이런 느낌을 다른 남자에게 품고 있다는 것은 부끄러운 짓이라고 반성을 했다. 한편으로는 느무르 공이 왕세자비에게 경쟁심을 일으키기 위한 도구로 자기를 이용한 것은 아닌가 하는 생각도 들자, 슬며시 화가 나고 마음이 어지러웠다. 이러한 착잡한 심리 상태에서 부인은, 이제껏 감추고 있던 것을 어머니에게 고백하기로 결심했다.

이튿날 아침 부인은 이 결심을 실행하기 위해 어머니 방에 들어갔다. 하지만 어머니에게 조금 열이 있는 것 같아서, 고백은 잠시 미뤄두기로 했다. 어머니의 병이 그리 심한 것 같지는 않자 점심 후에 부인은 여느 때처럼 왕세자비를 찾아갔다. 왕세자비는 아주 친한 두 부인과 거실에 있었다. 그녀는 클레브 공작부인을 보자 말했다.

"느무르 공 이야길 하고 있던 참예요. 모두들 그 분이 브뤼셀에서 돌아오신 뒤 너무나 변해 버린 것에 놀라고 있어요. 출발 전에는 이루 헤아릴 수 없이 많은 연인이 계셨고, 그것이 그 분의 결점이기도 했지요. 그 분은 훌륭한 여자건 보잘것없는 여자건 아무 구별 없이 위하시는 분인데, 그런데 이번에 돌아오신 뒤로는 모든 연인들을 감쪽같이 잊은 듯하거든요. 이렇게 사람이 달라진다는 것은 도저히 있을 수가 없는 일이에요. 이젠 마음가짐까지 달라진 것 같고 어딘가 침울해하시는 것 같아요."

클레브 공작부인은 아무 대답도 하지 않았다. 그리고 만약 자기가 정신을 차리지 못하고 있었더라면, 공이 달라졌다는 따위의 소문을 듣고 그것을 자신에 대한 사랑의 표시로 받아들였을 것이라며 부끄러워했다. 그건 그렇고 왕세자비가 이처럼 느무르 공의 일이라면 자꾸 캐묻고 자기 자신이 누구보다도 진상을 잘 알면서도 짐짓 놀라는 척하는 것을 볼 때마다 원망스러운 생각이 들었다. 이 느낌의 전부는 못 보이더라도 그 일부라도 왕세자비에게 보이지 않고는 못 견디겠기에, 다른 부인들이 나가 버린 뒤 곁에 가서 낮은 목소리로 여쭈었다.

"아까 말씀하신 것이 저에게도 해당이 되나요? 느무르 공의 인품이 돌변하신 원인이 왕세자비 님 때문인 것을, 저에게 뒤집어씌워 감추시는 것이 아니신지요?"

"천만에요. 당신은 뭔가 착각을 하고 있군요."

왕세자비는 펄쩍 뛰었다.

"나는 당신에게 티끌 하나 감추고 싶지 않아요. 느무르 공도 브뤼셀로 떠나시기 전엔, 그야 나를 싫어하지 않으셨죠. 그러나 돌아오신 뒤로는 언제 그런 일이 있었냐는 표정이에요. 솔직히 말해서 나도 그가 왜 그렇게도 달라졌는지 여간 궁금한 게 아니에요. 하지만 이 수수께끼를 푸는 것은 그리 어렵지 않을 것 같군요. 그 분과 친한 샤르트르 대공이, 내 말을 잘 듣는 어느 부인을 사랑하고 계시므로, 그 여자 분이라면 느무르 공의 성격 변화의 원인을 캐낼 수 있으리라고 생각해요."

왕세자비의 말을 통해 클레브 공작부인은 진상을 알게 되었고, 어느 틈에 마음도 훨씬 가라앉아 있었다.

어머니의 방으로 들어가 보니, 아까 자신이 나갈 때보다 훨씬 더 병환이 악화되어 있었고, 열도 몹시 올라 있었다. 조금 있으니 열이 더 심해지는 것으로 보아, 큰 병인 것 같았다. 클레브 공작부인은 비탄에 젖어 어머니의 곁을 떠나지 않았다. 클레브 공도 이 방에서 거의 매일을 보냈다. 이는 사랑하는 아내가 홀로 슬픔에 잠기게 하지 않기 위해서였는데, 또 다른 이유로는 매일 아내의 얼굴을 볼 수 있다는 즐거움도 있었다. 공의 열정은 조금도 식지를 않았다.

클레브 공작에게 늘 깊은 우정을 보여주던 느무르 공은 브뤼셀에서 돌아온 뒤에도 우정을 나타내는 데 게을리하지 않았다. 샤르트르 부인이 누워 있는 동안에도 몇 번이나 주인을 뵈러 왔다느니, 주인에게 산보를 권하러 왔다느니 하면서 클레브 공작부인을 만날 수단을 강구하고 있었다. 주인이 없으리라 생각되는 시간만을 골라 일부러 문을 두드리는 일조차 있었다. 그리고 그런 때는 좀 기다리겠다는 핑계로 샤르트르 부인의 거실 옆방에 버티고 앉아 있었다. 언제나 그 대기실에는 높은 신분의 궁정 사람들이 와 있어서 클레브 공작부인이 들르곤 했다. 어머니의 병환으로 수심에 가득 찬 그녀의 얼굴조차 느무르 공의 눈에는 여전히 아름답게 보였다. 공은 부인의 슬픔을 진심으로 걱정하고, 그러한 근심을 다정하고 솔직하게 털어놓았으므로, 부인은 그가 사랑하고 있는 여자가 왕세자비가 아니라고 믿지 않을 수가 없었다.

그녀는 느무르 공의 모습을 보자, 마음이 심란한 상태임에도 불구하고 반가움을 억누를 길이 없었다. 그런데 그가 자기 앞에 있지 않을 때도, 그의 아름다움이 눈앞에 아른거리면서 가슴이 두근거리는 것이 사랑의 징조라고 생각하니 미칠 것만 같았다. 그런 생각이 너무 고통스러워서 때때로 부인은 그가 미워지기까지 했다.

샤르트르 부인의 병은 점점 위중해져서 이제는 절망적으로 보였다. 부인은 자신의 병세가 위독하다는 의사의 말을 듣고도 당황하지 않았으며, 그 동안 쌓은 덕과 신앙에 어울리는 용기로써 태연하게 행동했다. 그녀는 의사가 돌아가자 간호자들을 내보내고, 클레브 공작부인을 곁에 불러 앉혔다.

"이제 헤어져야 할 때가 온 것 같구나."

부인이 딸에게 손을 내밀면서 말했다.

"너를 위험한 상황에 홀로 놓아둔 채, 영원히 이별을 해야 한다고 생각하니, 괴롭고 슬퍼서 못 견디겠구나. 너는 느무르 공을 좋아하고 있어. 고백을 바라는 건 아니야. 네가 정직하게 말해 준다 한들, 나는 이제 아무 도움이 되지 않는 몸이야. 네 마음은 벌써부터 알고 있었지만 그런 이야기는 안 하는 것이 좋겠다고 생각했지. 내가 이야기를 했기 때문에 네가 그것을 자각하면 안 되겠기에 말이다. 그러나 지금 나는 알고도 남을 만큼이나 알고 있단다. 너는 지금 절벽 위에 홀로 서 있는 거야. 이 위기에서 자기 몸을 지키려면 대단한 노력과 결단이 필요해. 남편에 대한 의무를 잊어서는 안 되고 자신에 대한 의무도 생각해야 한단다. 네가 어렸을 때부터 내가 바라고 또 바라서, 이제 겨우 너의 것이 된 저 높은 평판을 지금 잃으려 하고 있으니 안타깝구나. 자! 용기를 갖고 힘을 내렴. 궁정에서 몸을 빼내는 거야. 남편에게 은퇴를 권유하고, 좀 거칠고 어려운 방법으로라도 좋으니 두려워하지 말고 단행해야 한다. 처음에는 그러기 싫더라도 나중에 생각해 보면, 그것이 연정의 불행보다는 훨씬 유쾌한 것이 될 거야. 내가 바라는 것이자 너에게 명령할 수 있는 것은 정숙과 의무, 이 두 가지뿐이다. 그 밖에 또 무엇이 있다고 한다면, 네가 저 몹쓸 여자들처럼 타락하는 꼴을 보이지 말아 달라는 것이다. 만약 그런 불행이 너를 기다리고 있다면, 나는 그런 괴로운 경우를 당하기 전에 기꺼이 이 죽음을 환영할 거야."

클레브 공작부인은 꽉 쥐고 있던 어머니의 손 위에 엎드려 울음을 터뜨렸다. 샤르트르 부인도 가슴이 막혀 왔다.

"그럼, 안녕히. 이제 이런 이야기는 그만두자꾸나. 두 사람 다 슬퍼지기만 할 뿐이니……. 하지만 될 수 있으면, 내 말을 잊지 말아 주기를 바란다."

이 말을 끝내자, 노부인은 뒤로 돌아눕고, 시녀들을 불러 달라고 딸에게 부탁했다. 그러고는 입을 다물어 버렸다. 클레브 공작부인이 어떤 모습으로 방을 나갔는지 쉽게 상상할 수 있을 것이다. 지금 샤르트르 부인의 마음속에는 죽음에 대한 각오밖에 없었다. 그로부터 이틀 동안, 부인은 살아있었지만 유일한 애정의 대상인 외동딸을 만나 주려 하지 않았다.

클레브 공작부인은 깊은 슬픔에 잠겨 있었다. 남편은 잠시도 아내 곁을 떠나지 않고, 장모의 장례를 치르자마자 곧 시골로 아내를 데리고 갔다. 아내의 슬픔을 자아내는 장소로부터 멀리 떼어놓기 위해서였다. 사실 그녀의 슬픔은 아무에게서도 볼 수 없었던 정도의 슬픔이었고, 그 슬픔 속에는 물론 죽은 어머니에 대한 애정과 감사가 대부분을 차지했지만, 느무르 공에게서 자신을 지키는 데 없어서는 안 될 어머니를 잃었다는 실망도 크게 작용하고 있었다. 자기 자신의 감정을 억누르지 못할 이 때, 자신을 가엾이 여기고 힘을 북돋워 줄 사람이 꼭 필요한 이 때에 외톨이가 되어 버린 자기 자신이 가엾어 죽을 지경이었다. 이럴 때 클레브 공의 정중한 심려(心慮)를 접하게 된 부인은 남편에 대한 의무에 결함이 있어서는 안 된다며 더욱더 마음을 굳게 먹고 스스로를 채찍질했다. 그리하여, 예전보다 더 깊은 애정으로 남편을 대했다. 이젠 남편 곁을 떠나기가 싫었다. 이렇게 남편에게 매달려 있으면, 남편이 자신을 느무르 공으로부터 지켜 주리라고 믿었기 때문이다.

그러나 느무르 공이 클레브 공을 찾아 시골로 와서는 어떡해서든지 부인을 만나려고 했다. 그러나 부인은 만나고 싶지 않았다. 만나기만 하면 그를 그리워하게 될 것이 분명하므로 무슨 일이 있더라도 만나지 않으리라 결심한 것이다.

클레브 공작은 궁정 입시(入侍)를 위하여 파리로 가면서, 아내에게 이튿날 돌아오겠다고 약속했지만 그 다음날에야 겨우 돌아왔다. 부인은 남편을 보자마자 말했다.

"어젠 하루 종일 당신을 애타게 기다렸어요. 약속대로 돌아오시지 않은 것에 대해 잔소리를 해도 되겠죠? 이렇게 제가 슬픔에 잠겨 있는데도, 그보다 더한 슬픔을 느끼게 하시다니, 당신도 참 무심해요. 그런데 오늘 아침 투르농 부인의 부고를 들었어요. 한 번도 뵙지 못한 분이라 할지라도 아마 슬퍼했을 거예요. 그 분처럼 젊고 아름다운 분이 병석에서 이틀 만에 돌아가시다니 가엾다는 생각이 드는 것은 당연하지 않겠어요. 그런데 그 분은 제가 사교계에서 가장 좋아하는 분이었고, 신중하고 훌륭한 분이라고 알려진 분이었어요."

클레브 공작이 대답했다.

"어제 돌아오지 못해서 미안하오. 실은 한 가엾은 사나이가 있어서 말이오. 그를 위로해 주기 위해서는 내가 꼭 곁에 있어 주어야 하겠기에, 좀처럼 돌아올 수가 없었소. 그리고 투르농 부인의 죽음에 대해 그토록 슬퍼할 것까지는 없다고 생각하는데……."

"왜 그래요? 여보!"

클레브 공작부인이 말했다.

"궁정에서, 그렇게 존경을 받고 있는 분은 없다고 몇 번이나 들었는걸요."

"그야 그렇겠지만."

클레브 공작이 대답했다.

"그런 여자란 도무지 알 수가 없소. 나는 여러 여자들을 보면서 당신을 아내로 맞은 것이 너무 기뻐서, 아무리 나의 행복에 감사를 하고 또 해도 모자랄 정도요."

"저를 공연히 애태우지 마세요."

클레브 공작부인이 탄식하면서 말했다.

"아직도 저는 당신에게 부끄럽지 않은 아내라고는 할 수 없는 걸요. 그건 그렇고 제가 투르농 부인에 대해 잘못 알고 있는 것이 있다면 가르쳐 주세요."

"그런 건 전부터 알고 있던 거요."

공작이 대답했다.

"그 부인은 자신이 좋아하는 상세르 백작과 은근히 결혼하게 되기를 바라고 있었는데, 이것도 나는 전부터 알고 있었고."

"그래요? 믿을 수 없는데요."

클레브 공작부인이 말했다.

"투르농 부인은 홀로 되신 뒤, 결혼 따위는 멀리하셨고, 재혼은 하지 않겠다고 공공연하게 말씀하셨는데, 어째서 상세르 백작에게만은 그러한 기대를 거셨을까요?"

"상세르 백작 하나였다면, 좋게."

클레브 공작이 대답했다.

"뭐, 놀랄 것은 없소. 그러나 의외인 것은 에스통트빌에게도 동시에 추파를 보내고 있었다는 것이오. 그럼 지금부터 그 이야기를 당신에게 해 주겠소."

제2장

"상세르와 내가 친하다는 것은 당신도 잘 알고 있을 거요. 그런데 그는 2년 전부터 투르농 부인과 사랑에 빠져 있었음에도 나를 감쪽같이 속이고 있었소. 난 그런 일이 있으리라고는 상상도 하지 못했소. 부인은 죽은 남편을 아직도 못 잊었다는 듯이, 어디선가 검소한 은둔 생활을 하고 있었잖소. 다만 그 부인이 만나고 있는 사람이 있다면 상세르의 여동생 정도였는데, 그는 바로 이 여동생 집에서 투르농 부인을 만나 사랑하게 된 모양이오. 어느 날 밤, 루브르 궁전에서 관극(觀劇)이 있어서 폐하와 발랑티누아 공작부인의 왕림을 기다리고 있었는데 그 때 발랑티누아 공작부인이 병으로 몸져누워서 폐하께서도 못 오신다는 연락이 왔소. 공작부인께서 병이 나셨다니 혹시 두 분께서 말다툼이라도 하신 건 아닌가 하고 다들 생각하고 있었소. 브리삭 대장의 입궐로 인해 폐하께서 질투를 하고 계신다는 건 알고 있었지만 그 때 이미 대장은 피에몽으로 돌아간 후였으니 대체 어떤 말다툼이 있었는지 도무지 짐작할 수가 없었소. 상세르와 이런 이야기를 주고받고 있을 때 당빌 경이 들어오더니, 지금 폐하께서는 곁에서 보기에도 민망할 만큼 침통해하고 계신다는 전갈을 갖고 왔지 뭐요. 며칠 전에 브리삭 대장 때문에 말다툼이 있었는데 그 때 폐하께서 공작부인께 반지를 주셨다는군. 근데 관극을 보러 가기 위해 몸치장을 하고 있는 공작부인의 손에 반지가 없는 것을 폐하께서 보시고 그 까닭을 물으시자, 발랑티누아 공작부인은 그제야 생각이 났다는 듯이 시녀들에게 물었다 하오. 그런데 시녀들은 운수가 사나웠든지, 아니면 미리 어찌어찌하라는 내통이 안 됐든지, 4~5일 전부터 반지를 보지 못했다고 대답을 해버렸다는군. 그런데 4~5일 전이 마침 브리삭 대장의 출발 날짜와 겹쳐지니 폐하는 공작부인이 그 반지를 이별 선물로 줘 버렸다고 생각하실 수밖에 없었던 거요. 그렇게 생각하시니, 아직 식지 않은 질투가 다시 타오르기 시작하여, 시녀들에게도 불같이 화를 내셨다 하오. 그러고는 맥이 풀려 거실로 돌아가셨는데, 이것은 폐하 자신의 노여움이 발랑티누아 공작부인을 불쾌하게 해서는 안 되겠다는 심려에서인지, 아니면 성의껏 준 반지의 값어치를 무시당했다는 생각에서인지 잘 모르겠다는 것이 당빌 경의 이야기였소. 난 곧 이 이야기를 다시 상세르에게 그대로 해 주었소. 난 그 이야기를 하면서 혼자만 알고 있어야 한다고, 공연히 입을 놀리면 큰일이 날 거라고 몇 번이나 신신당부했소. 이튿날 아침 내가 여동생 집에 갔을 때 투르농 부인이 와 있었소. 부인은 발랑티누아 공작부인을 싫어했고, 내 여동생 역시 마찬가지라는 것을 나도 알고 있었소. 이건 다시 그 전날 밤 일인데, 관극이 끝나자 상세르는 돌아가는 길에 투르농 부인에게 들른 모양이오. 그러고는 부인에게 내가 말해 준 걸 모두 말한 것 같소. 투르농 부인은 그 이야기를 가르쳐 준 사람이 나라는 것을 모르고 앞뒤 생각도 없이, 내 여동생에게 그 얘길 하러 온 것이겠지. 내가 가자, 다짜고짜 여동생은 투르농 부인에게 이 이야기를 나에게도 해 주자며 내가 전날 밤 상세르에게 이야기한 것을 되풀이해 주더군. 내가 얼마나 난처했을지 당신도 짐작이 갈 거요. 내가 가만히 부인의 얼굴을 노려보자, 부인은 '아차, 실수' 하는 눈치였소. 나는 그 때 짐작을 했소. 연극이 끝나기가 무섭게 사라져 버린 상세르가 어디로 갔었는지를. 그리고 그가 투르농 부인을 몹시 칭찬한 것이 생각이 났소. 나는 그 때부터 상세르가 부인과 그렇고 그런 사이라는 것을 알고 있었소. 하지만 상세르가 나에게 그 부인과의 정사를 감쪽같이 감추고 있었다는 것에 화가 치밀어 견딜 수가 없었소. 그래서 투르농 부인의 경솔함을 혼내 주려고, 여러 가지 비꼬는 말을 해 주었소. 부인에게 '폐하와 공작부인과의 사건을 당신에게 가르쳐 준 남자가 부럽습니다'라고 말했던 거요. 그리고 곧바로 상세르에게 가서 그를 힐난한 뒤, 투르농 부인을 사랑하는 것을 알고 있다고 말하고 그걸 알게 된 경위는 말하지 않았소. 그래서 그는 결국 고백을 할 수밖에 없었지. 내가 그들의 진상을 알게 된 경위를 말해 주자, 그도 그녀와의 정사를 낱낱이 이야기하더군. 자기는 장남도 아니고, 그런 훌륭한 배필을 바랄 자격도 없었지만 부인 쪽에서 먼저 결혼할 결심이 굳어졌다고 말했다는 거요. 나는 이 말을 듣고 깜짝 놀랐지만 여하튼 상세르에게는 '그럼 빨리 정식으로 결혼 절차를 밟게, 세상 소문과는 다른 엉뚱한 짓을 하는 여자만큼 조심해야 할 것은 없으니까' 라고 친구로서 주의를 주었소. 상세르는 넌지시 부인의 의사를 떠보았는데 부인으로서는 여봐란 듯이 밖에다 내보일 수는 없다는 대답을 했다는군. 그는 그밖에도 부인을 변호하는 여러 가지 이유를 늘어놓았지만, 그런 말은 모두 상세르가 사랑에 빠진 정도를 나타내는 것들이었소. 그리고서 그는 나를 자기네 비밀을 아는 유일한 사람으로 인정하겠노라고, 그리고 그것에 부인의 동의를 받아내겠노라고 큰소리를 쳤지만, 그런 건 아무 의미도 없는 것이었소. 왜냐하면, 이 사랑을 제일 먼저 누설한 사람은 사실 부인 자신이니까 말이오. 상세르는 그 후 꽤 힘들게 부인의 동의를 얻어냈소. 그 뒤로 나는 이들 두 사람의 고백담을 여러 가지로 듣게 되었소. 자기 애인에게 그렇게도 몸을 정숙하게 하고 그렇게도 부드럽게 대해 주는 여자를 나는 본 적이 없소. 그러나 한편으론, 그녀가 아직도 남편 잃은 슬픔을 잊지 못한 것처럼 구는 것에서는 구역질이 날 정도였소. 상세르는 사랑에 빠져 버렸고, 자기에게 모든 것을 바친 부인의 태도에 만족하고 있었기 때문에, 여간해서는 결혼을 서두를 마음이 없는 것 같았소. 사랑 때문이 아니라 이해관계 때문에 결혼하고 싶어 한다고 알려질까 봐 그런 거겠지. 그러나 어쨌든 결혼식 이야기를 꺼내 보았더니, 부인도 그런 결심을 했다고 했소. 그뿐인가, 부인은 은둔 생활을 집어치우고, 사교계에도 차츰 나오게 되었으며, 궁정의 모임이나 내 여동생 집에도 자주 오곤 했소. 상세르는 내 여동생 집에는 별로 오지 않았지만, 부인은 매일 밤마다 왔기 때문에 부인을 본 사람들은 최근에 애교를 되찾은 것 같다고 숙덕거렸다는군. 부인이 독수공방을 하지 않게 되고 나서 얼마 뒤, 상세르가 부인의 애정이 식은 듯한 느낌이 든다고 나에게 여러 번 말했지만, 나는 그 불평을 믿지 않았소. 그런데 이게 웬일, 부인은 결혼식 준비를 하는 게 아니라, 오히려 이를 피하려 애쓰고 있다는 소문을 듣게 된 거요. 나는 그제야 상세르의 걱정이 정말이었구나 하는 생각이 들었소. 그래서 이렇게 말해 주었소. '투르농 부인의 연정이 2년이나 지속되다가 식었다면, 그건 별로 놀랄 것이 못 되네. 설사 식지 않았다 하더라도, 어쨌든 결혼식을 올려야겠다고 굳게 마음먹지 않는다면, 그것에 대해서도 불평을 늘어놓을 필요는 없네. 이 결혼은, 그 부인의 입장에서 볼 때 그다지 이로운 것만은 아니네. 왜냐하면 둘이 천생연분이라고 할 수 없을 뿐더러, 이 결혼 때문에 부인의 평판이 안 좋아지는 건 불을 보듯 뻔한 일이거든. 그러니까 터무니없는 희망을 끌어안고 마음 아파하지 말게. 부인에게 결혼할 용기가 없다 해도, 또한 그녀가 다른 남자를 사랑하고 있다고 고백하더라도 결코 감정이 흔들리거나 원망하지 말고 그런 때일수록 부인에게 경의와 감사를 잊어서는 안 되네' 라고 말이오. 거기다가 나는 이런 말도 덧붙였소. '내가 자네에게 하고 있는 이 충고는 사실 나 자신에게도 들려주고 싶은 것일세. 왜냐하면, 상대가 성실하면 내 마음도 감동하는 법이니까. 만약 아내로부터 좋아하는 남자가 생겼다는 고백을 받으면 슬프기야 하겠지만, 난 절대로 화를 내지는 않을 거야. 나는 남편의 입장을 떠나 충고를 하든지, 동정을 하든지 할 거야'라고 말이오."

남편의 말을 듣고 있던 클레브 공작부인의 얼굴이 갑자기 새빨개졌다. 현재 자신의 상황과 관련이 있는 듯한 이야기 같아서 부인은 잠시 정신을 가눌 수가 없었다.

클레브 공작은 다시 이야기를 계속했다.

"그래서 상세르는 투르농 부인에게 이야기를 했소. 내가 충고해 준 대로 다 했더군. 그런데 부인은 갖은 노력으로 상세르를 안심시키고, 그러한 의혹에 몹시 마음이 화가 난 것처럼 행동했기 때문에 상세르는 모든 불안을 잊어버리고 말았소. 그러나 부인은 상세르의 여행이 끝날 때까지 결혼을 연기하자고 했소. 부인은 출발하는 날까지 애인처럼 대해 주었기 때문에 상세르나 나는, 역시 부인이 상세르를 사랑하고 있다고 믿었던 것이오. 그가 없는 동안, 나는 투르농 부인을 거의 만난 적이 없었소. 마침 그 때 나는 당신 일로 가슴이 벅차 있었으니까 말이오. 3개월 후 상세르가 여행을 마치고 파리로 돌아온 것이 그저께 일이오. 그러나 도착하자마자 부인이 죽었다는 것을 알게 되었소. 나는 심부름꾼을 보내어 상세르가 돌아온 것을 확인한 후 곧바로 그의 집으로 뛰어갔소. 슬퍼하리라는 것은 충분히 짐작을 하고 갔지만, 그 슬퍼하는 모습이란 차마 눈을 뜨고 볼 수가 없을 지경이었소. 나도 덩달아 눈물이 나더군. 그렇게 마음 깊은 곳에서 우러나오는 슬픔은 본 적이 없소. 그는 나를 보자마자, 마구 껴안고 울부짖더군. '아! 이젠 그녀를 못 만나. 두 번 다시 못 만나. 죽어 버렸어. 여보게, 이 사람! 이제 그녀를 못 만난다네. 나는 곧 그녀를 쫓아갈 거야!' 그러더니 한참을 조용히 있다가 때때로 '그녀는 죽어 버렸어. 이젠 못 만나!'라고 말하며 엉엉 소리를 내서 우는데 거의 정신이 나가 버린 사람 같았소. 그리고 이런 말도 중얼거렸소. '여행 중에 그녀에게서 자주 편지는 오지 않았지만, 그녀는 나와의 관계가 편지 때문에 탄로가 날까 봐 두려웠던 거야'라고 말이오. 여행에서 돌아오면 식을 올리려 했던 샹세르는 한순간에 여인을 잃자 비탄 속에서 헤어나오질 못했소. 곁에서 보고 있던 나도 슬픔을 느꼈지만, 폐하를 알현해야 했기 때문에, 다시 오마고 약속을 하고 떠났소. 알현이 끝나자 나는 약속대로 그를 찾아갔는데 그 사이에 몹시도 변한 그의 모습에 다시 한 번 놀라고 말았소. 귀신 같은 얼굴을 하고 방 한가운데 동상처럼 서 있는가 하면, 뚜벅뚜벅 걷다가 멍하니 서 있고 하는 것이 한마디로 미친 사람 같았지. 그리고 나를 알아보더니 이런 소리를 하지 뭐요. '잘 왔네. 이리 와 주게나. 이리로 오라니까. 이 세상에서 가장 불행한 사나이를 와서 보란 말이야. 아까보다도 지금은 천 배나 불행해. 내가 방금 전에 들은 소문은, 그녀의 죽음 이상으로 나쁜 것이야.' 슬픔 때문에 거의 넋이 나간 줄로만 알고 있던 나는, 사랑하는 연인의 죽음 이상으로 나쁜 소문이란 게 무엇인지 상상을 못했소. 그래서 나는 그에게 한마디 했소. '슬퍼하는 데도 정도가 있어. 자네가 정도를 벗어나지 않는다면, 나도 같이 슬퍼하겠지만 지금처럼 자포자기가 되어 이성을 잃는다면, 나도 이젠 동정 따위는 할 수가 없어.' 그랬더니 그가 다시 큰소리로 말하더군. '빌어먹을……. 이성도, 목숨도 다같이 없어져 버리면 도리어 행복할 거야. 투르농 부인은 나를 감쪽같이 속이고 있었어. 다른 남자가 있다는 것을—그녀의 배반 행위를, 나는 그녀가 죽은 이튿날—내 마음이 가장 격심한 고통과 아름다운 애정으로 꽉 찼을 때—알았단 말이야. 그녀의 잊지 못할 모습이 가장 완전한 것으로 내 가슴속에 아로새겨졌을 때 그러한 말이 내 귀에 들어오다니……. 나는 모든 게 잘못되었다는 걸 알았지. 눈물 한 방울 흘려 줄 가치도 없는 여자란 걸 말이야. 그런데도 나는 그녀가 나에게 정숙하던 때와 마찬가지로, 그녀의 죽음을 이토록 슬퍼한다네. 하지만 말이야, 또한 그녀의 추악함이 찡하게 느껴져. 만약 죽기 전에 그녀의 변심을 알았더라면, 나는 온몸에 가득 찬 질투 때문에 그녀가 죽었다는 슬픔을 어찌어찌 견디어 냈을 거야. 하지만 지금의 나는 단념할 수도, 미워할 수도 없어. 공중에 둥둥 뜬 기분이야.' 상세르의 말을 듣고 내가 얼마나 놀랐을지 당신도 상상이 될 거요. 도대체 어떻게 해서 그런 것을 알게 되었느냐고 묻자, 내가 궁에 들어간 뒤 잠시 후에 그의 친구 에스통트빌이 찾아왔다더군. 이 친구는 상세르의 연애에 대해서는 전혀 모르는지라 다짜고짜 엉엉 울면서, 이제부터 하는 이야기를 지금껏 감추고 있던 것은 자신의 잘못이라며 사과하고 나서는, 아무쪼록 자기를 가엾이 여겨 달라고 했다는 거요. 그러면서 자기는 투르농 부인의 죽음을 이 세상에서 가장 슬퍼하는 사나이라고 했다니 샹세르가 얼마나 의아했겠소. 샹세르는 나에게 이렇게 말했소. '나야말로 부인의 죽음을 가장 슬퍼하고 있다고 말해 주려 했네. 그런데 도무지 말할 기운이 없었어. 그건 그렇고, 에스통트빌이 계속 말하는 걸 들으니 기가 막히더군. 그는 벌써 여섯 달 전부터 그녀와 사랑을 속삭여 오면서 줄곧 나에게 고백하려 했지만, 부인이 못하게 말려서 시소게임을 계속해 왔다는 거야. 자기 쪽에서 부인을 연모하자 부인 쪽에서도 좋다고 했다는군. 그래서 둘이 짜고서 다른 사람들에게 감추어 왔기 때문에, 에스통트빌은 공개적으로 부인의 집에 간 적이 없었지. 더 어처구니없는 건 부인이 죽기 직전에, 에스통트빌과 결혼식까지 이야기가 됐더란 것이야. 그런데 이 결혼이란 게 물론 연애의 결과로서 이루어지는 것이기는 하지만, 겉으로는 부인이 에스통트빌에게 이렇게 말했다고 하네. 언행에 차이가 나서는 안 된다는 아버지의 말씀에 따르기 위해 결혼을 하는 것이라고……. 그러니 내가 에스통트빌을 안 믿을 수가 있겠나. 그가 거짓말을 하는 것 같지도 않고, 또 그가 부인을 사모하기 시작했다는 시기가 마침 나에 대한 부인의 태도가 달라지기 시작한 시기였으니까. 그러나 나는 다시 생각해 보았어. 거짓말이 아닌가, 아니면 망상가가 아닌가 하고. 그래서 그에게 욕을 퍼부으려고 했지만, 아니다, 좀 기다려 보자, 더 깊이 캐물어 보자고 생각해서, 여러 가지 질문도 하고, 그에게 의혹을 자아내게도 해보았지. 그런데 결과는 마찬가지였어. 그는 나에게 부인의 필적을 기억하느냐고 말하면서 내 침대 위에 부인의 편지 네 통과 부인의 초상화를 꺼내 놓더군. 그 때 내 동생이 방에 들어오자 그는 눈물로 범벅이 된 얼굴을 남에게 보이기가 싫은지, 남겨 놓은 저 물건은 오늘 밤에 가지러 오겠다며 나가 버리고 말았어. 나는 좀 피곤하다는 핑계를 대고 동생을 내쫓아 버렸지. 에스통트빌이 놓고 간 그녀의 편지라는 것을 한시라도 빨리 읽고 싶었기 때문이야. 그가 말한 것이 전부 거짓임을 밝혀 줄 증거를 발견하고 싶어서 견딜 수가 없었어. 그런데 아뿔싸, 슬프게도 발견해서는 안 될 것을 발견하고 말았던 거야. 그 섬세한 애정! 사랑의 맹세! 결혼에 대한 굳은 약속! 거기다가 정다운 글귀! 그녀는 단 한 번도 나에게 이런 편지를 준 적이 없었어. 나는 그녀의 죽음과 부정이라는 두 가지 슬픔을 동시에 맛보고 말았지. 이런 예가 어디 흔한 일인가? 그럼에도 불구하고 부끄러운 이야기지만, 나에겐 그녀의 변심보다도, 죽음 쪽이 훨씬 충격이었어. 참 잘 죽었다, 이 정도의 죄라면 죽어 마땅하다고는 도저히 생각할 수가 없더란 말이야. 살아 있다면 책망을 하거나 복수를 하든지 해서 잘못을 뉘우치게 할 수도 있었지만 이젠 두 번 다시 못 만나니……. 이건 불행 중의 불행이야. 내 목숨과 바꿀 수만 있다면, 내가 죽고 그녀를 되살려 주고 싶어. 자네가 볼 땐 어리석게 느껴질 거야. 살아나면 보나마나 에스통트빌을 위해서 일생을 바칠지도 모르니까. 차라리 어제가 행복했어. 정말 행복했어. 나만큼 비탄에 빠진 사나이는 없겠지만, 적어도 그녀의 거짓 사랑은 몰랐을 테니까. 그런데 하루가 지난 오늘, 모든 것이 엉망진창 뒤죽박죽이 되어 버렸으니 미칠 것만 같아. 내 진실한 사랑이 이렇게도 추락할 수 있는 건가? 나는 그녀와의 추억을 미워할 수도 없어. 체념할 수도, 슬퍼할 수도 없어. 아무쪼록 앞으로 내가 다시 에스통트빌의 낯짝을 보지 않게 주선해 주지 않겠나? 그 놈의 이름만 들어도 소름이 끼쳐. 내가 그놈을 원망할 이유가 없다는 것쯤은 나도 알고 있어. 하지만 투르농 부인을 사랑하고, 부인으로부터 사랑을 받은 그 놈이 미워서 죽겠어. 귀찮겠지만 제발 그 놈이 내 앞에 나타나지 않게 무슨 수를 써 주게나' 하는 것이었소. 그러고는 막 울다가 중얼거리다가 아니면 저주를 퍼붓는 그의 종잡을 수 없는 태도를 보고 있으려니, 아무래도 그를 안정시켜 줄 사람이 필요할 듯했소. 그래서 나는 지금 막 폐하 곁에서 헤어져 나온 그의 동생을 부르러 보냈지. 난 곧 동생을 딴 방으로 조용히 불러, 형의 모습을 알려주었소. 그리고 둘이서 그의 형을 에스통트빌과 만나지 못하게 조치를 강구해 놓고서, 조금이라도 제정신이 들도록 애써 보았지. 오늘 새벽에 만났을 때는 절망이 아주 극에 이르러 있었는데, 동생이 곁에서 돌봐주고 있기 때문에 나는 이렇게 당신이 그리워서 집으로 돌아온 것이오."

이야기가 끝나자, 클레브 공작부인이 말했다.

"그래요, 정말 깜짝 놀랄 만한 일이군요. 투르농 부인은 사랑이라든가, 거짓이라든가 그런 것은 도저히 못 하실 분으로만 알고 있었는데……."

"그 부인만큼 완벽한 이중인격자는 아마 우리 프랑스에 없을 거요."

클레브 공작이 말했다.

"자, 보시오. 상세르가 부인의 태도가 달라졌다고 눈치챘을 때 그 부인은 이미 변심한 상태였고, 벌써 마음은 몽땅 에스통트빌에게 가 있던 것이오. 아마도 부인은 에스통트빌에게 안겨 당신은 남편을 잃은 나의 슬픔을 씻어 주었노라고…… 나는 당신 덕택에 오랜 은둔 생활과도 작별하게 되었노라고 말했겠지……. 그러면서도 상세르에게는, 음울한 표정을 보이며 마치 자신의 의사와는 상관없이 끝내 친정아버지의 명령으로 마지못해서 에스통트빌과 결혼하는 것처럼 꾸미려 했다니 가증스러울 뿐이오. 나는 다시 가엾은 상세르를 위로하러 가야겠지만, 당신도 이젠 집으로 돌아가야 하지 않을까 생각하오. 차츰 사교계 신사숙녀도 만나고, 또 그들의 방문에도 응해 주어야 할 때가 온 것 같소. 언제까지나 죄인처럼 사람 만나는 것을 피하고 살 수는 없는 것 아니오."

그리하여 클레브 공작부인은 이튿날 파리로 갔다. 부인은 느무르 공작에 대해 전보다도 더 침착한 기분이 되었다. 어머니가 남긴 유언과 어머니의 죽음에 대한 슬픔이 느무르 공작에게로 향한 애정을 중단시켜 버렸기 때문에, 자연히 마음의 평온을 되찾을 수 있었던 것이다.

파리에 닿은 날 밤, 왕세자비가 병문안을 와서 어머니를 잃은 클레브 공작부인을 위로했다. 또한 그 동안 궁정에서 일어난 일들을 아주 쉬쉬하면서 몇 가지 이야기해 주었다.

"가장 먼저 해 주고 싶은 이야기는 느무르 공이 누군가를 아주 열렬히 사랑하고 있다는 거예요. 그의 가장 친한 친구들도 느무르 공의 상대 여인이 누군지 짐작조차 할 수 없다고 하네요. 왕위에 오를 수 있는 기회까지 저버릴 만큼 강렬한 사랑이라니 도대체 그 여인이 누군지 모두들 수군거리고 있어요."

그러고 나서 왕세자비는 영국에 관한 이야기를 들려주었다.

"지금 이야기한 것은 모두 당빌 경에게 들은 거예요. 그의 말로는 폐하께서 어젯밤, 리뉴롤의 편지대로 느무르 공을 부르셨다는 겁니다. 리뉴롤은 자신의 귀국 이유를 밝히면서 느무르 공의 내방이 늦어지는 것을 더 이상 영국 여왕에게 변명할 수 없다는 친서를 직접 폐하께 보냈다는 거예요. 그리고 엘리자베스 여왕은 차츰 화를 내기 시작해서—물론 이건 아직 뚜렷하게 드러난 것은 아니지만—더 이상 말도 하기 싫으니 이제 꼭 오라고 초대할 생각도 없어졌다는 거예요. 이 편지를 폐하께서 직접 느무르 공에게 읽어 주셨는데 느무르 공은 대강 농담으로 얼버무리고만 있었대요. 그 분은 여왕의 남편 후보자로서 첫째가는 사람이지만 정작 자신이 남편이 될지 안 될지 모르는 판에, 영국 구석으로 밀려들어 가면 유럽의 모든 나라로부터 주책없는 놈이라고 욕을 먹게 된다는 말씀도 하셨대요. 또한 스페인 왕이 여왕과의 결혼을 열렬히 바라고 있는 현재, 자신이 지금 영국으로 건너가는 것은 적절한 처사가 아니라고 했다는군요. 그리고 연애가 그 일보다 더 중요한 것이 아니라는 말씀과 함께 폐하께서도 스페인 왕을 상대로 싸우라고 권하시지는 않을 것으로 사료된다고까지 덧붙였대요. 그러자 폐하께서 대답하시기를 '이런 때일수록 더 싸워야 한다고 생각하오. 그것밖에는 지금 싸울 일이 뭐가 있겠소. 스페인 왕에게 다른 뜻이 있다는 건 나도 잘 알고 있소. 설사 그것이 없다 하더라도, 메리 여왕이 스페인의 구속에 상당히 쓰라린 경험을 겪은 뒤니, 동생인 엘리자베스 여왕으로서는, 같은 경우를 또 당하리라 생각하실 리 없소. 스페인 왕이 몇 나라의 왕을 겸하고 있는 자라고 할지라도, 그와 같은 왕관의 개수에 현혹될 것 같지는 않는데……' 라고 말씀하셨답니다. 이에 느무르 공이 대답하기를 '왕관의 개수에 현혹되지 않는다 하더라도, 여왕에 대한 사랑 때문에 결혼하고 싶다는 생각을 하게 될지도 모릅니다. 몇 해 전 일입니다만, 엘리자베스 여왕은 쿠르트네 경을 사랑하셨습니다. 경은 또한 메리 여왕으로부터 사랑을 받으셨습니다. 만약 엘리자베스 여왕의 젊음과 미모가 메리 여왕과 결혼하여 왕위에 오르는 희망 이상으로 경의 마음을 뒤흔들고 있었다는 것을 메리 여왕이 알지 못했다면 아마 온 영국의 축복 속에 쿠르트네 경과 결혼했을지도 모릅니다. 그러나 그 사실을 알게 된 메리 여왕의 질투 때문에 두 분은 똑같이 감금당하는 몸이 되셨습니다. 그래서 그 당시 엘리자베스 여왕은 스페인 왕과 결혼하기로 결심하셨다는 것은 폐하께서도 아시는 대로입니다. 그러므로 지금 왕위에 계신 엘리자베스 여왕은 언젠가는 경을 그리워하실 것이 틀림이 없고, 여왕 때문에 이런저런 고생을 겪으셨던 쿠르트네 경을 두고 아직 보지도 못한 저 때문에 남편감을 고르지 않을 것이라고는 생각되지 않습니다'라고 말씀드렸다지 않아요. 그러자 폐하께서는 '과연 나도 공과 같은 의견이오. 다만 그 쿠르트네 경이 아직 살아 있다면 말이오. 그런데 그가 며칠 전에 갇혀 있던 파두아에서 죽었다는 소식을 들었소'라고 말씀하시고는 느무르 공의 곁을 떠나시면서 이렇게 덧붙이셨대요. '어쨌든 공의 결혼도 왕세자 때와 같이 하지 않으면 안 될 것이고, 영국에 곧 청혼 사절을 보내지 않으면 안 되게 되었소.' 느무르 공과 같이 입궐했던 당빌 경과 샤르트르 대공은, 느무르 공이 엘리자베스 여왕과의 결혼이라는 대계획을 포기하게 된 것이 그 분의 관심을 몽땅 빼앗아버린 연정 때문이라고 생각하셨다는 거예요. 누구보다도 느무르 공을 주목하고 있는 샤르트르 대공은 마르티니 부인에게 '느무르 공이 깜짝 놀랄 만큼 딴 사람이 되어 버렸어. 그리고 그보다 더 놀라운 일은 공이 아무와도 관계하고 있는 것 같지가 않고, 하루 종일 시간을 비우는 일도 없으니 짝사랑을 하고 있는 것 같아'라고 말했다는 거예요. 더욱이 느무르 공이 바뀌게 된 원인은 그 분의 구혼에 즉각 응하지 않고 있는 여인에게 끈질기게 미련을 두고 끙끙 앓고 계신 것에 있다고 하더군요."

왕세자비의 이야기가 클레브 공작부인에게 얼마나 해로운 독이었을지 쉽게 상상할 수 있을 것이다. 아무도 모르는 그 상대가 바로 자신이라는 것을 어찌 부정할 수가 있겠는가! 자신도 좋아하는 분이 그 사랑을 그 누구에게도 말하지 못하고 있을 뿐더러, 자신 하나 때문에 왕위에 오르려는 대망(大望)

조차도 포기했다는 소식을 들으면서 어찌 감사와 애정이 넘치지 않을 수 있겠는가. 그러므로 부인의 가슴을 뭉클하게 한 동요의 정도는 상상하고도 남음이 있었다. 만약 왕세자비가 주의해서 보았더라면, 자신이 한 이야기에 대한 클레브 공작부인의 반응이 뚜렷이 보였을 것이다. 그러나 왕세자비는 이를 짐작도 못하고 있었기 때문에, 그냥 흥밋거리 삼아 이야기를 이어나갔다.

"아까도 말씀드렸지만, 이러한 자초지종은 모두 당빌 경에게서 들은 거예요. 글쎄, 당빌 경은 내가 자기보다 더 잘 알고 있는 줄로 생각하던걸요. 어쨌든 당빌 경은 느무르 공이 나에게 마음을 두고 있다면서 나를 치켜세우고는 막 놀리지 뭐예요. 느무르 공을 딴 사람으로 만든 것이 나 아니면 누구겠냐고 하면서요. 그런 여인이 이 세상에 있겠느냐는 식으로 말이에요."

왕세자비의 이 마지막 말 한마디는 조금 전 클레브 공작부인의 가슴을 뒤흔든 동요와는 또 다른 동요를 불러일으켰다.

"저도 역시 당빌 경과 같은 생각입니다."

클레브 공작부인이 대답했다.

"영국의 여왕을 아깝게도 포기하시는 분이니, 그 분 마음속에 왕세자비님 이외에 누가 있겠습니까?"

"글쎄, 그걸 내가 알고 있다면, 당신에게 솔직하게 고백하겠어요."

왕세자비가 말을 받아넘겼다.

"그게 사실이라면, 내가 왜 그것을 모르겠어요. 그렇게 강한 사랑이라면, 그 바람을 일으키게 한 여자는 금방 알게 되는 것 아니겠어요? 누구보다 제일 먼저 깨닫게 되는 거죠. 지금껏 느무르 공이 나에게 보인 것은 기껏해야 가벼운 호의에 불과해요. 그러나 요새는 나와 같이 있을 때도, 전보다는 많이 달라진 걸요. 그래서 그가 나 때문에 영국 왕 자리에 대한 관심을 잃은 것이 아니라고, 분명히 당신에게 대답할 수가 있어요. 어머나! 딴 이야기만 하다가 정작 해야 할 이야기는 잊을 뻔했군요."

왕세자비가 덧붙여 말했다.

"난 공주에게 가봐야 해요. 당신도 강화 조약이 거의 조인될 거라는 것을 알고 있죠. 그런데 스페인 왕은 아들인 돈 카를로스 왕세자 대신에 자신이 폐하의 제1왕녀이신 엘리자베트 공주와 결혼한다는 조건이 아니면, 어떤 조항도 승낙하지 않겠다고 했대요. 그래서 폐하께서도 결단을 못 내리고 계셨는데, 결국은 승낙을 하시고서, 이것을 알리러 공주께 가셨던 것이죠. 엘리자베트 공주님이 얼마나 실망하고 계셨겠어요. 스페인 왕 같은 나이의, 그런 까다로운 분에게 시집을 가는 것은 기쁜 일이 아니거든요. 더욱이 공주님은 지금 그 젊음과 아름다움을 만끽하고 계시는 중인데 말이에요. 또 아직 만나본 일은 없지만, 가슴을 설레게 하는 그 젊은 귀공자와 결혼하는 날을 손꼽아 기다리고 계셨는데 폐하의 희망대로 엘리자베트 공주님이 순순히 말을 들으실지 어떨지는 잘 모르겠어요. 그래서 폐하께서는 공주님께서 나를 좋아하신다는 것을 아시고, 나라면 공주의 마음을 얼마쯤 전환시킬 수 있으려니 하며 나를 보내시는 거죠. 그러고 나서 나는 또 다른 분을 방문해야 해요. 폐하의 여동생이신 마르그리트 공주님 댁에 축하하러 가는 것이죠. 그 분과 사보아 공과의 약혼은 다 이루어졌어요. 폐하의 여동생 분처럼 그 나이가 되셔서 그렇게도 결혼을 기뻐하시는 분은 드물 거예요. 궁정도 이제와는 달리 번성해지겠죠. 그래서 말인데요. 당신이 어머님을 잃고 괴로워하는 건 충분히 알지만, 부디 나와서 프랑스 궁정에는 미인만 있다는 것을 외국 손님들에게 알려주지 않으면 안 되겠어요."

이렇게 말하고 왕세자비는 클레브 공작부인과 헤어졌다. 그리고 이튿날에는 앙리 2세의 제1왕녀인 엘리자베트 공주의 혼례가 공표되었다. 그리고 연이어 2~3일 동안에 국왕과 공작부인은 각각 클레브 공작부인을 찾아 조문(弔問)을 했다.

이번엔 클레브 공작부인의 상경을 고대하던 느무르 공 이야기인데, 그는 단둘이서만 이야기를 하고 싶었으므로, 조문객이 다 돌아간 시각에 찾아가려고 만반의 준비를 하고 있었다. 마침 그 기회를 얻어 마지막 손님이 나갔을 때, 느무르 공은 부인의 집에 닿았다.

부인은 침실에서 쉬고 있었다. 더운 날씨였다. 느무르 공작을 보자 부인은 얼굴이 달아올랐다. 하지만 그녀의 아름다움에는 아무런 변화가 없었다. 응접실에서 그는 부인의 맞은편 의자에 앉기는 했으나, 너무나 사랑하기에 서먹서먹해지는 위축감이 들어 잠시 동안은 말도 안 나왔다. 부인도 그에 못지않게 당황해서 상당한 시간을 침묵 속에 앉아 있었다. 겨우 느무르 공이 먼저 입을 열어서, 자친(慈親) 조상(弔喪)의 인사말부터 건넸다. 클레브 공작부인도 이 화제를 이야기하는 편이 자연스러울 것 같았으므로, 잠시 어머니를 잃은 것에 대해서만 이야기를 하고, 마지막으로 "이 슬픔도 시간이 지나면 조금은 흐려지겠지만 마음의 깊은 상처는 언제까지나 그대로 남을 것 같습니다"라고 이야기를 했다. 그 말을 받아서 느무르 공이 말했다.

"크나큰 슬픔과 사랑이라는 감정, 이 두 가지는 사람의 마음을 완전히 바꾸어 놓습니다. 저로 말하자면, 플랑드르에서 돌아와서는 제 자신이 아닌 것 같았으니까요. 이 변화는 남들의 눈에도 띄었는지, 언젠가 왕세자비께서도 저에게 그런 말씀을 하시더군요."

"왕세자비께서도 짐작하고 계신 것 같아요."

클레브 공작부인이 대답했다.

"저에게도 그런 말씀이 있으셨고요."

"왕세자비께서 눈치를 채셨어도 저는 아무렇지도 않습니다. 다만 눈치를 챈 사람이 왕세자비님뿐이라면 제 입장이 곤란하지요. 연모하는 의중을 상대방이 알아차려야 하는 건데 상대에 따라서는 넌지시 알릴 수밖에 없는 경우가 있어서요. 아주 떳떳하게, 상대방이 나 이외에 어느 누구에게서도 사랑을 받지 않았으면 하는 마음 때문에 고통스럽습니다. 내가 사모하는 사람이 아니면, 아무리 아름답고 고귀할지라도 냉랭한 눈으로밖에는 볼 수가 없는 것 아닙니까? 왕관 따위를 물리치고 다만 그녀 하나만을 택한다는 사실을 알아주었으면 하고 생각할 뿐입니다. 흔히 여성들은 자기를 대하는 남성의 연정을, 마음에 들게 하려고 하는 상대의 마음씨나 요구해 오는 그 태도로 판단하죠. 그러나 이런 식의 판단 방법은 만약 그 남성이 눈치가 빠른 사람이라면, 뭐 그리 어려울 것이 없습니다. 오히려 어려운 처신은 상대에게 귀찮게 달라붙으려고 하는 마음가짐에 빠져들지 않는 일이죠. 그 사람에 대한 자기 생각을 남은 물론, 그 상대에게조차 노골적으로 보이지 않으리라 하는 조심성에서, 그 상대를 피하려고 하는 그 태도 말입니다. 그리고 그 이상으로 그 남자의 진실한 애정을 드러내 보이는 것은, 지금까지의 기질이 바뀌어 버렸다는 변화를 의미하죠. 여태까지 야심과 쾌락에만 몰두했다면 앞으로는, 이 두 가지 욕심을 깨끗이 저버릴 작정입니다."

클레브 공작부인은 자신을 두고 하는 말이라는 것을 쉽게 짐작할 수 있었다. 부인은 잠자코 있지 말고 뭐라고 대답을 해야 할 것 같았다. 또 그 저의를 알았다는 표정을 해서도 안 되겠고, 그게 바로 자신을 두고 하는 말 아니냐는 눈치를 보여서도 안 되겠다고 생각했다. 결국 무언가 말을 해야 할 것 같기도 하고, 아무 말도 해서는 안 되겠다는 생각도 들었다. 느무르 공작의 이야기는 기쁘기도 하고, 슬그머니 화가 나기도 했다. 왕세자비의 이야기를 듣고 자기 나름대로 해석한 것의 확실한 증거를 눈앞에서 보는 듯했다. 그의 말 속에는 무언가 연정을 불러일으키는 것 같은 흐뭇한 느낌도 있고, 또 대담하게도 그것 보라니까 하는 교만으로도 보이는 점이 있었다. 그녀는 그에게 호감을 갖고 있던 터라, 가슴이 뛰는 것을 억누르기가 어려웠다. 그리운 사람의 말이라면 아무리 애매모호한 것이라도, 싫어하는 사람의 노골적인 사랑 고백보다는 훨씬 매혹적인 법이다. 그러므로 부인은 아무런 대답도 하지 않고 있었다. 느무르 공작은 끝내 부인이 잠자코 있는 이유를 알아차리게 되었는데, 만약 클레브 공작의 귀택 때문에 이 대담한 방문이 끝나지 않았다 하더라도, 느무르 공은 아마 이날 부인의 침묵에서 결코 나쁜 조짐을 연상할 수는 없었을 것이다.

클레브 공작은 상세르의 소식을 아내에게 알려주러 온 것이었다. 그러나 부인은 느무르 공이 다녀간 후에 그 누구와도 이야기할 마음이 없어졌다. 조금 전 나누었던 느무르 공과의 심리적인 담화에 온 정신이 사로잡혀 있었으므로, 남편과의 대화에는 건성으로 응했던 것이다. 남편이 없는 방에서 자유로이 머리를 식히면서 생각해 보니, 느무르 공작에 대해 자기가 그 동안 침착함을 유지해 왔다고 믿고 있었던 것은 잘못된 생각임이 뚜렷해졌다. 느무르 공작의 말은, 그가 바라던 대로의 효과를 발휘하여 자신의 연정을 부인의 가슴속에 깊이 새겨 넣어 버렸던 것이다. 느무르 공의 최근 행동은 그의 말과 일치하므로, 그 속마음을 의심할 수는 없었다. 이제 그녀는 느무르 공을 좋아하지 않겠노라고 자신만만하게 말할 수는 없게 되었다. 다만 이렇게 된 바에야 자기가 할 수 있는 일이란 그에 대한 연정을 남에게 들키지 않는 것이라고 부인은 생각했다. 그러나 그러기란 매우 어려운 일이었고 그 심로(心勞)는 약간 경험한 바도 있었다. 성공할 수 있는 단 하나의 방법은, 느무르 공과의 동석을 피하는 일이었다. 마침 부인은 상을 당한 상태이므로, 이것을 핑계 삼아 가급적 외출을 피하고, 간혹 외출을 하더라도 느무르 공이 나타날 만한 자리에는 절대로 가지 않기로 했다. 남들에게는 부인이 깊은 시름에 잠겨 있는 것이 모상(母喪) 때문인 것으로 보였으므로, 아무도 그 밖의 원인을 캐려고 하지를 않았다.

이날 오후 느무르 공작은 부인을 만날 수가 없어서 낙심하고 말았다. 그래서 열심히 어떤 모임이든 다 참석해 보았으나 사모하는 클레브 공작부인이 나타나지 않자 이제는 더 이상 자기도 그런 모임에 나타나지 않게 되었다. 그래서 이번에는 사냥에 미친 척하면서 궁정의 비(妃)들이 모이는 자리에도 핑계를 대고 나가지 않았다. 이렇게 활기를 잃고 지내는 동안 공작 자신도 가벼운 병이 들었으므로, 자기 집에 누워 요양을 했다.

마침 그 즈음, 클레브 공작도 병을 앓았다. 남편이 병상에 누워 있는 동안 부인은 병실 밖으로 한 걸음도 나가지 않았다. 좀 차도가 있자 응접실로 나가 손님들을 맞이했는데, 그 손님 중에는 느무르 공도 있었다. 느무르 공은 아직 몸이 거북하다는 핑계로 거의 하루 종일 응접실을 차지하고 있었으나 부인은 마냥 그와 이야기를 나눠서는 안 되겠다고 생각했다. 그러나 처음엔 느무르 공의 모습을 보자 곧바로 방을 나갈 용기가 나지를 않았다. 마음을 독하게 먹고 앞으로 보지 않겠다고 생각하기에는 너무나 오랜만의 상면이었다. 느무르 공은 아무것도 아닌 것처럼 이야기했지만 부인은 지난번에 그가 말한 것과 관계가 있는 내용이므로 잘 알아들을 수가 있었다. 느무르 공은 부인이 참석하지 않는 모임에는 가기 싫어서, 사색을 하기 위해 사냥만 나가고 있다고 넌지시 말했다.

부인은 느무르 공이 오면 외출을 하겠다고 마음을 먹었었는데, 그제야 겨우 그 결심을 실행에 옮기게 되었다. 물론 그것은 비상한 노력을 한 결과였다. 느무르 공은 자신을 피하는 부인을 보고 매우 침통해했다.

클레브 공작은 아내의 거동에 신경을 쓰지 않고 있다가, 응접실에 손님이 있으면 아내가 병실에 있기를 싫어한다는 것을 눈치채게 되었다. 그래서 공작이 그 까닭을 묻자, 아내는 매일 밤 궁정의 젊은이들과 같이 있는 것은 풍기상 좋은 일이 아니라고 대답했다. 그리고 앞으로는 더욱더 밖에 나가지 않는 생활을 하고 싶으니 허락해 달라고 했다. 그리고 이럴 때, 자기 같은 여자로서는 감히 해낼 수 없는 일일지라도 무엇이든지 척척 해냈던 훌륭하신 어머니가 생각난다고도 말했다.

그러나 항상 아내에게 부드럽고 친절하던 클레브 공작도 이때만은 그렇지가 않았다. 그리고 말하기를 그녀가 일상생활을 바꾸겠다는 데 절대로 찬성할 수 없다고 했다. 그러자 부인은 하마터면 '느무르 공작이 저를 사랑하고 있다는 소문이 나 있기 때문이에요'라고 대답할 뻔했다. 그러나 부인은 도저히 느무르라는 이름을 밝힐 용기가 없었다. 그렇다고 이런 경우에 거짓 이유를 내세우는 것도, 이렇게 자신에게 잘해 주는 남편에게 사실을 감추는 것도, 부인으로서는 역시 부끄러운 일이었다.

그로부터 며칠 뒤, 왕비가 개최하는 모임에 국왕이 왕림했다. 사람들은 점성술이나 예언을 화젯거리로 삼아 그것을 믿어야 하느냐, 믿지 않아야 하느냐로 의견이 둘로 나뉘어졌다. 왕비는 이런 일에는 적극적으로 나서는 편이어서, 이제껏 자신이 한 예언과 그 뒤에 일어난 일을 보면, 이런 학문에도 무슨 근거가 있음에 틀림이 없다고 주장했다. 이에 대하여 다른 사람들은 그 많은 예언 중에 들어맞은 것은 몇 안 되므로 우연의 결과라는 것이 확실하다고 주장했다.

국왕이 말했다.

"나는 예전에는 미래라는 것에 호기심을 가졌었는데 몇 번이나 내 귀에 들어온 예언이 모두 빗나갔으니 이젠 그리 믿을 것이 못 된다 생각하오. 미래라는 것은 인간이 미리 알 수 있는 그런 성질의 것은 아닌 것 같소. 벌써 5~6년 전 얘긴데, 뛰어난 예언가(노스트라다무스를 말함—옮긴이)가 파리에 나타났다는 소문이 파다했었소. 아마 파리 시민이라면 누구나 한 번쯤은 그 자를 찾아갔을 것이오. 나도 변장을 하고 기즈 공작과 데스카르를 데리고 찾아갔었소. 우선 둘더러 먼저 점을 보라고 했더니 그 예언가는 나를 두 사람의 주인으로 알았던지, 도리어 나에게 먼저 말을 했소. 그 내용이 뭐였는지 아시오? 내가 결투를 하다가 죽게 된다더군. 또 기즈 공작은 칼에 등을 찔려 죽는다고 하고, 데스카르는 말에 짓밟혀 머리가 깨진다고 아주 자신만만하게 말하더이다. 이 때 기즈 공작은 자신이 적에게 등을 보인다는 말로 알아듣고 자기가 비겁한 사나이인 양 느껴졌는지 화를 벌컥 냈고, 데스카르도 그러한 재수 없는 사고로 죽어야 한다는 말에 만족하지 않았소. 요컨대 세 사람 모두 이 유명한 예언가에게 불만을 품고 그 집을 떠나고 만 거요. 그야 모르지, 앞으로 기즈 공작이나 데스카르에게 어떤 일이 일어날지는 모르지만, 글쎄 생각해 보라고, 내가 누구와 결투를 할 리가 없는데, 그로 인해 죽게 된다니 될 법한 일이오? 어쨌든 그 자는 그런 말을 지껄이더군. 이번에 나는 스페인 왕과 강화 조약을 맺었지만, 설사 맺지 않았다 하더라도 왕이란 신분으로 결투까지 해야 한다고는 생각하지 않소. 선왕께서 샤를 5세에게 도전하신 것과 같이 내가 스페인 왕에게 도전하는 일은 있을 수 없으니까 말이오."

국왕이 자신의 불행에 관한 예언을 이야기하자 이제껏 점성술을 믿고 있던 사람들도 반대편으로 돌아섰다. 사람들은 점이란 도무지 믿을 게 못 된다는 것으로 의견의 일치를 보았다.

"이제 저의 이야기를 말씀드려 보겠습니다."

느무르 공이 소리를 높여 말을 꺼냈다.

"저만큼이나 예언을 믿어서는 안 될 사람도 없을 겁니다."

그는 곁에 앉은 클레브 공작부인에게 낮은 소리로 말했다.

"내가 가장 사랑하고, 가장 존경하는 어느 귀부인의 호의 하나로 내가 행복하게 될 수 있다고 예언한 사람이 있었어요. 내가 그런 예언을 믿어도 좋을지 어떨지, 부인께서는 아실 것 같은데요."

왕세자비는 처음엔 큰소리로 이야기를 하던 느무르 공작이 별안간 소리를 낮추어 클레브 공작부인에게 속삭이는 것을 보고 '자기에 관한 빗나간 예언 이야기라도 하는가 보다'라고 짐작하고, 지금 무엇을 이야기했느냐고 물었다. 만약 공작이 재치가 없는 사람이었다면 이 질문에 허둥댔을지 모르지만, 공작은 태연하게 대답을 했다.

"제 신분에 어울리지 않는 행운을 맞이할 것이라고 예언한 사람이 있어서 지금 그 이야기를 하던 참입니다."

"언제나 당신에게 그런 예언만 한다면야……."

왕세자비는 영국 여왕과의 결혼 건을 떠올리면서 웃으며 말을 이었다.

"나는 당신에게 점성술을 욕하라고까지는 말 안 해요. 당신이 그것을 옳다고 믿으면 점성술을 변호할 이유도 있을 수 있으니까요."

클레브 공작부인은, 왕세자비가 하는 말의 뜻도 잘 알고 있었으나, 그와 동시에 느무르 공이 말하는 행운이 영국의 왕이 되는 것이 아니라는 것도 잘 알고 있었다.

모친상을 치른 지 상당한 기간이 지났으므로 클레브 공작부인도 차츰 전처럼 사교계에 얼굴을 내놓기 위해서 궁정에 나오지 않으면 안 되었다. 느무르 공작과는 자주 왕세자비 궁에서 만났으며, 남편을 찾아온 공작을 자택에서 만나는 일도 있었다. 느무르 공작은 남의 눈에 띄지 않게 자기 또래 귀공자들과 같이 오는 일이 잦았다. 그런데 부인은 공작을 만나면 마음이 설레었고, 공작은 그런 부인의 속마음을 금방 알아차려 버렸다.

부인은 그의 시선을 피하려고, 될 수 있는 대로 그와 말을 하지 않으려고 애썼으나, 공작을 보는 순간 마치 어떤 충동에 이끌리듯 스스로 몇 마디 말을 건네게 되었으므로, 느무르 공작은 부인이 자신에게 전혀 관심이 없는 것은 아니라는 것을 알아차릴 수가 있었다. 그야 클레브 공작만큼 눈치가 없는 사람이라면 그것을 모르겠지만, 이제껏 많은 여성으로부터 사랑을 받아온 느무르 공인지라, 상대의 기분을 모르는 척하는 것이 도리어 괴로울 지경이었다.

느무르 공작은 기즈 기사가 연적인 것을 알고 있었고, 기사도 느무르 공작의 마음을 훤히 알고 있었다. 궁정에서 이 사실을 알고 있는 사람은 기즈 기사뿐이었다. 클레브 공작부인에 대한 사랑이 이 젊은이의 눈을 그 누구의 눈보다도 날카롭게 만든 것이었다. 두 젊은이는 서로의 마음을 알고 있기 때문에 서먹서먹해지고, 틈만 있으면 험악한 공기가 떠돌았지만, 그것이 겉으로 나타나 싸움이 되지는 않았다. 다만 무엇이든 서로 대립을 거듭하는 양상으로 표면화될 뿐이었다. 두 사람은 마상 투창, 무술 연습, 그 밖에 국왕이 주최하는 모든 경기에서 언제나 맞수가 되었다. 둘의 대항 의식은 점점 심해져서 일촉즉발의 위기에까지 이르렀다.

클레브 공작부인은 전에 있었던 영국 여왕과의 결혼 준비 사건을 떠올리게 되었다. 결국 느무르 공작도 국왕의 권유나 리뉴롤의 간청을 거절할 수 없게 되는 것이 아닌가도 생각했다. 리뉴롤이 돌아오지 않는 것도 걱정이 되고, 빨리 돌아와야 할 텐데 하고 기다려지기도 했다. 만일 마음대로 행동할 수만 있다면, 영국 여왕과의 혼사가 어떻게 되어 가는지 자세히 알아보고 싶었다. 그런데 그런 호기심을 일으키는 마음 그 자체가 싫든 좋든 부인에게 그 호기심을 감추라고 강요하는 것이었다. 그래서 결국 부인은 엘리자베스 여왕의 모습이나 재기나 기질 등에 관해 물어보는 정도에 그칠 수밖에 없었다. 국왕에게 보내진 여왕의 초상화로만 판단해 본다면 생각했던 것보다 훨씬 미인이었으므로 "이건 실제 인물보다 더 낫게 그린 것이겠죠?"라고 느닷없이 말을 하기도 했다.

그러자 곁에 있던 왕세자비가 말했다.

"나는 그렇게 생각 안 해요. 여왕께선 매우 아름다우시며 보통 사람에게선 볼 수 없는 재기가 넘치시는 분이라는 소문이 있거든요. 어르신네들도 우리더러 언제나 그 분을 본받으라고 하시던데요. 만약 어머니 앤 불린(헨리 8세의 2번째 아내 ─ 옮긴이)을 닮으셨다면 매우 상냥한 분일 거예요. 그리고 그 분의 어머니만큼 용모나 기질이 그렇게 매력적인 분은 흔하지가 않았대요. 조금 날카로운 면과 딴 분들과는 다소 다른 점이 있다고도 하는데 전형적인 영국 미인과는 전혀 다른 분이라고 들었어요."

"그 분은 프랑스에서 태어나셨다고 들었는데요."

클레브 공작부인이 말했다.

"글쎄, 그렇게 알려져 있기는 하지만 그건 잘못된 얘기예요."

왕세자비가 대답했다.

"앤 불린에 대한 이야기를 대강 할까요? 앤 불린은 영국의 명문 가문에서 태어났어요. 헨리 8세가 그 분의 언니와 어머니를 연모하신 적이 있어서, 앤 불린을 헨리 8세의 따님으로 아는 분도 계시지만 사실은 루이 12세와 혼인하신 헨리 7세의 여동생과 더불어 우리 프랑스로 온 거죠. 그런데 루이 12세의 왕비님 이야기인데, 이 분은 젊고 요염한 분으로서, 남편이 돌아가신 뒤부터는 몹시도 프랑스 궁정을 떠나기 싫어하셨습니다. 앤 불린도 왕비님과 같은 마음이었으므로 이 나라를 떠나실 결심을 안 하셨던 거죠. 거기다가 선왕 프랑수아 1세 폐하께서 몹시도 귀여워하셨으므로 앤 불린은 클로드 왕비님의 시녀가 되어 남아 있었죠. 그 뒤 클로드 왕비님이 돌아가시자, 선왕 폐하의 누님인 알랑송 공작부인, 나중에는 나바르 여왕이 되신 마르그리트님이 그녀를 시녀로 삼으셨습니다. 그리고 그녀는 여왕의 감화로 신교도로 개종했습니다. 그 뒤 드디어 영국으로 돌아가게 되어 모든 사람을 매혹시켰던 것이죠. 그 즈음 모든 국민들에게 환영을 받던 프랑스의 취미나 인사범절을 훌륭하게 배우고 있었거든요. 노래도 잘하고 춤도 잘 추었죠. 그리하여 헨리 8세의 왕비 캐서린의 시녀가 되었지만, 왕께서 그만 그 분에게 홀딱 반하셨던 거예요. 왕의 총애를 받고 있던 대법관이자 추기경인 울지는 로마 교황의 자리를 노리고 있던 사람인데, 샤를 5세가 자신의 야심을 지지해 주지 않는 데 불만을 품고 복수를 하려고 결심하고서는, 영국 왕가와 프랑스 왕가를 융합시키려는 꾀를 내었지요. 그래서 헨리 8세에게, 황제의 작은어머니(캐서린 — 옮긴이)와의 결혼이 무효라고 주장하며, 마침 그 때 남편을 잃은 알랑송 공작부인과의 결혼을 권유했지요. 일찍부터 야심을 품고 있던 앤 불린은, 캐서린과의 이혼이 성공하면, 자신에게도 왕좌에 오를 길이 트이리라고 생각했죠. 그래서 국왕께 루터의 가르침을 은근히 넣어 주려고 애씀과 동시에, 헨리 왕과 알랑송 공작부인과의 결혼에 기대를 걸고 계시던 우리 선왕 폐하께서는 이 이혼의 윤허를 로마 교황께서 집행하시도록 조종을 했지요. 울지 추기경은, 겉으로는 다른 명분이었지만 정작 이 문제를 마무리하려고 사절로서 프랑스에 왔습니다. 그러나 헨리 8세는 사절이 결혼 신청하는 것을 묵인할 수가 없어서, 결혼 이야기는 꺼내지 않도록 칼레에 와 닿은 추기경에게 훈령을 내렸답니다. 프랑스에서 돌아간 추기경은, 마치 국왕을 맞는 것과 같은 의전(儀典)으로 맞아졌지요. 어떤 총신(寵臣)일지라도, 이만큼이나 교만한 사람은 없었다고 해요. 추기경은 두 왕의 만남을 계획했습니다. 그 만남은 블로뉴에서 이루어졌지요. 프랑수아 1세 폐하는 탐탁지 않게 생각하면서도 인사하시는 헨리 8세에게 손을 내미셨죠. 그러고 나서 서로 호화찬란한 환대를 하시고, 자신을 위해 만들어진 옷을 기증하셨지요. 선왕 폐하가 영국 왕에게 기증하신 옷은 비단 무늬에 진주와 다이아몬드로 만든 장식을 붙인 것과 황금으로 수를 놓은 흰 빌로드 윗도리였다고 들었어요. 며칠, 블로뉴에 머무르신 뒤 두 분은 칼레로 가셨어요. 앤 불린은 헨리 8세 곁에서 무슨 왕비가 된 것처럼 시종을 거느리고 있었다고 하며, 프랑수아 1세는 이 분에게도 깍듯이 선물을 보내시고, 실제로 왕비를 대하시는 것 같은 예우를 하셨다고 해요. 헨리 8세는 이럭저럭 9년 동안의 열매가 맺어져 앤과 결혼하셨죠. 왕의 혼인 해소에 관해서는 벌써 오래전부터 로마 교황에게 윤허를 청원하고 있었지만, 그 윤허가 내려지기 전에 치러진 결혼이므로, 교황은 곧 파문을 선고하셨죠. 헨리 8세는 대노하셔서, 스스로가 새 종문(宗門)의 교주가 되시고, 당신도 아시다시피 전 영국 국민을 불행한 개종으로 이끄셨지요. 앤 불린도 자신의 영화를 그리 오래 즐길 수는 없었죠. 왜냐하면, 캐서린 왕비의 죽음을 알고, 이젠 자신의 지위가 더 확고해졌구나 생각하고 있을 무렵이었어요. 어느 날 궁정 사람들과 같이 로슈포르 자작이 주최한 마상 투창을 구경하고 계실 때였는데 영국왕이 별안간 질투를 일으켜, 자리를 걷어차고 그대로 런던으로 돌아가 버렸답니다. 곧이어 왕비와 로슈포르 자작, 그 밖에 왕비의 애인이나 심복 부하라고 지목되는 몇 사람의 체포령을 내리셨지요. 이 질투는 느닷없이 일어난 감정처럼 보이지만, 사실은 그 전에 로슈포르 자작부인이 로슈포르 자작과 왕비의 관계를 질투해서 마치 불륜 관계라도 되는 듯이 귀띔을 했기 때문이죠. 왕께서도 그 즈음엔 제인 시모어를 총애하셔서, 어떻게 해서든지 앤을 내쫓으려는 음모를 꾸미고 계셨죠. 그로부터 3주도 못 되어 왕비와 로슈포르 자작을 재판에 회부하여 사형을 시키고, 자신은 제인 시모어와 결혼하셨죠. 이 밖에도 총애를 좀 받다가는 이혼 소동이 나거나, 왕의 역정을 사서 목숨을 잃었던 여인이 두서너 명 더 있었어요. 로슈포르 부인이 아는 분으로 그 뒤 부인과 같이 죽은 캐서린 하워드도 그 축이죠. 이리하여 로슈포르 부인은, 앤 불린에게 억울한 죄를 뒤집어씌운 천벌을 받은 셈이죠. 그런데 헨리 8

세는 이유 모를 원인으로 인해 자꾸 살이 쪘는데, 그 때문인지는 모르나 결국 돌아가시고 말았죠."

왕세자비의 이야기를 들은 부인들은, 영국의 궁정 사정을 자세히 가르쳐 준 것에 대해 사례를 했다. 그러나 클레브 공작부인은 거기에 덧붙여 엘리자베스 여왕의 일을 캐묻지 않을 수가 없었다.

왕세자비는 모든 궁정 미인들의 조그만 초상화를 그리게 하여, 시어머니인 왕비에게 바칠 작정이었다. 클레브 공작부인의 초상화가 다 되어 가는 어느 날 오후, 왕세자비는 부인의 집으로 갔는데, 느무르 공작이 왕세자비를 모시고 갔다. 공은 시치미를 딱 떼면서도, 부인과 만날 수 있는 기회를 놓치는 법이 없었다. 이날 부인은 더욱더 아름다워서 아직 사랑을 하고 있지 않았다 하더라도 새삼 사랑에 빠지게 되리라 믿어질 정도였다. 그러나 화가가 부인을 그리고 있는 동안은, 공도 부인을 마주 쳐다볼 용기가 없었다. 기쁜 표정으로 정신없이 바라보고 있는 모습을 몽땅 드러내 보이면 안 되겠다는 걱정에서였다.

왕세자비는 클레브 공작이 갖고 있는 부인의 초상화를 보여 달라고 부탁했다. 서로 비교해 보기 위해서였다. 전에 그려진 초상화에 두 가지 비평이 가해졌다. 그래서 클레브 공작부인은 화가에게 초상화의 머리 장식 부분을 조금 고쳐 달라고 부탁했다. 화가는 부인의 부탁을 받아들여 상자에서 예전 초상화를 꺼내어 붓을 댄 뒤 테이블 위에 놓았다.

느무르 공은 일찍부터 부인의 초상화를 입수하려고 애써

왔다. 그리하여 클레브 공작이 차지한 이 초상화를 훔치고 싶다는 생각이 불현듯 떠올라 억누를 수가 없었다. 거기다가 오늘 그 그림을 내놓은 자리에는 여러 사람들이 북적대고 있으니, 없어졌다 하더라도 자신에게 혐의가 돌아올 것 같지는 않았다.

왕세자비는 침대에 걸터앉아, 앞에 서 있는 클레브 공작부인과 속삭이고 있었다. 그 클레브 공작부인에게, 침대 곁에 놓인 탁자를 등지고 서 있는 느무르 공의 모습이 장막 하나가 반쯤 열린 곳으로부터 보였는데, 별안간 느무르 공이 그 자세에서 손만 뒤로 돌려서 탁자 위의 무엇인가를 슬쩍 가로채는 것이 보였다. 자신의 초상화일지도 모른다는 생각이 들자 부인은 당황했다. 왕세자비는 부인이 자신의 말에 귀를 기울이지 않는 것을 눈치채고 뭘 그렇게 보고 있냐고 큰 소리로 물었다. 느무르 공은 소리가 나는 곳으로 시선을 돌렸다가 자신을 바라보고 있는 부인과 눈이 마주쳤다. 공작은 부인이 자신의 행동을 다 지켜보고 있었다는 것을 깨달았다.

클레브 공작부인은 난처했다. 초상화를 제자리에 갖다 놓으라고 해야겠다고 생각은 했지만, 손님들 앞에서 하면 자신에 대한 느무르 공의 사랑을 만천하에 드러내고 말 것이고, 단둘만 있을 때 한다면, 그에게 사랑을 고백하는 기회를 만들어 주는 셈이 되기 때문이다. 결국 부인은 못 본 척하는 것이 가장 현명한 방법이라고 생각했다. 이 조처는, 자기가 그냥 넘어가 주기만 한다면 또 그것으로써 느무르 공이 기뻐할 수만 있다면 내버려두는 것도 반드시 나쁜 일만은 아니리라고 생각했던 것이다. 그러나 느무르 공은 부인이 그 사실을 알고 당황해하는 것을 깨닫고, 모든 걸 짐작한다는 듯 부인 곁에 다가가서 아주 낮은 소리로 말했다.

"제가 저지른 짓을 목격하셨더라도 아무쪼록 못 보신 척해 주십시오. 그 이상의 부탁은 하지 않겠습니다."

이렇게 말하고, 공작은 대답도 기다리지 않고 나가 버렸다.

왕세자비는 부인들을 모두 데리고 산보를 나갔다. 한편, 느무르 공은 부인의 초상화를 손에 넣은 기쁨을 사람들 앞에서 감출 수가 없었기 때문에 얼른 집으로 돌아갔다. 그럼으로써 공은 사랑의 참맛을 느끼고 있는 것이었다. 궁정 제일의 미인을 사랑하고, 그 미인도 자신을 사랑할 뿐 아니라, 그녀의 행동 하나하나에서 순진무구한 여인이 사랑 때문에 애쓰는 불안이나 안절부절못하는 눈치가 배어 나옴을 뚜렷이 알아차렸기 때문이다.

그날 밤, 부인 댁에서는 초상화가 없어졌다고 소동이 벌어졌다. 들어 있던 상자는 있으니까 도둑을 맞았다고는 볼 수 없고, 어쩌다가 다른 곳으로 옮겨지지 않았나, 그렇다면 언젠가 나오겠지 정도로 마무리되었다. 클레브 공작은 그림을 분실한 것을 너무나도 안타까워했다. 그리고 아무리 찾아보아도 소용이 없다는 것을 알자, 부인을 향해서 반농담조로 말했다.

"당신에게 사랑하는 남자가 있어서 당신이 그에게 주었거나 아니면 그가 집어 갔거나 둘 중에 하나인 것 같소. 연인이 아니라면 상자 없는 초상화로 만족할 리가 없으니까."

이 말은 웃으면서 사람을 죽이는 격으로, 클레브 공작부인의 뒤통수를 한 대 치는 셈이 되었다. 후회가 되었다. 부인은 자신을 느무르 공에게 가까이 다가가도록 한 애정의 저 거센 힘을 생각해 보았다. 그러자 지금의 자기로서는 더 이상의 말도, 표정도 억제할 수가 없다고 생각했다. 리뉴롤의 귀국도 생각했다. 영국 여왕과의 결혼도 이제는 걱정이 되지 않았다. 왕세자비에게 갖고 있던 의혹도 사라졌다. 결국 지금 자기를 지켜 주는 것은 아무것도 없는 셈이며, 자기 스스로 몸을 빼내는 것 이외에는 안전한 방법이 없다고 생각했다. 그러나 궁정에서 벗어나 산다는 것도 자기 혼자서는 결정할 수 없는 일이어서, 부인은 진퇴양난에 빠졌을 뿐 아니라, 가슴속에 고이고이 감추어 두었던 사모의 마음을 느무르 공에게 드러내고 만다는 최악의 경우에 당장이라도 처할 것만 같았다.

　부인은 어머니의 유언을 떠올렸다. '잡스런 정사에 빠져 허덕이는 것보다는, 설사 어떤 쓰라림이 있더라도 결심을 깊이 하고 몸을 지키는 것밖에는 없다' 라는 훈계였다. 클레브 공작이 이야기한 투르농 부인의 이야기 중 '정직한 고백' 이야기도 생각이 났다. 그렇다면 느무르 공에 대한 사모의 마음을 남편에게 고백해야겠다고 생각했다. 이런 생각이 옳은 것이라고 잠깐 동안 부인을 사로잡기는 했지만 다음 순간에는 그런 생각을 한 자기의 주책없음에 놀랐다. 클레브 공작부인은 이렇게도 저렇게도 하지 못하고 난처해하고만 있었다.

　강화 조약이 체결되었다. 엘리자베트 왕녀는 내키지 않은 마음을 억누르고 부왕의 말을 따르기로 결심했다. 알바 공작은 스페인 왕의 대리로서, 결혼의 서약을 행하라는 명령을 받고 파리로 올 예정이었다. 한편, 왕의 손아래 여동생인 마르그리트 공주와 결혼하기로 한 사보아 공작의 사신도 오기로 되어 있었다. 두 혼례식은 동시에 거행될 예정이었다. 왕은 이 겹경사를 더욱 성대히 치르고, 루브르 궁전의 호사스러움을 외국 왕족과 사신들에게 자랑하는 것 외에는 신경을 쓰지 않고 있었다. 그 때문에, 발레나 연극의 개최를 성대히 하자고 권하는 측도 있었으나 그런 것으로는 주목을 끌지 않을 것이니, 좀더 화려한 계획을 생각해 보자는 방침이었다. 국왕은 들에서 무술 시합을 열고, 외국의 귀족과 서민들에게도 오랜만에 구경을 시켜 주리라 생각했다. 젊은 귀공자들은 모두들이 용감한 계획에 찬성했다. 더욱이 페라에 공이나 기즈 공작, 그리고 느무르 공 등은 그 방면에서 내로라하는 사람들임은 말할 것도 없었다. 왕은 자기 자신과 이 세 사람을 시합 주전자(主戰者)로 정했다.

이어서 전국에 포고를 하여, 오는 6월 15일 파리의 성 밖에서 무술 시합이 거행되며, 프랑스 왕을 비롯하여 페라에 공 알퐁스 데스테, 기즈 공작 프랑수아 드 로렌스, 느무르 공작 드 사보아는 어떠한 도전자라도 기꺼이 응하겠다고 알렸다.

제1시합은 기마장창(騎馬長槍)의 2회전 4창격(槍擊)으로 승부 판결, 1창격은 귀부인에게 바친다. 제2시합은 전이의 격검(擊劍), 개인 대전이 될지, 2인 1조의 대마상이 될지는 당일의 시합 주임관(主任官)이 결정한다. 제3시합은 말을 안 타고 단

창(短槍) 3격(擊), 검(劍) 6격으로 승부한다. 주전자는 도전자에게 희망대로 장창, 검, 단창을 각각 제공한다. 말을 타고 달릴 때, 말을 다치게 한 자는 실격으로 한다. 제반 명령을 내리는 시합 주임관은 4명. 도전자 중, 가장 여러 번 시합을 하고, 뛰어난 모범을 보인 자에게는 심판관의 자유 판정에 따라 상품을 수여한다. 모든 도전자는 프랑스인이든 외국인이든 불문하고, 장내의 한 모퉁이 돌계단 위에 걸어 놓은 방패의 하나, 또는 몇 개를 반드시 손에 들어야 한다. 각자 손에 든 방패 및 신분에 따라, 시합 주임관은 참가자 명단에 등록한다. 참가 희망자는 시합 3일 전에, 돌계단 위에 건 자신의 가문(家紋)이 새겨진 방패와 무기를, 수행원으로 하여금 지참시켜 놓을 것. 이를 어긴 자는 주전자의 허가 없이는 참가할 수가 없다.

바스티유 요새에 인접한 곳에 넓디넓은 마장(馬場)이 신설되었다. 이는 투르넬 이궁(離宮)에서 생 탄로완 거리를 질러 나가 왕실의 마구간에까지 이르는 것이었다. 서쪽에는 관람석이 꾸며지고, 천장이 있는 특별석도 준비되었다. 이것은 극장의 불쑥 나온 관람석과 비슷하고, 아주 아름다울 뿐 아니라, 상당한 인원도 수용할 수 있었다. 궁정의 신사숙녀를 비롯하여 제후(諸侯)에 이르기까지 당일의 온갖 미복(微服)을 준비하기에 바빴고, 장식이나 가문 따위에 애인과의 관계를 나타내는 멋진 취향을 베풀든지 했다.

알바 공이 도착하기 며칠 전, 왕은 느무르 공작, 기즈 기사,

샤르트르 대공을 상대로 정구를 했다. 왕비나 왕세자비 등도 구경을 하러 나오고 그 시종들이 곁을 지켰는데, 물론 클레브 공작부인도 나와 있었다. 시합이 끝나고 모두들 구장을 나오려 할 때 샤틀라르가 왕세자비 곁으로 와서 말했다.

"우연히 느무르 공의 주머니에서 떨어진 연애편지를 주웠습니다."

느무르 공이라면 무슨 일이든 관심을 갖고 있는 왕세자비는 그럼 이리 달라고 해서 받아 쥐고는 시어머니인 왕비의 뒤를 따라가 버렸다. 왕비는 국왕과 더불어 새 마장의 공사 현장을 보러 갔다. 왕은 그 곳을 잠깐 둘러보고는 최근에 사들인 말들을 끌어내라고 명령했다. 어느 것이나 아직 훈련이 되어 있지 않은 말뿐이었지만, 왕은 한번 올라타 보고 싶은 마음에 수행자들에게도 한 마리씩 타 보라며 일일이 지정을 했다. 왕과 느무르 공이 탄 말이 가장 사나운 놈이었는데, 다짜고짜 이 두 마리가 싸움을 하기 시작했다. 느무르 공은 왕이 다치면 안 되겠다는 생각에 자신이 탄 말에게 급히 뒷걸음질을 시켰다. 그러자 말은 마장의 기둥에 세게 부딪혔고 공은 말에서 떨어지고 말았다. 사람들이 주위에 몰려들어 상처가 클 거라고 걱정했다. 특히 클레브 공작부인은 그 누구보다도 걱정을 했다. 클레브 공작부인은 공에 대한 사랑과 걱정 때문에, 그만 속내를 감춰야 한다는 것을 까맣게 잊고 있었다. 그녀의 얼굴 변화는 기즈 기사만큼 관심을 갖지 않은 사람들의 눈에도 뚜렷이 보였고, 물론 기즈 기사의 눈에는 더욱더 분명하게 보였다. 그래서 기즈 기사는 느무르 공의 부상보다도 부인의 태도를 더욱 눈여겨보게 되었다. 느무르 공은 땅바닥에 떨어질 때 받은 충격 때문에 현기증을 느꼈다. 그는 잡아 일으켜 주는 사람들에게 몸을 맡겼으며 고개조차 들지 못했다. 잠시 후 고개를 가눌 수 있게 되어 주위를 둘러보자, 가장 먼저 눈에 들어온 것은 클레브 공작부인의 모습이었다. 공은 부인의 얼굴에서 자기에 대한 동정과 애정의 빛을 뚜렷이 볼 수 있었다. 그래서 공도 자신이 얼마나 감동했는지를 애틋한 눈빛으로 답했다. 그런 뒤에 여러 비들의 간호에 고맙다는 인사를 올리고, 부끄러운 꼴을 보여 드려서 미안하다고 사과했다. 국왕은 한시라도 빨리 귀가하여 요양을 하라고 권고했다.

클레브 공작부인은 방금 전에 겪은 공포감을 떨쳐버리게 되자, 자신이 그에게 보인 노골적인 태도를 즉각 반성했다. 한편, 기즈 기사는 누구에게도 들키지 않기를 바라는 부인의 소망을 무자비하게도 깨 버리고 말았다. 기사는 부인을 거들어 마장에서 나와 돌아가는 도중 이런 말을 했던 것이다.

"사실은 제가 느무르 공보다도 더 가엾은 사람입니다. 늘 당신에 대하여 품고 있던 경의를 잊고 지금 이런 말씀을 드리게 되어 죄송합니다. 또 아까 제 눈으로 직접 목격한 참을 수 없는 이 고통을 이렇게 당신에게 호소하는 것을 부디 용서해 주십시오. 생각해 보니, 제가 당신에게 이렇게 대담하게 이야기하는 것은 오늘이 처음이며, 또 이것이 저의 마지막 말이 될지도 모릅니다. 저는 죽든지, 아니면 먼 나라로 도망치든지 어느 한쪽을 택할 것입니다. 이제 더 이상 이 나라에서는 살수가 없습니다. 저는 지금껏 당신을 사모하는 남자들은 모두 저와 똑같이 불행한 사람들이라고만 생각하고 그것을 위안으로 삼고 있었습니다만, 오늘 느무르 공에 대한 부인의 태도를 보니 이젠 그런 위안도 사라져 버렸습니다."

클레브 공작부인은 기즈 기사의 말을 잘 알아들을 수가 없다는 듯, 그냥 아무렇게나 생각나는 대로 대답했다. 부인은 지금과 같은 경우가 아니었다면, 기사가 사랑을 고백했을 때 화를 냈을지도 모르지만, 이 순간만큼은 자신이 느무르 공에게 품고 있는 연정을 남에게 보이고 말았구나 하는 후회가 앞설 뿐이었다. 그러한 클레브 공작부인의 마음을 다 꿰뚫고 있던 기즈 기사는 고통으로 가슴이 찢어지는 듯했고, 이제부터는 아예 클레브 공작부인으로부터 사랑을 받는다는 망상은 갖지 않겠다고 결심했다. 하지만 이 어렵고 화려한 사랑의 시도를 포기한다면, 그에겐 이것을 대신할 만한 자극적인 뭔가가 필요했다. 기즈 기사는 전부터 에게 해에 있는 로도스 섬 탈환을 생각했는데, 죽음의 신은 기사를 청춘의 한창 때에, 더욱이 당대의 가장 위대한 제후의 하나라고 일컬어지던 기즈 기사를 데리고 가 버렸다. 숨을 거둘 때 기사가 원통해한 단 한 가지는 이미 만반의 준비가 다 갖추어지고, 성공을 의심하지 않았던 이 웅장한 계획을 실행에 옮기지 못한 일이었다.

클레브 공작부인은 마장을 나서자마자 발길을 왕비에게로 돌렸다. 하지만 머릿속은 방금 전 사건으로 가득 차 있었다. 곧 느무르 공이 뒤를 쫓듯이 들어왔다. 훌륭한 옷차림으로, 언제 말에서 떨어졌느냐 하는 표정이었다. 그뿐만 아니라 여느 때보다도 훨씬 더 유쾌해 보였으며, 방금 전의 일 때문인지 기쁨을 감추지 못했다. 느무르 공이 불쑥 들어오자, 모두들 깜짝 놀라 이구동성으로 몸 상태를 물었다. 물론 클레브 공작부인만은 달랐으며, 그대로 자리를 지키고, 공의 모습도 못 본 척했다. 국왕은 사람들이 웅성거리는 이 방으로 와서 느무르 공의 모습을 보자, 아까 일어났던 사고에 대해 물으려고 공을 불렀다. 공은 클레브 공작부인 옆을 지날 때 이렇게 속삭였다.

"오늘 저는 당신의 동정을 흠뻑 받았습니다. 그것은 저 같은 사람에게는 과분한 것이었습니다."

클레브 공작부인은 이번 사고로 느무르 공에 대한 애정을 그에게 들키지는 않을까 걱정하고 있었는데, 아니나 다를까 느무르 공의 말을 통해 이를 확인하게 되고 말았다. 자신의 연정을 감추지도 못하고, 거기다가 기즈 기사에게까지 보이고 말았다고 생각하니, 부인으로서는 크나큰 고통이었다. 그러나 괴로운 고통의 이면에서는 무어라 형언할 수 없는 감미로움이 솟아나고 있었다.

왕세자비는 샤틀라르가 준 편지의 내용이 궁금해서, 클레브 공작부인 곁으로 가서 말했다.

"자! 우리 둘만 있는 자리에서 이 편지를 읽어 봐요. 이 편지는 어느 여인이 느무르 공에게 보낸 것 같은데 아마도 요새 그가 정신을 팔고 있는 여인이 아닐까요? 만약 내 앞에서 읽을 수가 없는 내용이라면 가져가서 혼자 읽어 봐요. 그리고 오늘 밤 내가 쉬는 시간에 되돌려주고, 그 때 필적을 보고 짐작이 가는 사람이 있는지 가르쳐 주면 좋겠어요."

그러고 나서 왕세자비는 클레브 공작부인의 곁을 떠났다. 홀로 있던 부인의 놀라움이 어찌나 컸던지, 잠깐 동안 멍하니 그 자리에서 꼼짝도 하지 못했다. 속이 바짝바짝 타오른 부인은 그대로 있을 수가 없어서, 아직 퇴청 시간이 아닌데도 그 길로 집으로 돌아가 버리고 말았다. 부인은 덜덜 떨리는 손으로 편지를 쥐고 있었다. 마음은 걷잡을 수가 없어 미칠 것만 같았고, 아무 생각도 할 수 없었다. 부인은 참을 수 없는 괴로움에 녹초가 되어 버렸는데, 그것은 일찍이 경험한 적이 없는 괴로움이었다. 부인은 거실로 들어가자마자 편지를 읽었다.

저는 당신을 너무나 사랑하기 때문에 당신이 바람을 피운다면 그대로 있을 수가 없습니다. 그래서 이렇게 당신의 부정을 차마 지켜볼 수 없어 편지를 띄웁니다. 당신은 제가 '당신의 부정'이라고 쓴 것에 대해 놀라실 줄 압니다. 그러나 당신은 참 잘도 감추어 오셨습니다. 제가 다 알고 있는 것을 당신은 나름대로 감추고 계셨으니까요. 아마 이 사실을 알고 당신이 놀라실 것도 당연합니다. 저 역시도 그렇게 교묘히 감추신 것에 대해 어안이 벙벙할 지경인걸요. 저는 더없이 깊은 비탄에 빠져 있습니다. 저는 당신이 저에게 많은 애정을 쏟아 주실 것을 믿어 의심치 않았습니다만, 제가 저의 애정을 전부 바치고 있는 동안에, 당신이 저를 속이고 다른 분을 사랑하고 계시며, 그 새로운 연인 때문에 저를 거들떠보시지도 않는다는 것을 알았습니다. 그것을 알게 된 것은 정구를 하던 날이었습니다. 그래서 저는 그것을 구경하려고도 하지 않았습니다. 저는 서글픔을 감추기 위해 병이 났다고 거짓말을 했습니다만, 결국은 정말로 병이 나고 말았습니다. 저의 몸은 그 거센 마음속의 풍파를 견디어 낼 수가 없었기 때문입니다. 그 뒤 약간 낫기는 했습니다만, 계속해서 중태인 것처럼 꾸미고 있었던 이유는 당신의 눈에 띄든지, 아니면 편지를 쓰지 않아도 좋은 핑계를 댈 수 있기 때문이었죠. 앞으로 제가 당신에게 어떤 태도를 취하면 좋을지, 그 결심을 하기 위한 나름대로의 시간이 필요했어요. 저는 같은 결심을 스무 번이나 하기도 했고 또 포기하기도 했습니다. 그렇지만 결국 저는 제 괴로움을 당신에게 보여 드려도 당신은 눈 하나 깜짝 안 할 분이라는 걸 알기 때문에, 결코 보여 드리지 않으리라고 결심했습니다. 저는 저의 열정이 자연히 쇠퇴해 버리는 것을 당신에게 보여 드림으로써 당신의 그 자만한 마음에 상처를 주려고 했습니다. 그렇게 함으로써 저는 당신의 새로운 사랑으로 인해 제가 받은 상처를 적게 하려고 했기 때문입니다. 제가 얼마나 당신을 사랑하고 있는지를 당신이 일부러 다른 여인에게 보여주고, 질투를 유발함으로써 점점 더 그 여인에게 사랑을 받으시게 된다는 것은 생각하기도 싫은 일이었습니다. 그래서 저는 일부러 차디차고 맥없는 편지를 많이 써서, 당신을 통해 그것을 읽는 여인에게 당신이 저에게 사랑을 받고 있지 않다는 사실을 자연히 알리려고 했습니다. 제가 그 여인에게 졌다는 사실을 인정하며 사는 것도 싫고, 또 저의 절망이나 한탄 따위로 그 여인을 더욱더 승리자로 만들기도 싫었습니다. 제가 당신과 인연을 끊는다 하더라도 그것만으로는 당신에 대한 충분한 응징이 되지 않을 것이고, 제가 당신을 사랑하지 않게 되더라도 당신이 느끼는 슬픔이란 별것이 아니겠지요. 당신에게서 그 전의 애정을 다시금 불러일으켜 주는 무엇인가가 있다면 그것은 바로 저의 변심을 보여 드리는 것뿐이라고 생각했습니다. 그러나 여간해서는 그것을 고백할 용기가 나지 않았습니다. 간신히 결심한 것을 실행으로 옮기자니, 또 어찌할 바를 몰랐습니다. 더구나 당신을 만나서 제가 먼저 변심했노라고 말하려니 자꾸만 한탄스럽게 느껴졌고 울음이 터져나올 것만 같았습니다. 다행히 아직 몸이 좋지 않아서 그럭저럭 당신에 대한 제 슬픔을 흐려 왔습니다만 그러는 동안에 당신이 저를 속이고 계신 것과 똑같이 저도 당신을 속이고 있다는 것을 고소하게 생각하고 있었죠. 그렇지만 제가 무리를 해서 '당신을 사랑합니다' 라고 입으로 속삭이든지, 편지에 쓰든지 했어도 당신은 제 계획보다 먼저 제가 변심한 것을 눈치채셨더군요. 당신은 기분 나빠 하시면서, 저를 원망하시는 말씀을 하셨죠. 저는 당신을 안심시켜 드리려고 여러 가지 애를 써 보았습니다만, 그것이 본심에서 우러나는 것 같지가 않아서 당신은 이제 제가 당신을 사랑하지 않는다고 믿게 된 것이죠. 그래서 저는 큰 결심을 하고 그 동안 하고 싶었던 말을 남김없이 해 버렸습니다. 그런데 제가 당신에게서 멀어져 가는 것이 눈에 뜀에 따라 당신은 심리 변화를 일으키고 저는 서먹하던 당신을 다시 제 곁으로 모시게 됐죠. 저는 이렇게 해서 복수의 쾌감이라는 것을 실컷 맛보았습니다. 그 때의 당신은 전에 보여준 적이 없을 만큼 저를 사랑하고 계신 듯했습니다. 그래서 저는 당신 따위는 사랑하지 않는 것처럼 행동했습니다. 저는 이렇게 해서 당신이 저 대신에 손에 넣었던 그 여인을 전혀 돌아보지도 않게 되었다고 믿었습니다. 거기다가 또 그 여인에게는 이제껏 제 얘기는 한마디도 하지 않았다고 생각해도 좋을 만큼 되었습니다. 그러나 이렇게 해서 당신이 제 곁으로 돌아오신다 해도, 또 제 이야기를 아무에게도 누설하지 않으셨다 하더라도, 그것이 당신의 바람기에 대한 보상이 될 수는 없습니다. 당신의 마음은 저와 또 다른 여인에게 나누어져 있는걸요. 역시 당신도 저를 속이신 거죠. 그 이유만으로도 당신으로부터 사랑을 받는다는 기쁨이 없어져 버렸어요(그 전에는 당연히 사랑을 받아야 할 몸이라고 자부하고 있었습니다만). 이젠 다시 뵙지도 않겠다는 결심을(이 말에는 당신도 아주 깜짝 놀라십니다만) 되돌릴 수가 없게 되었습니다.

　클레브 공작부인은 이 편지를 몇 번이나 읽어 보았지만, 도대체 무슨 내용인지 명확하게 알 수가 없었다. 다만 알게 된 것이라곤, 느무르 공이 자신만을 사랑하고 있는 것이 아니고, 자신 외에도 여러 연인이 더 있어서, 그 사람들도 자기가 당하는 것과 똑같이 속임을 당하고 있다는 것뿐이었다. 부인의 성격으로 보건대 이런 상황을 어떻게 인식했는지는 불을 보듯 뻔한 일이었다. 깊숙이 감추고 있던 열렬한 사랑의 조짐을, 그러한 사랑에 어울리지 않는 남자에게 보이고, 또 그 남자에 대한 사모 때문에 매정하게 대했던 다른 사나이에게도 보여 버렸으니 이보다 더한 슬픔이 어디 있겠는가. 이렇게도 슬픔이 더해 오는 것은 오늘 마장에서 생긴 일 때문이라고 부인은 생각했다. 부인은 또한 자신이 느무르 공을 사모하고 있다는 것을 만일 그가 몰랐다면 설령 다른 여성을 사랑하고 있다 해도 별로 신경 쓸 것이 없을 텐데 하고 생각했다. 그러나 이것은 부인의 착각이었다. 부인을 견딜 수 없게 만드는 고통은 다름 아닌 질투였던 것이다.

이 편지를 통해 부인은 느무르 공이 오래전부터 다른 여성과 깊은 사이였다는 것을 알았다. 그리고 이 편지를 쓴 여인은 재지(才智)를 갖춘 훌륭한 부인으로서 사랑을 받을 만한 자격이 있다는 생각이 들었다. 자기에게서는 도저히 찾아볼 수 없는 용기도 있는 사람 같았다. 클레브 공작부인은 자신의 감정을 느무르 공에게 감추어 왔던 그 여인의 인내심이 부러웠다. 편지 끝머리에 와서는, 아직도 그녀가 사랑을 받고 있다는 기분으로 글을 썼음을 알 수가 있었다. 그러고 보면, 느무르 공이 이제껏 클레브 공작부인에게 보여 왔고, 또 부인이 감동한 공의 신중한 태도도 아마 이 여인에 대한 연정 때문에 그런 건 아닌지, 즉 그 여인이 싫어하면 어쩌나 하는 염려의 결과 때문이라고 생각했다. 이렇게 해서 부인의 슬픔과 절망은 더해 갈 뿐이었다.

부인은 많은 자책을 했다. 그리고 어머니의 말을 따르지 않은 것을 후회했다. 남편의 뜻을 거슬러서라도 사교계에서 발을 빼지 않은 것이 통탄스러웠다. 느무르 공에게 끌리는 감정을 어머니 대신 남편에게 고백해야 한다는 생각을 실행하지 않은 자신이 원망스러웠다. 자신을 속이고, 아니 자신을 짓밟고서라도 단지 자존심이나 허영심 때문에 사랑을 쟁취하려고 했던 부정한 남자에게 속마음을 들킬 바에야, 차라리 상냥한 남편에게 그런 사실을 고백했더라면 좋았을지도 모른다는 생각도 했다. 요컨대, 어떤 불행이 닥쳐오든, 어떤 곤경에 빠지든 남편에게 고백하는 편이 자신의 사랑을 느무르 공에게 들키는 것이나 공에게 다른 애인이 있다는 사실을 아는 것보다도 훨씬 낫다는 생각이 드는 것이었다. 부인의 유일한 위안은 이런 사실을 안 바에야, 이제 무엇 하나 두려워할 것이 없다는 것이었다. 느무르 공에 대한 연정의 그물에서 이제 빠져나왔다고 생각한 것이다.

부인은 밤 인사 때 편지를 가지고 오라는 왕세자비의 명령을 깜박 잊고, 몸이 좋지 않다는 핑계를 대고 침실로 들어갔다. 그래서 클레브 공작이 퇴청해 나오자, 하인들은 부인이 벌써 잠자리에 들었다고 말했다. 그러나 부인은 잠자리의 편안함도 잊은 채 밤새도록 슬픔에 잠겨 편지를 읽고 또 읽었다.

이 편지 때문에 침착성을 잃은 사람은 클레브 공작부인만이 아니었다. 편지를 잃어버린 주인공 샤르트르 대공(그러니까 느무르 공이 떨어뜨린 것이 아니다)의 걱정도 이만저만이 아니었다. 그날 밤 대공은 기즈 공작과 이종 사촌인 페라에 공작 등 궁정의 젊은이들을 위해 베푼 연회에 나가 있었는데, 우연히 이야기의 화제가 연애편지로 바뀌었다. 샤르트르 대공은 프랑스에서 가장 훌륭한 연애편지를 갖고 있노라고 공공연하게 호언장담을 했다. 그러자 모두들 그 편지를 보여주어야 대공의 체면이 서는 게 아니겠느냐고 졸라댔다. 그러나 대공은 비싸게 굴 생각에서 이를 거절했다. 그러자 느무르 공은 실제로는 갖고 있지도 않으면서, 공연히 있는 척하는 것이 아니냐고 빈정거렸다. 샤르트르 대공의 입장은 곤란해졌다. 그런 말까지 듣고 감추기도 뭣하지만, 그렇다고 냉큼 보일 수도 없었다. 그래서 다 읽어 줄 수는 없고, 다만 몇 군데만 읽어 주겠다고, 그렇게 해 주면 이 정도의 연애편지를 받는 사나이는 이 세상에 그리 흔하지 않다는 것을 알 게 아닌가 하고 큰소리를 쳤다. 그러나 주머니를 아무리 뒤져 보아도 편지를 찾을 수가 없었다. 좌중에서 그것 보라며 떠들어대어, 대공은 웃음거리가 되었다. 대공은 너무 민망해서 편지 이야기는 그만두고 화제를 다른 데로 돌렸다. 대공은 이날 다른 사람들보다 먼저 자리를 떴고, 혹시 집에 놓고 온 게 아닌가 조마조마해하면서 집으로 돌아갔다. 그리하여 편지를 찾고 있는데, 마침 왕비의 시종이 찾아와 다음과 같이 말했다.

"유세즈 자작부인께서 급한 심부름을 보내셨습니다. 오늘 정구를 하실 때 대공의 주머니에서 편지가 떨어졌는데, 그것이 연애편지라는 소문이 퍼져서 모두들 편지 내용을 노랫가락처럼 흥얼거렸다 합니다. 왕비께서는 그걸 들으시고 호기심을 보이시며 편지를 한번 보자고 하셨는데 편지는 이미 샤틀라르의 손에 넘겨졌답니다."

그 시종은 덧붙여서 여러 가지 일을 전해 주었고, 대공은 입장이 몹시 난처해졌다. 대공은 곧 샤틀라르의 집으로 시종을 보냈다. 벌써 밤이 늦었지만, 어쨌든 샤틀라르를 깨워서 누구의 부탁이라든가, 누가 떨어뜨린 것이라는 말은 하지 않고, 다만 편지를 되찾아 오라고 당부했다. 그런데 샤틀라르는 그 편지의 주인공이 느무르 공이며, 그가 왕세자비를 사랑하고 있다고 생각하고 있었으므로, 이렇게 편지를 되찾으려고 심부름꾼을 보낸 것이라며 제멋대로 해석을 했다. 그래서 그는 일이 재미있게 됐는데 하고 슬그머니 기뻐하면서, 미안하지만 그 편지는 벌써 왕세자비께 드리고 말았노라고 대답했다. 시종이 돌아와서 이 사실을 전하자, 대공의 불안감은 더 커졌을 뿐만 아니라, 다른 걱정거리까지 떠안게 되었다. 그리하여 몇 번의 탄식 끝에 자신을 이 곤경으로부터 구해 줄 사람은 느무르 공밖에 없다는 생각이 들었다.

그래서 느무르 공의 침실을 찾았을 때는 이미 동이 틀 무렵이었다. 느무르 공은 세상모르고 잠이 들어 있었다. 전날 클레브 공작부인으로부터 깊은 인상을 받았기 때문이었다. 이런 때에 갑자기 샤르트르 대공이 잠을 깨워 공은 깜짝 놀랐다. 그리고 이렇게 자신의 침실로 뛰어든 이유는 어제 저녁 연회석상에서 공약한 편지를 보여주기 위해서냐고 물었다. 그러나 대공의 침통한 표정을 보자, 다른 문제임을 알아차렸다.

"실은 내 일생의 중대사를 부탁하러 온 것이네."

대공이 입을 열었다.

"자네 신세를 져야 할 때만 찾아온다고 생각할 줄은 잘 알고 있네만 내겐 너무 중대한 일이라 이렇게 실례를 무릅쓰고 오게 되었네. 실은 어제 말한 그 편지를 어딘가에 흘리고 말았다는 것을 알았지 뭔가. 공연히 없는 편지를 있다고 큰소리를 친 것은 아니었네. 그것이 어느 여인의 편지라는 게 세상에 알려지면, 나는 끝장이 나네. 마침 그것을 떨어뜨린 정구장에 많은 사람들이 있었는데 거기에 자네도 있었으니까, 그 편지를 보았을 줄 아네. 그래서 하는 말인데 자네가 그 편지를 떨어뜨린 것처럼 소문을 내주면 어떤가……."

"제게는 연인 따윈 없으니까 아무래도 좋지 않느냐는 거죠?"

느무르 공이 웃으면서 대답했다.

"어쨌든 그런 편지를 받은 것이 알려져도, 나에게는 트집을 잡을 상대가 없다고 생각하시는 것 같은데……."

"아니, 제발 내 말을 진지하게 들어 주게나."

대공은 못 견디겠다는 듯이 말을 이었다.

"어떤 여인인지는 몰라도, 자네에게도 아마 연인이 있을 것이네. 그러나 자네가 나중에 결백함을 증명하기란 쉬운 일이 아니겠는가. 그 확실한 방법까지 가르쳐 주겠네. 설사 결백이 증명되지 않는다 해도 아주 잠깐 동안만 서로 서먹서먹한 사이가 되면 될걸세. 그런데 나는 그렇지가 않아. 나는 이 한 건으로 나를 열애하는 어느 부인의 명예를 손상시킬 뿐만 아니라, 대단한 미움을 사게 될 거야. 나의 출세는 물론, 그 이상의 희생을 치르지 않으면 안 될 상황이야."

"도대체 무슨 말씀을 하시는 건지 잘 모르겠군요."

느무르 공이 대답했다.

"어쨌든 지금 들은 바로는, 어느 고귀한 부인이 대공께 호의를 베풀고 계시다, 이거죠?"

"그렇다네."

샤르트르 대공이 말을 받았다.

"편지 사건이 해결되지 않는다면 나는 곤경을 모면할 수가 없어. 어쨌든 내가 걱정하고 있는 것을 공이 다 알아주니, 그동안의 일을 깨끗이 털어놓겠네. 내가 궁정에 출사(出仕)하게 되면서부터 왕비께서는 나를 특별히 보살펴 주셨지. 그래서 나에게 호의를 갖고 계신 것이 아닌가 하고 건방진 생각을 하게 되었지만, 그렇다고 그 이상의 일은 없었네. 나는 왕비께 존경심 이외의 느낌을 가진 일은 정말이지 없었으니까. 정작 나는 테민느 부인에게 뜨거운 연정을 품고 있었네. 그 부인과 한번 눈맞춤을 해본 사람이라면 누구나가 다 아는 바이지만, 모두 무아지경이 되고 말지. 그렇게 되는 것을 나무랄 수는 없는 일이야. 사실 나도 그랬었지. 벌써 그럭저럭 2년이나 된 일인데 궁정이 몽땅 퐁텐블로로 옮겨가 있을 때였어. 나는 두서너 번인가 옆에 아무도 없을 때, 왕비 전하와 말씀을 나눈 적이 있었네. 나의 재치가 마음에 드셨는지, 왕비는 내가 말씀드리는 것에는 무엇이나 동의를 하셨어. 그러던 어느 날, 여러 가지 말씀이 있던 중, 특히 신뢰라는 말이 문제가 되었는데 나는 이 세상에서 절대로 신뢰를 받을 수 있는 인간이란 없다는 것과 믿었다가 후회하는 사람만이 눈에 띄는 법, 그리고 잘난 척하고 싶지 않아 입 밖에 내지는 않지만, 여러 가지

것을 신중히 간직하고 있다고 말씀드리고 말았지. 그러자 왕비께서는, '그래서 나는 그대를 존경합니다. 프랑스에선 도무지 비밀을 지킬 수 있는 사람을 찾기가 어렵습니다. 신뢰한다는 즐거움을 누릴 수가 없지요. 이것이 가장 유감스런 일입니다. 안심하고 이야기할 수 있는 사람이 곁에 있다는 것은, 인생을 살면서 정말 필요한 일인데도 불구하고 나와 같은 신분에 있는 사람에겐 그러기가 힘들군요' 라는 말씀을 하셨다네. 왕비께서는 몇 번이나 같은 말씀을 하시고, 상당히 비밀에 속하는 말씀까지도 귀띔해 주셨지. 요컨대, 왕비께서는 나의 비밀을 아시고 동시에, 자신의 비밀을 나에게 고백하시고 싶어하는 것 같았어. 이렇게 나는 나대로 생각하고 점점 더 왕비전하와 가까워졌는데, 이 특별한 대우에 감격하여, 나는 전보다도 더 충심을 다했지. 그런데 어느 날 저녁, 폐하께서 귀부인들과 말에 오르셔서 숲으로 놀이를 떠나셨는데, 왕비께서는 마음이 풀리지 않은 일이 있어서 숲에 나가시지를 않고 궁에 남으셨기에 나도 곁을 지키고 있었다네. 왕비께서는 연못 쪽으로 내려가시면서, 여기서부터는 홀가분하게 마음대로 거닐고 싶다고 하시면서 종들을 되돌려 보내셨지. 그리고 잠시 여기저기를 돌고 나서, 다시 내 곁으로 다가오시더니, 곁을 따르라고 명령을 하시더군. 왕비께서 다시 발걸음을 숲 쪽으로 옮기기 시작하셔서 나도 그 뒤를 따랐지. '당신에게 할 이야기가 있어요. 이 이야기를 듣고 나면, 내가 당신 편이라는 것을 알게 될 거예요.' 이렇게 말씀하신 후 발걸음을 멈추시고는 나를 물끄러미 바라보시더니 '당신은 지금 사랑을 하고 있어요'라고 말씀하시더군. '당신은 입이 무거워서, 아무에게도 고백을 안 하니까, 그 누구도 모르리라고 생각했죠? 그렇지만 어떤 사람들은 알고 있어요. 더욱이 직접 관계가 있는 사람들까지도 알고 있는걸요. 당신의 행동은 감시당하고 있고, 어디서 만나고 있는지도 알고 있어요. 거기서 당신을 잡으려는 계획까지 짜고 있지요. 나는 당신의 연인이 누구인지도 모르며 그것을 당신에게 꼬치꼬치 캐묻고 싶지도 않아요. 다만 당신이 불행에 빠지지 않도록 지켜 주어야겠다는 마음뿐이에요. 자, 어때요?' 왕비가 올가미를 씌운 이상, 그녀의 손아귀에서 벗어난다는 일이 얼마나 어려운 일인가를 자네도 잘 알 거야. 이렇게 해서 왕비는 나에게 서로 그리워하는 마음이 있는지 없는지를 살피려는 것이지만, 그렇다고 상대 여성이 누구냐고 물으려고도 안 하고, 다만 나에게 호의를 품은 사실만을 보이시며, 결코 자기는 호기심이나 음모를 가지고 이런 말을 하는 것이 아니라고 믿게 하려고 애를 쓰셨지. 그러나 겉은 어쨌든, 나는 그 진상을 알 것 같았어. 물론 그 때 나는 테민느 부인에게 사랑을 품고 있었고 그녀도 나를 그리워하고 있었지만, 그렇다고 밀회를 즐길 장소를 준비한다든지, 현장을 들킬 염려를 한다든지 할 만큼 행복하지는 않았다네. 그래서 이 때 왕비가 말하는 사람이 테민느 부인이 아니라는 걸 뚜렷이 알 수 있었지. 사실 나는 그 때 테민느 부인만큼 아름답지는 않은 어느 부인과도 관계가 있었지. 그 여인이라면 밀회를 들킬 염려는 없겠다고 생각했던 거라네. 그 여인을 미칠 듯이 사랑하고 있던 것도 아니고 앞으로 안 만나면 그런 위험을 피할 수 있는 것은 문제도 없던 일이지. 그래서 나는 왕비에게 자백을 하지 않겠노라고 배짱을 부렸을 뿐 아니라, 이렇게 아뢰었지. '저를 사랑해 주는 여인은 모두 저의 반려자로 삼을 수 없는 여인뿐이고, 저의 마음을 동하게 할 만한 부인은 제 손이 가 닿지를 못합니다.' 그러자 왕비는 '당신은 솔직하게 대답을 안 하는군요.'라고 항변을 하시더군. '당신의 말과는 정반대의 사실을 벌써 알고 있어요. 나는 지금 이 호젓한 곳에서 당신과 흉허물 없이 이야기를 하지 못하는 것이 도리어 쑥스러워요. 나는 당신을 내 편으로 만들려고 해요.'라며 말을 이어 가셨어. '당신을 내 편으로 하기 위해서는 나는 당신이 누구와 애인 관계에 있는지, 그것을 몰라서는 안 되겠거든요. 내 편이 되어 주시는 게 어떨지 이틀간의 여유를 드릴 테니 그 동안 잘 생각해 보세요. 그러나 그 고백이 끝나신 뒤에는 말하시는 것을 조심하셔야 해요. 만약 나중에 당신의 고백이 거짓이라는 것이 드러난다면, 나는 일생 동안 당신을 용서하지 않을 거니까요.' 왕비는 이 말을 남기고는, 내 대답도 기다리지 않고 가 버리셨어. 자네도 짐작이 가겠지만, 난 한참 동안 왕비의 말씀에 대답할 일로 골치가 아팠지. 대답할 여유란 이틀, 그러나 결정을 하는 데는 충분하다는 생각이 들었어. 즉, 왕비는 내가 딴 여인을 사랑하는지를 알고 싶어한다는 것과 오히려 내가 사랑을 하고 있지 않기를 원한다는 것쯤은 나도 짐작하고 있었지. 나의 결정에 따라 어떤 결과가 생기는지도 물론 잘 알고 있었어. 왕비라고 일컬어지는 여인, 더욱이 나이는 들었지만 아직도 아름다움이 채 가시지 않은 왕비와 특별한 관계가 된다고 생각하니, 솔직히 말해서 나의 허영심이 고개를 들더군. 그러나 한편으론 테민느 부인을 버릴 수가 없었다네. 그리고 또 한 분—내가 이름을 안 밝힌 분 이야기인데, 이 분에게 나는 한 가지 불친절한 짓을 하고 말았지만—이 있었는데 그 여인과도 인연을 끊고 싶은 생각은 없었어. 그렇다고 왕비를 속이는 짓을 하는 날이면, 그야말로 어떤 위험에 빠질지도 모르고, 또 좀처럼 왕비를 속일 수도 없다는 것도 잘 알고 있었지. 그렇다고 눈앞에 굴러 떨어진 행운을 그냥 놓쳐 버리는 것도 너무 아깝고, 여러 가지로 골치가 아파서 이렇게 생각하기로 했어. 설사 나의 좋지 못한 품행으로 말미암아 어떤 결과가 생겨도 운수에 맡기기로 말이지. 그래서 나는 관계가 드러날 만한 여자와는 깨끗이 손을 끊었지만, 테민느 부인과의 관계는 끊지 않고 숨겨 놓으려고 했다네. 약속한 이틀 뒤, 왕비의 방으로 들어가니 궁녀들이 쭉 늘어서 있고, 저 멀리서 대단히 엄숙한 모습으로 '요전에 명령한 바를 깊이 생각했습니까? 그리고 사건의 진상을 말할 수 있나요?'라고 공공연히 물으시더군. 나는 '네, 잘 생각해 가지고 왔습니다. 지난번 말씀드린 대로입니다'라고 대답했더니, '그러면 오늘 밤 내 독서 시간에 오세요. 그 때 용건을 말할 테니까요'라고 명령하시더군. 나는 대답 대신 머리를 조아리고 나와서, 그 날 저녁에 가서 뵈었지. 왕비는 책상이 놓인 화랑(畵廊)에 한 시녀와 계셨는데, 나를 보시고 곧 오시더니 나를 화랑의 한쪽 끝까지 데리고 가셨어. '그럼, 이제 잘 생각하고 온 거겠죠. 지난번 내 말대로입니까? 아니면 아직도 정직한 대답을 하실 수가 없다는 말씀인지?'라고 말씀을 하시니, 나는 그 말씀에 '아닙니다. 정직하게 말씀을 드렸기 때문에 더 이상 드릴 말씀이 없을 따름입니다. 삼가 폐하께 맹세합니다만, 저는 이 궁정의 어느 부인께도 애착을 갖고 있지 않습니다'라고 대답을 했지. 그러자, 왕비가 말씀하시더군. '나도 그렇게 믿고 싶어요. 그랬으면 하고 바라고 있거든요. 그 까닭은 당신이 내 것이기를 원하기 때문이죠. 당신에게 따로 연인이 있다면, 난 그러한 당신의 애정만으로는 만족할 수가 없어요. 다른 여자와 사랑에 빠져 있는 남성에게는 결코 마음을 허락할 수가 없습니다. 비밀에 대해서도 마음을 놓을 수가 없는걸요. 마음은 들떠서 몇 갈래로 애정이 갈려 있고 그 여자들 마음대로 되어 버리므로, 도저히 당신에게 충실한 태도를 바랄 수가 없게 돼요. 그러니까 이것만은 잊어서는 안 됩니다. 내가 당신을 진심으로 믿고 모실 수 있는 분으로 선택한 까닭은 다른 어느 여인에게도 마음을 주고 계시지 않다는 말씀을 믿기 때문이라는 사실 말입니다.' 그리고 계속해서 왕비는 말을 이으셨지. '좋아요. 그럼 그 대신 당신도 나를 완전히 믿으셔야 합니다. 그러니까 당신은 알아주셔야 해요. 내가 좋아하는 사람 이외에는 남자친구든 여자친구든 사귀어서는 안 됩니다. 그리고 오직 내 마음에 들려고만 노력할 뿐, 다른 데 신경을 써서는 안 돼요. 잊지 마세요. 그러나 출세의 욕망까지 버리라는 말씀은 안 합니다. 출세는 내가 당신보다도 더 잘 뒷받침해 드리죠. 내가 당신을 위해서 어떤 일을 해드리더라도 당신이 내가 바라는 대로만 해 주신다면야,

그것으로써 충분히 보상을 받았다고 생각할 겁니다. 내가 왕비라고 해서 슬픔이 없는 줄 아십니까. 여느 사람들보다 더한 내 슬픔을 몽땅 다 들어주시고, 어루만져 주십사 해서 당신을 고른 겁니다. 내 슬픔이 보통 슬픔이 아니라는 것은 당신도 어렴풋이 짐작하실 거예요. 폐하의 발랑티누아 공작부인에 대한 집념을 나는 겉으로는 참고 있지만, 실은 밤마다 가슴을 치며 복통을 앓고 있어요. 발랑티누아 공작부인은 폐하를 자유자재로 조종하면서, 다른 남자와도 정을 통하고 왕비인 나를 무시하고 있어요. 내 밑에서 나를 돌본다는 시녀들도 모두 그녀 편이에요. 왕세자비 또한 좀 아름다운 것을 앞세우고, 그 작은아버지의 위세를 빌어 며느리 노릇을 제대로 안 해 주네요. 몽모랑시 원수는 폐하를 좌지우지하고 있으며, 나를 미워해요. 이젠 그 미움을 노골적으로 드러내 보이기까지 하지요. 이 억울함을 자나 깨나 내가 어찌 잊겠어요. 또 폐하께서 믿으시는 저 생탕드레 대장도 젊고 대담무쌍한 사나이긴 하지만 다른 분들보다 특별히 나에게 정중하다고는 말할 수가 없습니다. 이러한 나의 불행을 안다면, 당신은 아마도 나를 동정해 주실 거예요. 지금껏 이런 사정을 누구에게도 말하지 않았지만, 당신에게만은 다 말하는 거예요. 하지만 나를 후회하게 하지는 마세요. 그리고 나의 유일한 분으로서 위안의 고문(顧問)이 되어 주세요. 꼭 부탁합니다.' 이 말씀을 끝낸 뒤, 왕비의 눈은 붉어지고 눈물조차 고인 것 같았다네. 나는 그녀의 발밑에 조아릴까 생각할 만큼, 왕비가 보여주는 호의에 감사하고 있었지. 그 날부터 왕비는 나에게 전폭적인 신뢰를 보이고, 나와 의논을 안 하시고는 아무런 결정도 내리지 않게 되었다네. 그리고 이러한 친밀한 관계는 지금까지도 지속되고 있었던 거지."

제3장

"왕비와의 새로운 관계를 통해 얼마 동안은 내 마음을 충족시킬 수 있었네. 하지만 원래 테민느 부인을 사랑한지라 부인을 향한 자연스러운 연정까지 억누를 수는 없었지. 내가 왕비님께 충실한 동안에 테민느 부인의 대정이 식어가는 것만 같았고, 만약 내가 출세만 하려는 약삭빠른 위인이었다면, 이때다 하고 관계를 끊었을지도 모르겠네 만, 그녀가 그럴수록 나의 연정은 더해 갔지. 거기다가 내가 하는 짓이 서툴러서, 왕비께서도 차츰 눈치를 채시게 되었어. 질투라고 하면, 왕비의 친정인 이탈리아 여인들에게는 타고난 성품 아니겠나. 나에 대한 왕비의 기분은 본인도 이래서는 안 되겠다 할 정도로 격분된 것이었지. 그건 그렇다 치고, 나에게 연인이 있다는 소문을 들으시자, 심한 불안과 깊은 슬픔에 빠지게 되었으니 나는 이제 끝났구나 하고 몇 번이나 눈을 감았는지 모른다네.

그러나 그럴 때마다 나는 다시 내 마음을 솔직히 드러내 보이든지, 아니면 분부대로 잘 시행을 하든지, 때로는 마음에도 없는 맹세를 해드리든지 해서, 왕비의 마음을 가라앉히기 위해 애썼네. 때마침 테민느 부인이 변심함으로써 저절로 인연이 끊어졌기에 망정이지 만약 그렇지 않았다면, 언제까지나 왕비를 속일 수만은 없었을걸세. 테민느 부인은 아주 완고하게 이제는 나를 사랑하고 있지 않다는 모습을 보여주었고, 나도 그것을 확실히 알았으므로 이제 더 이상 그녀를 가까이하지는 않을 것이라고, 그리고 과거의 모든 일은 없었던 것으로 덮어 두자는 결심을 아니 할 수가 없었지. 그런데 며칠 뒤 테민느 부인이 나에게 편지를 보냈는데, 그것이 바로 내가 떨어뜨린 문제의 그 편지라네. 그 내용을 보면, 테민느 부인은 내가 조금 전에 말한 또 한 부인과 나와의 관계를 알아 버렸고 그것이 테민느 부인이 변심하게 된 결정적 동기가 되었지. 일이 이렇게 되자, 이제 나에게는 내 마음을 몇 갈래로 갈라놓는 여인들이 없어져 버렸다네. 왕비께서는 나에게 상당히 만족하시게 되었지. 그러나 왕비에 대한 나의 마음은, 다른 모든 연애를 불가능하게 만들 만한 성질의 것이 아니네. 자네도 알다시피, 정염이라는 것은 이성이나 타산 밖의 것인지라, 나는 또 마르티니 부인을 사랑하게 되었지 뭔가. 예전에 이 분이 빌몬테라는 이름으로 왕세자비의 시녀였던 시절부터, 나는 그녀를 좋아했다네. 그 당시 그녀도 나를 싫어하는 눈치는 아니었어. 그래서 마르티니 부인과의 관계를 죽어라 감추고 있는 나의 모습이 부인은 재미있었던 것 같아. 내가 그렇게 해야 할 까닭은 하나도 없었으니까 말이야. 왕비께서는 마르티니 부인 일은 조금도 의심을 안 하셨지만, 이번엔 아주 다른 곤란이 나에게 들이닥치게 되었어. 왜냐하면 마르티니 부인이 늘 왕세자비 곁을 지키고 있었기 때문에, 나도 자연히 그 쪽으로 발길을 돌려 자주 출입을 하게 된 거지. 그런데 얼토당토않게 왕비께서는 감히 왕세자비의 신분이 왕비와 맞먹는 높이에 있을 뿐 아니라, 미모와 젊음의 측면에서 볼 때 왕세자비 쪽이 자기보다 위라는 자격지심이 생기셨나봐. 왕비의 질투는 매우 심해졌고, 며느리에 대한 증오심은 더 이상 감출 수가 없을 정도가 되었다네. 게다가 로렌 추기경은, 왕비의 총애를 받기를 은근히 바라고 있었는데 그가 차지하고 싶어하는 지위에 내가 앉아 있는 것을 보자 왕비와 왕세자비의 좋지 못한 사이를 조정한다면서, 이 두 여인들 사이에 끼어들었지 뭔가. 추기경이 왕비께서 분노하고 계시는 진짜 원인을 간파하고 있다고는 생각되지 않지만, 왕비 앞에서는 나에게 불리한 말이나 일을 꾀하고 있음이 틀림없네. 지금까지 내가 말한 것이 현황 보고라 할 수 있네. 이런 판국에 내가 떨어뜨린 편지가 어떤 결과를 불러일으킬지는 현명한 자네가 더 잘 알 게 아닌가. 나는 그 편지를 테민느 부인에게 되돌려 주려고 주머니에 넣었는데 그것이 불행의 씨앗이 되고 만 거야. 왕비께서 그 편지를 보신다면, 내가 그 분을 쭉 속여 온 것도, 그리고 같은 기간에 테민느 부인 이외의 또 한 부인을 속이고 있었다는 사실까지 알아 버리고 마는 것 아니겠나. 그렇게 되면 왕비께서 나를 어떻게 생각하실지, 그 날 이후의 내 말씀을 신용하실지를 자네가 한번 생각해 보게. 설령 왕비께서 그 편지를 보지 않으셨다 하더라도, 내가 왕비께 무어라고 말씀을 올려야 하나? 왕비께서는 이미 그 편지가 왕세자비 손에 넘어가 있는 것을 알고 계셔. 샤틀라르가 왕세자비의 필적인 줄 잘못 알고 그녀에게 넘겨 준 것이야. 그러니까 그 편지의 발신인이 왕세자비라고 생각하시기에 안성맞춤이 되어 버렸어. 그리고 편지 속에서 질투를 받고 있는 것은 얼토당토않게 자기 자신이라고 생각하실 거야. 결국 말하자면, 왕비께서는 이제 자기 마음대로 해석을 할 것이고, 어떻게 생각하시든, 나로서는 모두 두렵기만 한 상황이네. 더욱이 나는 지금 마르티니 부인에게 미쳐 있으니 만약 왕세자비가 이 편지를 왕비에게 내보이신다면, 마르티니 부인은 그 편지가 최근에 쓰어진 것으로 생각하겠지. 일부인(日附印)이 없는 편지니까, 해석은 마음대로 아니겠나? 그렇게 되면 나는, 가장 사랑하는 여인에게서도, 가장 두려워하는 여인에게서도 버림을 받게 될 것이네. 자, 여기까지 말을 했으니, 내가 자네에게 '그 편지는 내가 떨어뜨린 것이니 돌려주십시오'라고 왕세자비에게 말해 달라고 부탁하는 이유를 알겠나?"

"네, 잘 알았습니다."

느무르 공이 말했다.

"과연, 대공의 입장이 굉장히 난처하게 됐군요. 그러나 정확히 말해서 자기 스스로 얻은 화라고밖에 말할 수가 없네요. 실은 나도 연인에게, 부정한 사나이라든가, 동시에 여러 여자를 사귀는 몹쓸 놈이라는 비난을 어지간히 받았었습니다. 그래도 대공의 지금 입장보다는 훨씬 유리한 것이었죠. 대공이 하신 일은 나로서는 상상도 못할 일이에요. 왕비와 사랑을 속삭이면서 한쪽으로는 테민느 부인과의 관계도 끊지 않고 내버려두다니 어떻게 그런 일을 생각하실 수가 있습니까? 왕비와 그런 관계이면서 끝내 속여 보려고 했다니 그게 가능할 줄 아셨어요? 더욱이 그 분은 왕비이고 질투 심한 이탈리아 여인입니다. 그러니까 시기심도, 질투도, 자존심도 남보다 몇 배 심한 분이죠. 대공께서 굴러든 행운 때문에 낡은 관계를 잘 끊어 버리는 데까지는 성공했으나, 또다시 그것을 참지 못해 새로운 관계를 맺으셨다니 놀라울 따름입니다. 이 궁정과 같은 곳에서, 더욱이 왕비의 눈을 피해 가면서 마르티니 부인과 정을 나누려고까지 생각하고 계시다니…… 왕비의 참담한 기분을 위로하기 위해 대공께서 아무리 신경을 써도 지나치다고 할 수 없는 입장입니다. 왕비는 대공께 많은 애정을 베풀고 계세요. 당분간 근신하신다는 뜻에서 조용히 지내시고, 나도 파고 캐는 일을 삼가겠습니다. 어쨌든 왕비는 대공을 사랑하고 계시는 것 같군요. 그런데 왕비는 만사에 의심이 심한 분입니다. 아무래도 사태는 대공께 불리해요."

"그렇게도 나를 꾸짖어야겠나? 조금도 위로해 주지를 않고……."

샤르트르 대공이 느무르 공의 말을 가로챘다.

"자네의 경험으로 보건대, 나의 과실에 대해 조금쯤은 관대히 대해 주어도 좋을 법한데 말이야. 물론 나는 나의 잘못을 솔직히 인정하네. 하지만 당분간, 제발 소원이니 나를 이 곤경에서 구출해 주게나. 그러기 위해서는 어떻게 해서든지, 왕세자비가 기침을 하시기 전에, 일찌감치 찾아가는 수고를 해주어야겠어. 그 편지를 자네가 떨어뜨린 것처럼 해 가지고 도로 받아와 주게나. 제발 부탁이야. 달리 무슨 수가 없지 않은가?"

"지금 말씀드린 바와 같이……."

느무르 공이 말했다.

"대공께서 요구하시는 것은 조금 무리입니다. 그리고 제 개인적인 입장에서 볼 때 곤란한 점도 있습니다. 더욱이 그 편지가 대공의 주머니에서 떨어지는 것을 정구장에서 목격한 사람도 있는데 이제 와서 제 주머니에서 떨어진 것이라고 흐려 버릴 수는 없지 않습니까."

"지금까지 모든 걸 말하지 않았나……."

샤르트르 대공이 말했다.

"실은 그 편지가 자네 주머니에서 떨어진 것이라고 왕세자비에게 말한 자가 있어."

"무슨 그런 당치도 않은 말씀을!"

느무르 공이 당황해서 말했다. 그런 거짓말이 사실인 것처럼 퍼지면, 클레브 공작부인이 자신을 얼마나 나쁜 놈으로 보게 될까 하는 생각이 났던 것이다.

"정말 왕세자비께, 편지 주인이 나라고 고해바친 자가 있답니까?"

"물론이야. 그런 자가 실제로 있다니까."

샤르트르 대공이 말했다.

"왜 그런 잘못된 말이 퍼졌는가 하면, 우리들 옷이 놓여 있던 정구장 휴게실에 왕비나 왕세자비를 모시는 시종들이 여럿 있었는데, 그 자리에 자네와 내 종들이 동시에 옷을 가지러 들어갔다가 같이 나왔지. 그런데 그 옷이 있던 자리에 편지가 떨어져 있더라는 거야. 왕비나 왕세자비의 시종들은 뭔가 하고 주워서 큰소리로 읽어댔다네. 그 내용을 듣고, 자네가 떨어뜨린 것이라는 사람도 있고 내 주머니에서 나온 것이라고 주장하는 사람도 있었다는데 그것을 먼저 주운 것은 샤틀라르였어. 그래서 나는 심부름꾼을 보내어 되돌려 달라고 말했지만, 그는 자네에게서 온 편지려니 생각하고, 벌써 왕세자비에게 줘 버렸다는군. 그런데 왕비께 이 편지 이야기를 해 드린 종들은 불행하게도 내 것이라고 아뢰었다고 하지 뭔가. 자! 이런 경위이니 편지 소문은 자자하지만, 그 주인공이 누구인지는 아무도 판가름을 못하고 있는 판이야. 이런 때인 만큼 자네가 하겠다는 마음만 있으면 쉽사리 성공할 수 있을 거야. 지금의 이 난처한 처지를 자네라면 문제없이 해결해 줄 것이라 믿네……."

느무르 공은 원래 샤르트르 공을 좋아했으며 더구나 클레브 공작부인의 인척이 되는 분인지라, 한층 더 친밀감을 느끼고 있던 터였다. 그러나 아무리 그렇다 하더라도, 그 편지가 자신과 관계가 있는 것처럼 했다가 클레브 공작부인의 믿음을 얻을 모험을 할 생각은 아니었다. 그래서 느무르 공은 결정을 내리지 못했다. 샤르트르 대공은 느무르 공이 걱정하는 것의 원인도 짐작이 갔으므로, 이렇게 말했다.

"왜 내가 모르겠나. 자네 역시 애인과의 사이가 불리하게 될까 봐 걱정하고 있다는 걸. 혹시 그 여인이 왕세자비 아닌가? 하지만 자네가 당빌 경에게 조금도 질투를 느끼지 않는 걸 보면 그것도 아닌 것 같고, 어쨌든 그건 나중 문제이고, 나의 안전을 위해 자네를 완전히 희생시키고 싶지는 않아. 그러니까 자네의 애인에게는 그 편지가 자네에게 온 것이 아니라 나 샤르트르에게 온 것이라는 것을 증명할 증거를 주겠네. 그 증거란 다른 것이 아니라, 여기에 있는 당부아즈 부인의 편지야. 당부아즈 부인은 테민느 부인의 친구로서, 나에 대한 모든 걸 털어놓고 이야기하는 분인데, 이 편지에 내가 떨어뜨린 테민느 부인의 편지를 돌려 달라고 부탁하는 글이 있어. 이 부탁 편지에는 내 이름도, 날짜도, 발신인도 다 써 있으니까 이것을 읽으면 그 편지가 자네 것이 아니라는 사실이 명백해질 거야. 그럼 자네도 연인으로부터 의심받을 일은 없겠지. 자네에게 당부아즈 부인의 편지를 빌려 줄 테니, 증거가 필요할 때는 이것을 자네 애인에게 보여주도록 하게. 너무 이야기가 장황해서 미안하지만 아무쪼록 아침 일찍, 왕세자비께 가서 부디 내 말대로 해 주게나."

느무르 공은 샤르트르 대공에게 왕세자비를 방문하기로 약속하고 당부아즈 부인의 편지를 받아 넣었다. 그러나 느무르 공은 왕세자비에게로 갈 생각은 없었다. 그보다도 더 급한 일이 있다고 생각했기 때문이다. 그는 왕세자비가 문제의 편지 이야기를 이미 클레브 공작부인에게 했을 거라고 생각했다. 자신이 연연불망(戀戀不忘)하는 여인에게서, 다른 여인이 있다고 오해를 받는 것은 참을 수 없는 일이었다.

공은 부인이 일어날 때를 기다려 찾아갔다. 먼저 이런 이례적인 시간에 면회를 청한 것은 중대한 사건이 일어나서 부득불 저지른 일이었다고 사과를 했다. 클레브 공작부인은 어젯밤부터 몇 번이나 읽고 또 읽은 편지 — 비련의 조짐 — 때문에 잠은 자는 둥 마는 둥 이불만 덮고 한밤을 샜는데, 느무르 공이 이 새벽에 찾아왔다는 말에 크게 놀랐다. 그러나 부인은 얄궂은 자기 운명을 저주하는 쓰라림에 휩싸인 채, 몸이 안 좋으니 면회는 안 되겠다고 딱 잘라 거절해 버렸다.

이렇게 면회를 거절당하고도, 느무르 공은 화를 내지 않았다. 안 낸 것이 아니라 못 낸 것이었다. 부인이 질투에 감싸여야 할 이 시점에서, 그냥 면회를 거절할 정도의 냉정함을 유지하는 것은, 그리 나쁜 조짐이라고 할 수 없었기 때문이다. 공은 다짜고짜 클레브 공작의 거실로 찾아들어가, 지금 부인을 뵈러 왔는데, 몸이 편찮으시다 해서 못 뵙고 가는 것을 퍽 유감으로 생각한다는 것과 사실은 샤르트르 대공의 일신에 관한 중대한 용건을 말씀드려야겠는데, 대신 들어주었다가 클레브 공작부인에게 전해 달라고 했다. 이 말을 듣자, 클레브 공작은 즉시 느무르 공을 아내 방으로 데리고 갔다. 만약 방이 어두침침하지 않았다면, 그녀는 남편의 안내를 받아 느무르 공작이 들어오는 모습을 보았을 것이고, 큰 충격을 받았을 것이다. 클레브 공작이 아내를 향해 조용히 말했다.

"느무르 공이 찾아온 용건이란 땅에 떨어진 편지 때문인 것 같소. 샤르트르 대공을 위해 당신의 도움이 필요하다고 하니,

당신이 할 수 있는 일인지 이야기를 나누어 보시오. 나는 마침 폐하를 일찍 뵈올 일이 있어서 같이 의논을 못하겠소."

느무르 공은 바라던 대로 부인과 단둘만 남게 되었다.

"사실은 여쭈어 볼 것이 있어서 이런 새벽에 폐를 끼칩니다……."

느무르 공은 말을 꺼냈다.

"왕세자비께서 어젯밤 샤틀라르에게서 받으신 편지에 관하여, 부인께 이야기하신 적이 없는지요?"

"네, 말씀은 있었습니다만……."

클레브 공작부인이 대답했다.

"하지만 그 편지와 우리 큰아버지와는 어떤 관계가 있는 것 같지 않던데요. 더욱이 큰아버지 성함이 거기 써 있지도 않았어요."

"옳은 말씀입니다."

느무르 공이 대답했다.

"물론 성함은 안 나와 있습니다만, 그 편지는 틀림없이 그분이 받았던 편지이며, 그것이 그 분 손에 다시 들어가지 않으면, 샤르트르 대공은 큰일이 나실 판국입니다."

"무슨 말씀이신지 전 모르겠습니다."

클레브 공작부인이 대답했다.

"왜 그 편지로 인해 큰아버지께서 큰일을 당하시게 되나요? 왜 그것을 큰아버지 이름으로 되돌려 받아야만 하나요?"

"지금부터 제 말씀을 차근차근 들어주신다면……."

느무르 공이 말했다.

"그 진상을 아시게 됩니다. 이것은 큰아버님의 목숨이 달린 일로써, 아까 면회 거절을 안 하시고 직접 뵈었더라면 클레브 공작께도 이런 불미한 실토를 안 해도 좋았을 겁니다만……."

"기껏 오셨으니, 저에게도 말씀해 주십시오. 쓸데없는 말씀은 아니실 테니……."

클레브 공작부인은 약간 귀찮다는 듯 대답했다.

"저보다는 왕세자비를 뵙고, 아주 솔직히, 그 편지의 중요성을 주장하시는 게 좋을 뻔했어요. 왕세자비께 그 편지를 당신이 떨어뜨린 것이라고 여쭌 하인들도 있었으니까요."

느무르 공은 이 대답을 통해 클레브 공작부인의 고민을 알아차리고, 이제껏 느껴 보지 못한 기쁨으로 가슴이 벅차 있었기 때문에, 구구하게 변명하려는 심사를 억눌렀다.

"왕세자비께 무어라고 말씀드렸는지는 몰라도……."

공이 말했다.

"나는 그 편지와는 아무 관계가 없습니다. 그것은 샤르트르 대공이 받은 편지이며, 샤르트르 대공이 정구장에서 떨어드린 것입니다."

"글쎄, 그럴지도 모르죠."

클레브 공작부인이 말을 받았다.

"하지만, 왕세자비께서는 정반대의 이야기를 들으셨습니다. 샤르트르 대공께 간 편지가 당신 주머니에서 떨어졌다는 요술 같은 이야기는 왕세자비로서는 생각하실 수 없는 일인 줄 압니다. 그래서 저는 말입니다, 무언가 꼭 왕세자비에게 알리지 말아야 할 이유라도 있으면 모르거니와, 그럴 만한 이유가 없다면 있는 그대로를 말씀드리는 것이 가장 떳떳하다고 권해 드리는 겁니다."

"있는 그대로라고 하지만, 왕세자비께 말씀드릴 것은 아무것도 없습니다."

공이 대답했다.

"어쨌든 그것은 제게 온 편지가 아닙니다. 그것을 알아 달라고 조를 만한 분이 나에게 있다 해도, 안됐습니다만, 그 분은 왕세자비가 아니십니다. 어쨌든 이 사건은 샤르트르 대공의 운명을 좌우하는 일이니까, 제 말씀을 잘 들어주십시오. 당신의 호기심을 만족시킬 수 있는 일이기도 하니까요."

클레브 공작부인이 잠자코 있는 것은 듣고 싶다는 뜻이었다. 이내 느무르 공은 샤르트르 대공에게서 들은 자초지종을 요령 있게 이야기했다. 그것은 놀라움을 자아내고 점점 귀담아들어야 할 내용인데도 클레브 공작부인은 아주 냉정히 한쪽 귀로 흘려듣고 있었으므로, 사실이라고 생각하지 않는 것인지, 아니면 그런 일엔 흥미가 없다는 것인지 짐작이 가지 않았다. 부인의 이러한 태도는 줄곧 계속되었는데, 느무르 공이 그 증거로 당부아즈 부인이 샤르트르 대공에게 보낸 편지에 관해 이야기하기 시작하자 그 태도는 무너지고 말았다. 클레브 공작부인은 당부아즈 부인이 테민느 부인과 절친한 사이라는 것을 알고 있었기 때문에, 느무르 공작의 이야기에도 얼마쯤의 진실함이 있으려니 생각하고, 그러면 그 편지도 어쩌면 느무르 공에게 보내진 것이 아닐지도 모르겠다는 새로운 의심이 솟아났다. 이렇게 생각하자, 부인은 시종일관 냉정한 태도를 견지할 수가 없었다. 느무르 공은 자신의 결백을 증명하는 당부아즈 부인의 편지를 읽고 나서, 부인에게도 읽어 보겠느냐고 건네주며, 낯익은 필적이지 않느냐고 물었다. 일이 이렇게 되자, 부인도 믿지 않을 수가 없었다. 우선 봉투 글씨를 보고 샤르트르 대공에게 보낸 것임을 알았다. 그리고는 내용을 다 읽고, 되돌려 보내 주기를 바란다고 하는 편지가 바로 지난밤 자신이 몇 번이나 읽은 바로 그 편지를 말하는 것이라고 판단했다. 느무르 공은 편지 이외에도 부인의 확신에 필요한 여러 가지 일을 설명해 주었다. 바람직한 진실을 믿게 하는 것은 쉬운 일이므로, 느무르 공은 클레브 공작부인에게, 정구장에 떨어진 편지가 자기와는 아무런 관계가 없음을 이해시켰다.

그제야 부인은 샤르트르 대공이 처한 곤경과 위험한 입장에 관하여 느무르 공과 같이 그 대책을 의논하고, 대공의 좋지 않은 품행을 비난하면서도 아버지와 피를 나눈 큰아버지의 일인지라, 구출 작전을 짜기 시작했다. 클레브 공작부인은 왕비가 하는 일에 기가 막혀서, 느무르 공에게 그 편지가 사실은 자기 손에 있다고 자백해 버렸다. 요컨대, 느무르 공에게 아무런 혐의가 없음을 알자, 듣기도 꺼려하던 추잡한 사태의 한가운데로 의젓이 차근차근 발걸음을 옮겨 놓는 것이었다. 둘의 의견은 다음과 같았다. 그 편지는 왕세자비에게 돌려보내지 않기로 했다. 왕세자비는 테민느 부인의 필적을 잘 알 뿐 아니라, 마르티니 부인은 샤르트르 대공에게 마음을 두고 있는 연인이므로 그 편지가 대공의 것임을 간파하리라는 것이었다. 그리고 왕세자비께서는 시어머니가 되시는 왕비와 관련된 말은 무슨 일이 있어도 함구하자는 데 의견의 일치를 보았다. 그리고 큰아버지가 발등에 불이 떨어짐으로 해서 느무르 공에게 자백하게 된 비밀은 여기 있는 두 사람 외에는 절대로 남에게 옮기지 않기로 약속했다.

이런 식으로 시간이 흘렀다면, 느무르 공은 언제까지나 샤르트르 대공 일만 이야기했을 리 없으며, 또 오랜만에 부인과 마주앉는 자유도 얻은 터라 이제껏 못 보이던 대담성을 가지고, 느끼는 바를 솔직히 말했을지도 모른다. 그런데 그 때 왕세자비의 시종이 와서, 클레브 공작부인이 쾌차하셨다면 입궐하라는 분부를 전했다. 그래서 느무르 공은 하는 수 없이 물러나와 샤르트르 대공에게 가서 우선 사과를 했다. 갈 곳을 바꾼 것에 대한 사과였다. 그리고 곧 왕세자비를 뵈올 작정이지만, 대공의 조카딸인 클레브 공작부인을 먼저 만나는 것이 좋다고 생각해서 그랬다며 귀환 보고를 했다. 아울러 모든 것이 뜻대로 될 것이라는 전망도 덧붙였다.

한편, 클레브 공작부인은 급히 옷을 갈아입고 왕세자비를 찾아갔다. 거실로 들어가자 왕세자비는 부인을 반기면서 자리를 권하고, 나직한 소리로 말했다.

"벌써 두 시간이나 당신을 기다렸어요. 오늘만큼 거짓말을 꾸며대느라 혼이 난 적이 없어요. 왕비께서 어제 내가 당신께 보여 드린 그 편지에 대해서 어찌나 물어대시는지 말이에요. 왕비께서는 샤르트르 대공께서 떨어뜨린 것으로만 생각하시는 거예요. 왕비께서 대공에게 흥미를 조금 느끼고 계신 건 당신도 알고 있잖아요. 왕비께서는 그 편지가 보고 싶어 샤틀라르에게 시종을 보내셨는데 샤틀라르가 이미 나에게 넘겨주었다고 했기 때문에, 이번엔 나에게 시종을 보내신 거죠. 재미있는 내용일 것 같아서 꼭 읽어 보고 싶으시다는 거예요. 그런데 차마 당신에게 주었다고 말할 수가 있어야죠. 샤르트르 대공이 당신 큰아버지이기 때문에 내가 당신에게 주었다든가, 샤르트르 대공과 나 사이에 무언가 있다든가 따위의 의심을 받으면 안 되잖아요. 대공께서 자주 이쪽에 오시는 것조차도, 왕비께서는 퍽 기분 나빠 하시는 것 같았어요. 그래서 나는 어쩔 수 없이 편지는 어제 입었던 옷 속에 들어 있는데 그만 옷장의 열쇠를 가진 시종이 지금 외출 중이라고 얼버무려 놓았습니다. 그러니까 빨리 편지를 나에게 되돌려주어야겠어요. 왕비께 갖다 드려야만 하고 또 드리기 전에 나도 그 필적이 누구의 것인지 확인해 보고 싶어서 말이에요."

클레브 공작부인은 뜻하지 않은 난처한 일에 또다시 부딪혔다.

"어머나! 그런데 어쩌면 좋지요?"

부인이 대답했다.

"실은 남편에게 읽어 보라고 주었는데, 오늘 아침 느무르 공이 오셔서, 왕세자비님께 말해서 그 편지를 되돌려 달라는 거예요. 그래서 남편이 느무르 공에게 줘 버렸습니다. 왕세자비님께서 갖고 계신다고 했더라면 좋았을 것을 남편이 곧이곧대로 자기가 갖고 있다고 말해서 제발 돌려 달라는 느무르 공의 간청에 못 이겨 그냥 주고 말았어요."

"어머나! 정말 큰일 날 일을 하셨군요."

왕세자비가 말했다.

"그 편지를 느무르 공에게 마음대로 줘 버린 것은 잘못이에요. 생각해 보세요. 내가 당신만 읽어 보라고 준 것이잖아요. 내 승낙 없이 아무에게나 보여주고 또 그걸 돌려주다니…… 이제 난 왕비께 무어라고 말씀드려야 하지요? 아마 그 편지 내용이 나와 관계가 있는 것이며, 샤르트르 대공과 나 사이에 무언가 있다고 모두들 생각할 거예요. 그 편지가 느무르 공작 것이라고 아무리 주장해도, 왕비께서는 믿어 주시지 않을 거예요."

"죄송합니다. 민망하기 그지없습니다."

클레브 공작부인이 말했다.

"저도 큰일이라는 생각이 듭니다만 그것은 어디까지나 남편의 잘못이지 제 잘못은 아닙니다."

"아니, 무슨 그런 말씀을! 당신의 잘못이 아니라니요?"

왕세자비는 항의를 했다.

"당신만 읽어 보라고 준 편지를 클레브 공작에게 줘 버린 것이 왜 잘못이 아니란 말씀인가요. 자기가 아는 거라면 무엇이든 다짜고짜 남편에게 털어놓는 분은 아마 당신밖에 없을 거예요."

"네, 알았습니다. 제 잘못입니다."

클레브 공작부인이 다시 대답했다.

"저에 대한 책망은 이 정도로 해두시고 용서해 주십시오. 그리고 이번 잘못에 대해 제가 갚을 수 있는 길을 생각해 주십시오."

"그렇다면 그 편지의 내용을 알고 있습니까?"

왕세자비가 물었다.

"네, 기억하고 있습니다. 너무나 명문이라 몇 번을 읽었더니……."

부인이 대답했다.

"그러면……."

왕세자비가 말했다.

"누구의 필적인지 알아보지 못하게 그 편지를 다시 쓰는 게 어떨까요. 그냥 모른 체할 수는 없어요. 그리고 다시 쓴 편지를 왕비께 갖다 드려야겠어요. 그 편지를 제일 먼저 본 사람에게 또다시 보이시지는 않을 것이고, 또 보이신다 한들 끝까지 그것이 샤틀라르에게서 받은 편지라고 우겨대면 될 거예요. 샤틀라르도 먼저 것과 다르다고는 안 할 것입니다."

클레브 공작부인도 이 임시방편에 찬성했다. 느무르 공에게 심부름꾼을 보내어 그 편지를 가져오게 한 후, 섬세한 필적으로 똑같이 베끼고, 물론 종이도 같은 것으로 하자고 했다. 그렇게 하면 왕비의 눈을 속일 수 있으리라고 생각했기 때문이다. 집으로 돌아가자 부인은 곧 남편에게, 왕세자비의 난처한 입장을 이야기하고, 느무르 공을 부르러 시종을 보냈으면 한다고 했다. 공은 착한 남편인지라 곧 승낙하여 마차를 보냈다.

느무르 공작이 들어오자, 클레브 공작부인은 공작에게도 같은 이야기를 하고 편지를 달라고 했다. 그런데 느무르 공

말로는 벌써 편지를 샤르트르 대공에게 돌려보냈고, 대공은 '이젠 살았다' 하며 테민느 부인의 친구인 당부아즈 부인에게 그 편지를 넘겨주고 말았다는 것이었다.

　클레브 공작부인은 또 한번 갈피를 잡을 수가 없었다. 결국 의논 끝에 기억을 더듬어 가짜 편지를 만들기로 했다. 이 일을 하기 위하여 세 사람은 방 하나를 따로 잡았다. 타인의 출입을 금지시키고, 느무르 공의 종들도 돌려보냈다. 이렇게 남의 눈을 피하여 셋이 합심을 하고 서로의 이익을 위하여 손발을 맞추는 분위기는 일부러 만들 수도 없는 것이며, 느무르 공과 클레브 공작부인에게도 예사로운 묘미가 아니었다. 곁에 남편도 있고, 큰아버지의 일신에 관련된 일이라는 명분도 있는지라, 부인은 오늘이야말로 거리낄 것이 없었다. 부인은 느무르 공작과 같이 있는 기쁨을 실컷 맛보았다. 그것은 이제껏 느끼지 못한 아주 자연스럽고 순수한 기쁨이었다. 행복이란 이런 것인가 하고 생각할 정도였다. 부인의 마음은 이 기쁨으로 인하여 명랑해졌다. 느무르 공작은 처음 보게 된 부인의 태도에 마음이 설레었다. 이제껏 서로 사모하는 사이라고는 하나 단 한 번도 이와 같이 즐거운 기회가 좀처럼 없었으므로, 느무르 공작도 비로소 사람 사는 보람을 느꼈다. 그래서 클레브 공작부인이 먼저 편지의 글귀를 떠올리며 글을 쓰려 하자, 느무르 공은 차분히 이 일을 돕기는커녕 농담을 하든지 해서 방해를 했다. 클레브 공작부인도 이러한 명랑한 분위기에 휩싸여 버렸기 때문에 즐거운 합창이 나올 듯했다. 방에 들어온 지 꽤 시간이 지나고, 왕세자비에게서도 두 번이나 재촉하는 시종이 왔었지만 편지는 채 반도 돼 있지를 않았다.

느무르 공은 이 즐거운 시간을 연장하는 것이 기뻐서, 샤르트르 대공의 일로 이 자리에 있다는 것을 잊고 있었다. 클레브 공작부인도 싫증이 나기는커녕 즐거워만 했고 큰아버지 일 따위는 잊고 있는 듯했다. 네 시가 되어서야 겨우 편지의 마지막 글귀를 썼는데, 글씨체가 엉망이어서 여자 글씨 같지가 않고, 무뚝뚝한 남자 글씨 같았다. 왕비가 조금만 주의 깊게 들여다본다면 금방 위필(僞筆)임이 드러나 궁정이 발칵 뒤집힐 지경이었다.

과연 왕비는 속아 넘어가지를 않았다. 느무르 공에게 보내진 편지라고 아무리 말해도 믿지를 않았고, 샤르트르 대공에게 보내진 것이라고 믿을 뿐만 아니라, 이 편지 내용에는 왕세자비와도 관련이 있으며, 둘 사이에 무언가 있으려니 짐작하기까지 했다. 왕비는 이 편지 문제를 더 캐지는 않았지만 왕세자비에 대한 미움은 나날이 커져 갔고, 결국 왕세자비를 프랑스에서 쫓아내 버리기 전까지 사사건건 못살게 굴었다.

샤르트르 대공 역시 이 사건으로 왕비의 총애를 잃고 말았다. 그 즈음 이미 로렌 추기경이 왕비와 가까이하고 있었기 때문인지, 아니면 대공의 부정을 드러내고만 이 편지 사건이 계기가 되어 이제껏 대공이 범하고 있던 배반 행위가 차례차례 들추어져 버린 탓인지는 모르지만, 어쨌든 대공과 왕비가 더 이상 어울리지 않게 된 것만은 확실했다. 실제로 이 두 사람의 관계는 끊어진 것이며, 왕비는 대공이 관련된 저 당부아즈 음모 사건으로 단죄했던 것이다.

왕세자비에게 대필 편지를 보낸 후 클레브 공작과 느무르 공은 같이 밖으로 나갔고, 클레브 공작부인은 홀로 집에 남았다. 사랑하는 사람을 눈앞에 두고 맛보던 기쁨이 사라지자 꿈에서 깨어난 것 같은 느낌이었다. 부인은 자신이 간밤에 간직했던 기분과 오늘의 기분이 너무나 다르다는 것에 놀랐다. 그리고 그 문제의 편지가 느무르 공에게 보내진 것으로만 알고 있었던 동안, 느무르 공에게 보여준 자기의 그 독살스러웠던 태도를 되돌아보았다. 그 편지가 느무르 공과는 전혀 관련이 없다는 사실을 알고 난 뒤부터는 얼마나 따뜻하고 상냥한 마음씨로 돌변했는가. 자신이 느무르 공을 사랑하는 것에 대해 이제는 마치 무슨 죄라도 지은 듯 마음이 찔리면서도 또 편지 일로 인해 극심한 질투를 공에게 보이고만 일을 생각하니, 부인은 이제 스스로도 자기 자신을 알 수 없게 되어 버렸다고 생각했다.

부인은 생각했다.

'느무르 공은 내 연모의 정을 알고 계신다. 또 내가 그것을 알고 있으면서 내 남편 앞에서도, 자기에게 감히 서먹서먹하게 행동하지 않은 것도 눈치채셨을 것이다. 그뿐인가. 오늘만큼 그 분을 애정의 눈길로 바라다본 적도 없지 않은가. 남편에게 그 분을 부르게 한 것도, 또 오후를 세 사람이서 남모르는 방에서 지내게 된 것도 모두 나의 주선으로 된 것이란 걸 아실 것이다. 나는 느무르 공과 짜고 이 세상에서 절대로 속여서는 안 될 남편을 속이고 있는 것이다.'

부인은 사랑하는 사람이 자신을 그런 나쁜 여자로 볼 것을 생각하니 부끄러움을 견딜 수가 없었다. 그러나 무엇보다도 부인이 견딜 수 없었던 것은 느무르 공에게 다른 애인이 있고, 자기는 속임수에 빠져 있었다고 생각했을 때의 가슴을 태우던 고통이었다.

부인은 이제껏 시기나 질투 때문에 고통이나 불안 같은 것을 느껴본 적이 없었다. 느무르 공을 사랑하지 않겠다는 생각만 했을 뿐, 공이 다른 여자를 사랑하리라는 생각은 해본 적이 없었다. 서명 없는 편지 때문에 생긴 의구심은 사라져 버렸지만, 어쨌든 이 사건 때문에 부인은 속임수에 빠지는 일도 있다는 것을 배웠고, 이제껏 느껴 보지도 못했던 시기나 질투의 정념을 자기 가슴으로 직접 겪은 것이었다. 느무르 공처럼 여인들의 세계에서 바람둥이로 알려진 남자에게, 성실하고 오래 지속되는 연정은 있을 수 없음을 왜 생각하지 못했을까? 부인은 또 지금까지의 사랑만으로는 도저히 만족할 수가 없다는 생각도 들었다. 그러나 한편으론 사랑이 계속 발전하면 어떻게 할 것인가? 받아들일 것인가? 받아들인다면 흔히들 하는 저 색정의 길로 빠져들어 갈 작정인가? 남편에 대한 의무를 게을리하고, 몸가짐도 소홀히 할 작정인가? 그러면 결국 돌이킬 수 없는 후회와 고통의 구렁텅이에 몸을 던지고 마는 것은 아닌가? 부인은 자신도 모르는 사이에 자기를 질질 끌고 가는 애정의 동아줄을 끊어 버리지 못하고 말았다.

그래서 부인은 이제 결정을 내려야 할 때가 온 것 같다고 생각했다.

'결심 따위 아무리 해봐야 소용이 없다. 오늘 새로이 결심했다고 한 것도 실은 어제와 마찬가지였을 뿐, 행동은 또 어제 결심한 것과는 정반대의 일을 하고 있다. 그렇다면 나는 느무르 공의 눈이 닿지 않는 곳으로 갈 수밖에 없다. 그렇다! 시골로 도망가 버리자. 이 도피 행위가 루브르 궁전 사람들에게 아무리 수상하게 여겨져도 상관없다. 그리고 만약 남편이 굳이 이유를 물으려 하면, 남편에게는 안됐지만, 또 나 자신에게도 괴로운 일이지만, 그 이유를 전부 다 털어놓자.'

부인은 이렇게 굳은 결심을 하고, 그 날은 하루 종일 집에 있었다. 샤르트르 대공의 거짓 편지가 어떤 결과를 맺었는지, 왕세자비에게 가 보지도 않았다.

클레브 공작이 돌아오자, 부인은 다짜고짜 낙향하겠다고 말했다. 몸이 안 좋아서 요양이 필요하다고 말한 것이다. 그러나 클레브 공작의 눈에는 여전히 아내가 아름다워 보였고, 몸이 나쁜 것 같지도 않아 보였다. 그래서 처음엔 공연히 해 보는 소리려니 싶어 귀담아듣지도 않았다. 그리하여 곧 거행될 왕녀의 결혼과 공주의 결혼, 그리고 날짜가 임박한 무술 시합 때문에 다른 부인들과 같이 의상 준비를 하고, 영예스러운 자리에 나갈 준비를 하기에도 바쁠 텐데 하면서 시골로 내려가서는 안 될 이유들을 이야기했다. 그러나 부인의 결심은 단호했다. 남편더러 폐하를 모시고 콩피에뉴에 가 있는 동안, 자신이 머물고 있는 쿨로미에로 와 달라고 졸라댔다. 그곳에는 부부가 공들여 지어 놓은 별장이 있었다. 마침내 클레브 공도 부인의 성화에 못 이겨 승낙을 했다. 그래서 부인은 금방은 돌아오지 않을 작정으로 떠났다. 국왕도 콩피에뉴로 며칠간의 여정을 떠났다.

느무르 공은 그 날 그렇게도 즐겁게 클레브 공작부인과 오후 한나절을 보낸 데 대해 부푼 가슴을 안고 있었는데, 그 후로는 도무지 부인을 만날 수가 없어 몹시 슬퍼하고 있었다. 한 번만 더 만났으면 싶어 초조해지고, 한자리에 가만히 있을 수가 없었다. 국왕이 환궁하자, 그는 여동생 메르쾨르 공작부인에게 가 보기로 했다. 여동생은 쿨로미에에서 가까운 시골에서 살고 있었다. 공은 샤르트르 대공에게 같이 가자고 권했고, 대공도 이에 응해 주었다. 느무르 공이 대공을 설득한 이유는 그와 같이 가면 클레브 공작부인을 만날 명분이 생길 수 있기 때문이었다.

메르쾨르 부인은 매우 반갑게 두 손님을 맞아 주었다. 시골의 즐거움을 실컷 즐기게 해 주고, 유쾌한 여행이 되도록 신경을 써 주었다. 그러던 어느 날, 다같이 사슴 사냥을 나갔다가 느무르 공이 숲에서 길을 잃고 말았다. 돌아갈 길을 농부에게 묻다가, 뜻하지 않게 그녀의 별장이 있는 쿨로미에에 가까이 와 있는 것을 알았다. 그는 머지않은 곳에 클레브 공작의 별장이 있다는 말을 듣자, 두근거리는 마음으로 농부가 가르쳐 준 방향으로 말을 달렸다. 깊은 숲을 벗어나자, 넓은 길이 나타났다. 그는 마냥 이 길을 따라 달렸다. 물을 사람이 없어 물어 보지는 못했으나, 이 길이겠지 하고 줄곧 달렸다.

과연 그 길 끝에 별장의 바깥채가 있었다. 이층집인데 아래층에는 큰 마루와 작은 방이 두 개 있고, 들에는 꽃나무가 심어져 있었으며, 더욱이 작은 방의 창 밖에는 특별한 화단이 조성되어 있고 숲과의 사이에는 산울타리가 있었다. 또 하나의 작은 방은 정원(庭園)의 넓은 길을 향해 있었다. 느무르 공은 별채로 들어갔다. 그리고 잠시 그 훌륭한 경치를 감상하고 있으려니, 정원 쪽에서 클레브 공작 부부가 많은 시종들을 거닐고 걸어오는 것이 눈에 띄었다. 국왕과 함께 있는 줄로만 알고 있던 클레브 공을 여기서 만난 것은 뜻밖의 일이었다. 느무르 공은 재빨리 몸을 숨겼다. 화단을 내다볼 수 있는 작은 방으로 우선 들어가 몸을 감추면서, 숲 쪽의 문으로 빠져나가 버릴 작정이었다. 그런데 클레브 공작 부부가 별채로 들어가 쉬고, 뜰에서 대기하고 있는 시종들이 주인의 앞을 지나지 않는 한 자기 쪽으로 올 수 없다는 것을 안 느무르 공은 클레브 공작부인의 자태를 몰래 바라다보면서, 누구보다도 질투의 대상이 되는 클레브 공과 부인이 무슨 이야기를 주고받는지 엿듣고 싶은 충동을 억누를 길이 없었다.

클레브 공작이 아내에게 이렇게 말하는 소리가 들려왔다.

"글쎄, 왜 당신은 파리로 돌아가려고 하지를 않는 거요? 대체 무엇이 당신을 이 시골에 주저앉게 하는 거요? 요새 당신은 이상하게도 혼자만 있으려고 하는데 나는 그 까닭을 도무지 모르겠소. 궁정에서 떨어져 있는 걸 난 못 참겠소. 전과 달리 당신은 우울해하고, 무언가 거리끼는 일이라도 있는지 걱정이 되어 못 견디겠소."

"여보, 전 거리끼는 것이 아무것도 없어요."

부인이 겁에 질린 듯 대답했다.

"다만 궁정엔 드나드는 사람들이 많아서 심신이 피로할 뿐이에요. 그래서 좀 휴식을 취했으면 하는 거예요."

"휴식이라고?"

공이 되물었다.

"당신은 아직 그런 말을 할 나이가 아니오. 집이건 궁정이건 당신을 피로하게 만드는 것은 없소. 나는 왠지 당신이 나와 떨어져 있고 싶어하는 것만 같은 생각이 드는구려."

"그렇게 생각하시면 너무 심하십니다."

부인은 조심조심 대답했다.

"하지만 저를 이대로 내버려두셨으면 좋겠어요. 당신도 늘 여기에 계시게 된다면 좋겠지만 당신을 둘러싼 주변 상황이 여의치 않은지라……."

"알았소. 그러고 보니 당신의 태도나 말로 미루어 보아, 당신이 혼자 있고 싶어하는 까닭이 있는 듯도 하오. 나로서는 도무지 알 수 없는 이유지만 말이오. 그것을 속 시원히 말해 주지 않겠소? 제발."

클레브 공작은 한참 그 까닭을 실토시키려고 애써 보았지만, 소용이 없었다. 부인은 거부하고 또 거부하면서 남편의 호기심을 점점 돋우기만 한 채로 눈을 감고 입을 다물었다. 그러다가 별안간 눈을 뜨더니 이렇게 말을 꺼냈다.

"더 이상 캐묻지 말아 주세요. 저도 그 동안 몇 번씩이나 말씀드릴까 했지만, 영영 말이 안 나오더군요. 다만 아무쪼록, 나이도 어리고 후견자도 없는 저를, 궁정이라는 위험한 곳에 내버려두시는 것은 신중하지 못한 처사라 생각해 주세요."

"그런 말을 들으니 걱정이 되는군."

클레브 공작이 소리쳤다.

"당신이 화를 낼까 봐, 이 말은 하지 못 했지만……."

클레브 공작부인은 아무 말이 없었다. 부인의 침묵을 통해 클레브 공작은 자신이 걱정하던 것이 들어맞았다는 것을 알았다.

"당신은 아무 말도 안 하는구려."

공이 말을 이었다.

"그럼, 내 짐작대로라는 셈이군."

"……네에, 바로 그래요."

부인은 남편의 무릎을 부여잡고 대답했다.

"이런 일을 남편에게 고백하는 아내가 이 세상에 어디 있겠습니까마는 저는 당신에게 고백하겠습니다. 물론 이 고백은 제 행실에 대한 마음속의 거리낌이 없으니까 할 수 있는 것입니다. 확실히 저에게는 궁정에서 멀리 떨어져 살아야 할 이유가 있습니다. 그래서 저는 제 나이 또래가 겪기 쉬운 위험을 피하고 싶습니다. 하지만 저는 이제껏 조금이라도 저의 약점을 보인 일은 없으니까, 만약 이대로 궁정을 떠나는 것을 허락해 주신다면, 앞으로 절대 그러한 일로 걱정시켜 드릴 일은 없을 겁니다. 어머님이 살아 계셔서 저를 이끌어 주신다면, 그런 걱정은 기우에 불과하겠지만……. 지금의 제 결심이 아무리 위험할지라도 저는 제 결심대로 하겠습니다. 저는 언제까지나 당신이 기대하시는 아내가 되고 싶어요. 제 결심이 마음에 안 드신다면, 얼마든지 저는 사과를 드리겠습니다. 그리고 최소한 제 행실에 있어서는 절대로 당신의 바람에 어긋날 일을 하지 않을 테니 걱정하지 마세요. 이렇게 거북한 말씀을 드리는 것은, 제가 당신에 대해 보통의 아내들 이상으로 애정과 존경을 갖고 있기 때문이라는 걸 알아주세요. 그리고 앞으로 저를 인도해 주세요. 또 저를 가엾다고 생각해 주세요. 그리고 될 수 있으면, 지금처럼 저를 사랑해 주세요."

이 고백을 듣는 동안 클레브 공작은 두 손으로 머리를 움켜쥐고 멍하니 앉아 있느라, 아내를 부축해 주는 것도 잊고 있었다. 아내가 말을 끝냈을 때, 비로소 공작은 아내를 바라보았다. 자기 무릎 위에 두 팔을 얹고 눈물에 젖어 있는 아내의 아름다운 얼굴을 보았다. 공작은 괴로움에 못 이겨 죽고 싶은 심정이었으나 겨우 아내를 안아 일으키면서 말했다.

"당신이야말로 나를 가엾게 생각해 주오. 나는 정말이지 그런 동정을 받을 만하오. 당신의 솔직한 태도에 나도 응당 대답을 했어야 하는데도, 아무 말도 않고 있었던 것은, 그 슬픔이 너무나 컸기 때문이었으니 이해해 주오. 당신과 같이 존경받을 만한 여인은 이 세상에 없을 것이오. 하지만 나만큼 불행한 사나이도 없다는 생각이 드오. 당신은 처음 만났던 날부터 내 마음을 사로잡고 말았소. 당신은 내 아내가 되고, 여전히 내게 냉정하고 엄격히 처신해 왔지만, 그렇다고 내 정열의 불꽃이 꺼지는 일은 없었소. 지금도 훨훨 타고 있소. 그러나 나는 당신 가슴속에 있는 연정의 불을 지피지는 못했소. 그런데 지금 당신은 내가 그토록 바라고 있는 연정을 나 아닌 다른 남자에게 느낄 것 같다고 걱정을 하고 있으니……. 당신에게 그런 걱정을 자아내게 하는 그 행복한 사람이 도대체 누구요? 언제부터 그가 당신의 마음에 들기 시작한 거요? 당신의 뜻에 맞추기 위해 그 사나이는 도대체 어떤 짓을 한 거요? 당신 마음에 기어들기 위해 도대체 어떤 길을 발견한 거요? 내 재주로는 당신의 마음을 움직일 수 없으리라 생각하고 사실 나는 단념하고 살아왔소. 그런데 내가 하지 못한 일을 다른 자가 대신하고 있으니 난 가엾은 남자요. 이제 나는 남편으로서의 질투와 연인으로서의 질투를 가슴에 안아야겠구려. 당신의 지금과 같은 태도를 보고서는, 이제 남편으로서의 질투는 할 수 없게 됐소. 다만 고귀한 당신의 태도에 안심할 수밖에 다른 도리가 없소. 나에 대한 당신의 신뢰와 성실함은 더없이 귀중한 것이오. 내가 그러한 고백을 악용하는 남자가 아니라는 것을 당신이 믿어 주었으니 말이오. 역시 내 짐작이 맞았구려. 난 당신의 고백을 트집 잡고 늘어지지는 않을 것이오. 그 때문에 내 애정에 금이 갈 리도 없소. 당신은 이제껏 아내가 남편에게 보여줄 수 있는 가장 큰 성의의 증거를 나에게 보여주었소. 하지만, 그로 말미암아 나는 불행하게 되었소. 자! 그럼 끝까지 말을 계속해 보시오. 당신이 그렇게도 피하고 싶은 사나이가 누군지……."

"제발 그것만은 묻지 말아 주세요."

부인이 대답했다.

"그것만은 말하지 않기로 결심했습니다. 그 분의 이름까지 말하는 일은 신중하지 못한 태도입니다."

"걱정할 것 없소."

클레브 공작이 말했다.

"나도 조금은 세상일을 알고 있는 사람이오. 남편을 존경하고 있더라도, 부인이 다른 남자에게 마음을 두고 있는 일은 흔히 있는 일이니까. 그 사나이가 밉기는 하지만, 그렇다고 남편으로서 한탄할 일은 아니오. 다시 묻겠는데, 대체 그 사람이 누군지 부디 가르쳐 주구려."

"아무리 물으셔도 소용없는 일입니다."

부인이 대답했다.

"말씀드리지 않겠다고 결심한 것은 결코 말씀드리지 않으니까요. 조금 전의 고백도 결코 제가 마음이 약해서 말씀드린 것은 아니에요. 감추어 두는 것보다 진실을 말하는 것이 훨씬 더 용기가 필요한 일이에요."

느무르 공은 부부가 주고받는 이야기를 한 마디도 빠뜨리지 않고 들었다. 그리고 클레브 공작부인의 고백은 느무르 공에게도 그녀의 남편 못지않은 질투를 불러일으켰다.

클레브 공작은 부인을 미칠 듯 사랑했기 때문에, 부인에 대해 자기와 같은 애정을 느끼고 있는 사람이 있으려니 하고 막연히 생각하고는 있었다. 실제로 몇 사람의 연적이 없는 것은 아니었다. 클레브 공도 이것을 알고 있었으므로, 도대체 클레브 공작부인의 마음에 있는 사나이가 누구인지 종잡을 수가 없었다.

한편 느무르 공은 이제껏 자신이 부인으로부터 사랑을 받고 있다고 생각하고 있었지만 지금 다시 생각해 보니 그러한 판단을 내리게 된 근거가 모두 빈약하기 짝이 없는 것이라는 생각이 들었다. 클레브 공작부인이 남편에게 저런 대담한 방법을 쓰지 않으면 안 될 만큼 열렬한 연정을 과연 자신이 부인의 가슴에 안겨 주었는지 자신할 수가 없었다. 느무르 공은 몹시 흥분해 있었으므로 눈앞에 전개되고 있는 사태의 진상을 올바로 판단할 수가 없었다. 그래서 느무르 공은 클레브 공작이 입을 다물고 있는 자기 아내의 입으로부터 상대 남성의 이름을 알아내기 위해 더 추궁하지 않는 것 때문에 속이 타 죽을 지경이었다.

물론 클레브 공도 그 이름을 알아내기 위해 이러저러한 노력을 하고는 있었다. 그러나 아무리 채찍질을 해보아도 속수무책이었다. 결국 부인은 이렇게 대답했다.

"당신은 저의 성의만으로 만족하셔야 옳을 줄 압니다. 그 이상은 묻지 말아 주세요. 조금 아까 한 말을 후회하지 않도록 해 주셨으면 좋겠어요. 저는 여태까지 제 기분을 드러내 보인 적이 없었으며, 당신에게 실례의 말을 한 적도 없습니다. 저로서는 힘든 말을 한 것이니 아무쪼록 이 대답만으로 만족해 주세요."

"아니오. 지금의 그 말은 믿을 수가 없소."

그녀의 말이 끝나자마자 클레브 공작이 말했다.

"언젠가 당신의 초상화가 없어진 날, 당신이 허둥대던 모습이 생각나는군. 나에겐 가장 귀중한 초상화를 그 때 당신은 남에게 줘 버린 것 같았지. 당신은 자신을 감출 수가 없었던 거요. 당신은 확실히 딴 사나이에게 빠져 있었소. 다만 정절의 미덕이 지금껏 당신을 지켜 주고 있던 것이오."

"어머나! 당신도."

부인이 외쳤다.

"어떤 이유가 있어서 하지 않으면 안 될 고백을 한 것도 아닌데 당신은 아직도 그 고백에 무슨 거짓이라도 있는 것처럼 생각하는군요? 아무쪼록 제 말을 믿어 주세요. 물론 당신이 선뜻 믿어 주시리란 생각은 하지 않았지만 진심으로 부탁하는 것이니, 제발 믿어 주세요. 전 초상화를 다른 사람에게 준 적이 없습니다. 그것을 도둑맞는 광경은 보았지만 다만 모르는 척하고 싶었을 뿐입니다. 왜냐하면 내가 보고 있다는 것을 눈치채게 하면 그 사람에게 뭔가 고백할 거리를 제공하는 것 같아 두려웠기 때문이에요."

"그러면 그 사람은 도대체 어떤 방법으로 당신을 연모하고 있음을 보여준 것이오? 어떻게 그리움을 표시한 것이오?"

"그렇게 세세한 질문은 하지 말아 주세요. 상대방의 연모를 제가 눈치챘다는 것만으로도 이미 제 자신을 부끄럽게 생각하고 있으니까요. 그 외에도 제 스스로가 얼마나 약한 사람인지 느끼고 있어요."

"내가 무리한 질문을 했군. 이제부터 내가 무리한 질문을 하면 대답을 하지 않아도 좋소. 다만 어쩌다 느닷없이 내가 그런 것을 묻더라도 화를 내지는 말아 주오."

마침 이 때 뜰의 샛길에 서 있던 시종 몇 명이 클레브 공작 앞으로 다가와서, 오늘 밤이라도 파리로 귀임하라는 왕명을 받들고 사람이 왔노라고 보고했다. 클레브 공작은 곧 떠나지 않으면 안 되었으므로, 아내에게 이야기다운 이야기도 못한 채 겨우 이 말만을 남겨 놓았다.

"내일은 꼭 파리로 돌아와 주시오. 지금 난 슬픔에 싸여 있지만, 당신을 만족시킬 만한 애정과 존경을 잃고 있지 않으니 믿어 주기를 바라오."

클레브 공작이 시종들과 같이 떠나 버리자 혼자 남게 된 클레브 공작부인은 방금 전의 일을 생각해 보니 무서워진 나머지 실제로 일어난 일이라고는 도저히 생각할 수가 없었다.

'남편의 애정과 존경을 내 몸에서 밀어 내고, 혼자서는 다시 떠오를 수 없는 심연을 자기 손으로 파 놓았구나.'

부인은 어떻게 그처럼 대담한 행동을 한 것일까 하고 스스로에게 물어 보았다. 꼭 그렇게 하려던 것도 아닌데, 그냥 그렇게 되어 버리고 말았다. 세상에 전례가 없는 그러한 기이한 고백을 해버린 지금, 눈에 떠오르는 것은 위험뿐이었다.

그러나 그 고백이 아무리 앞뒤 생각 없이 한 것이라고 하더라도, 그것밖에는 느무르 공으로부터 자기 몸을 지키는 방법이 없다고 생각하면, 그렇게까지 후회될 것도 없었다. 그다지 경솔한 짓을 한 것도 아니라는 생각이 들었다. 그날 밤 부인은 불안과 동요 때문에 한잠도 못 잤지만, 그러는 동안에 안정을 되찾을 수가 있었다. 그리고 지금은 도리어 남편에게 그러한 정절의 표지를 보인 것이 잘한 일이라고 생각했다.

'나의 고백을 들어줄 때의 태도로 보아 나를 변함없이 사랑해 주며 존중해 주는 분이야.'

한편, 이 부부의 이야기를 엿듣고 크게 감동한 느무르 공은 그 자리를 피해 숲 속으로 들어갔다. 클레브 공작부인이 초상화에 관해 남편에게 한 말을 통해, 느무르 공은 부인의 마음을 뒤흔들어놓은 자가 바로 자기 자신이란 걸 알고 안도의 한숨을 내쉬었다. 느무르 공은 기쁨에 젖어 들었으나 기쁨은 그리 오래 지속되지 못했다. 왜냐하면 반성하는 마음이 들었기 때문이었다.

초상화 이야기에서 자기가 클레브 공작부인의 사랑의 대상임을 알았지만, 다시는 이와 같은 상황은 없을 거라고 남편에게 고백하는 부인의 단호함으로 보아 더 이상의 애정을 불태울 수는 없다는 사실을 알아차린 것이었다. 하지만 느무르 공은 부인을 이러한 궁지로까지 몰아넣었다는 것에 희열을 느꼈다. 세상에 다시없는 한 여인에게 연정을 불러일으킨 것이 아무리 생각해 보아도 흐뭇했다. 느무르 공은 요컨대 행복과 불행을 동시에 오간 것이었다. 숲 속은 날이 일찍 저물었다. 그곳에서 여동생 집을 찾아가는 일은 여간 고생스러운 일이 아니었다. 느무르 공은 밤새 걸어 새벽녘에나 겨우 가 닿았다. 늦은 까닭을 설명하기에 애를 먹었지만, 그럴듯하게 얼버무려 넘겼다. 그리고 그 날 느무르 공은 샤르트르 대공과 같이 파리로 돌아갔다.

느무르 공의 머릿속에는 온통 사랑뿐이었고, 더욱이 엿들은 이야기 때문에 침착성을 잃고 있었으므로 마침내 경솔한 짓을 저지르고 말았다. 즉, 자기만의 감정을 일반적인 것으로 가장하며, 자신에게 일어난 일이 마치 남의 일인 것처럼 이야기했던 것이다. 파리로 가는 도중 공은 오로지 연애에만 화제를 집중시키고, 사랑을 받을 만한 가치가 있는 부인으로부터 사랑을 받을 때의 기쁨을 과장해서 이야기했다. 그런 경우 흔히 이성을 잃고 감정에 사로잡히게 마련인데 그만 클레브 공작부인의 행위에 놀란 자신의 기분을 가슴에 담아 둘 수가 없어서 샤르트르 대공에게 그 사건에 대해 지껄이고 만 것이다. 물론 부인의 이름도 밝히지 않고 자기와 관련된 일처럼 이야기하지는 않았지만, 너무나 열렬하고 감격에 넘치는 말투 때문에 샤르트르 대공은 느무르 공 자신이 겪은 일임을 짐작할 수 있었다. 그러자 대공은 느무르 공에게 이렇게 말했다.

"자! 이제 무슨 말인지 알 것 같으니 나에게 자백하게나. 벌써 오래전부터 나는 자네가 누군가를 열렬히 사랑하고 있다는 것을 알고 있었네. 자네에게 내 일신상의 비밀까지 몽땅 털어놓은 마당에 자네가 나에게 뭔가를 감추고 있다는 것은 괘씸한 일이지."

그러나 느무르 공은 자신의 사랑에 관해 도저히 털어놓을 수가 없었다. 샤르트르 대공은 궁정 안에서 자신이 가장 좋아하는 사람이긴 했지만, 그래도 말할 수는 없는 것이었다. 그렇기 때문에 느무르 공은 대공에게, 이것은 자기 친구에게서 들은 이야기이고, 아무에게도 말하지 않겠다고 약속한 것이니, 꼭 비밀을 지켜 달라고 간청했다. 대공은 입 밖에 내지 않겠노라고 약속해 주었지만, 느무르 공은 자신의 입이 헤펐다는 것에 대해 후회를 했다.

한편, 클레브 공작은 비통한 가슴을 움켜쥐고 입궐을 서두르고 있었다. 이처럼 아내를 진심으로 사랑하고 존경하는 남편은 일찍이 없었다. 그러한 고백을 들은 뒤에도 아내에 대한 존경은 조금도 덜해지지 않았다. 그러나 지금은 다른 내용 하나가 덧붙여졌다. 그것은 가장 꺼림칙한 것으로서 부인의 마음을 사로잡은 사나이가 누군지를 알아내는 것이었다. 가장 먼저 느무르 공작이 생각났다. 궁정 안에서 가장 매력 있는 인물이었기 때문이다. 그 다음으로 기즈 기사와 생탕드레 대장이 생각났다. 이 두 사람은 일찍부터 부인과 가까이해 보려고 한 적이 있으며, 아직도 부인을 마음에 두고 있었기 때문이었다. 공은 결국 이 세 남자 중의 하나일 것이라고 결론을 내렸다.

루브르 궁전으로 들어가자, 국왕은 클레브 공작을 별실로 불러 왕녀를 스페인에 보내는 안내 사절로 공을 택했노라고 말했다. 공만큼 이 역할을 잘 해낼 사람은 없으며 게다가 공의 부인만큼 프랑스의 명예를 빛내 줄 부인도 없을 것이라는 말까지 덧붙였다. 클레브 공작은 이 임무를 황공하게 맡는 한편 사랑하는 아내를 우선 궁정에서 멀리하게 할 수 있다는 점에서 고맙게 생각했다. 그러나 출발 날짜는 아직 멀었기 때문에 지금의 괴로운 심정을 다스려 주는 구제 수단이라고는 할 수 없었다. 어쨌든 클레브 공작은 곧 아내에게 편지를 써서 국왕의 명령을 알림과 동시에 빨리 파리로 돌아오라고 일렀다. 클레브 공작부인은 그의 말대로 파리로 돌아왔지만, 이들 부부에겐 이제껏 없었던 이상한 슬픔이 감돌았다.

클레브 공작은 세상에서 가장 성실한 사람이며, 아내가 제시한 정절에 가장 적절한 사람으로서 아내에게 이렇게 말했다.

"나는 당신의 행실에 대해서는 아무런 걱정을 하지 않소.

당신에게는 당신이 생각하고 있는 것 이상으로 용기와 덕이 갖추어져 있으니까. 또 앞으로의 일이 걱정된다고 해서 괴롭게 여기고 있는 것도 아니오. 다만 당신에게 갖게 해 주지 못한 기분을 당신이 다른 남자에게서 느끼고 있다는 것만이 슬플 따름이오."

"어떻게 대답을 해야 좋을지 모르겠습니다. 이런 이야기를 하는 것만으로도 너무 부끄러워서 죽어 버렸으면 좋겠다는 생각이 듭니다. 아무쪼록 그런 무자비한 말씀은 그만해 주세요. 저의 행실을 바르게 이끌어 주시고 어느 분의 눈에도 안 띄게 해 주세요. 그것만이 저의 소원입니다. 하지만 이제 더 이상 당신에게 어울리지 않는 여자로 보이게 하는 일은 없을 테니 걱정하지 마세요. 지금 저는 스스로 몹쓸 여자라는 느낌이 자꾸만 드는걸요. 아무쪼록 저의 청을 들어주세요."

"당신이 말하는 대로요."

클레브 공작이 말했다.

"내가 상냥함과 신뢰를 미끼로 당신을 귀찮게 하고 있는 것 같소. 그러나 난 지금 갈팡질팡하고 있으니 조금은 동정을 해 주구려. 물론 여러 가지로 나에게 실토를 해 주기는 했지만, 끝내 그 남자의 이름만은 감추고 있으니 미칠 지경이오. 하지만 내 호기심을 만족시켜 달라고는 하지 않겠소. 내 나름대로 그 사나이가 생탕드레 대장이나 느무르 공, 아니면 기즈 기사 중 하나라는 결론을 내렸으니까."

"아무런 대답도 하지 않겠습니다."

부인이 얼굴을 붉히면서 말했다.

"대답을 함으로써 의심을 약하게도, 강하게도 하고 싶지 않기 때문이에요. 하지만 만약 당신이 집요하게 의심을 밝히려고 하시면, 그야말로 전 아주 난처해지고, 도리어 남의 눈에 띄게 되고 말 것입니다. 아무쪼록 사람들에게는 제가 병을 앓고 있다고 하시고 아무와도 만나지 않게 해 주세요. 부디 그렇게 해 주시기 바랍니다."

"그건 안 되오."

클레브 공작이 대답했다.

"금방 거짓말이 들통 나고 말 거요. 나는 당신만을 믿고 싶소. 내 마음과 내 이성도 그렇게 시키고 있소. 당신의 성격으로 보건대, 당신이 하고 싶은 대로 자유롭게 해 주는 편이 어차피 이래라 저래라 하는 것보다도 오히려 당신을 속박하는 셈이 될 것이오."

클레브 공의 생각은 틀리지 않았다. 공이 말한 신뢰라는 것에 의해 부인은 더욱더 느무르 공작에 대해 조심하게 되었고, 어떠한 속박을 가했을 때보다도 훨씬 더 강한 결심을 하게 되었다.

그래서 여느 때처럼 루브르 궁전으로 나갔고 왕세자비에게도 인사를 갔지만, 느무르 공과의 동석은 늘 조심스럽게 피했으므로, 공은 부인으로부터 사랑을 받고 있다는 기쁜 생각을 거두어야 했다. 부인의 태도 어디를 보든, 느무르 공에게 이 반대의 사실을 믿게 하는 것은 아무것도 없었다. 지난번에 그녀의 말을 엿들은 일이 꿈이었나 싶을 정도로 부인에게서는 아무것도 느낄 수가 없었다. 다만 한 가지 느무르 공에게 꿈

제3장 • 163

이 아니었다고 보증해 주는 것은, 클레브 공작부인의 얼굴에 감도는 감추려 해도 감추어지지 않는 깊은 비수(悲愁)의 빛이었다. 부인의 침통한 안색은 여러 말이 필요 없는 확실한 것이며, 느무르 공작의 연정을 더욱더 부채질했다.

어느 날 밤, 클레브 공작 부부가 왕비에게 인사를 드리고 있을 때였다. 누군가가 왕녀를 스페인으로 모시는 행차에 또 한 분의 시종관(侍從官)을 고위정신(高位廷臣)으로부터 뽑는다는 소문이 있다고 말했다. 그리고 나서 아마도 기즈 기사나 생탕드레 대장이 될 것이라고 덧붙였을 때, 클레브 공작은 아내의 눈치를 살폈다. 그러자 부인은 두 사람의 이름을 듣고도, 또 그 두 사람과 같이 행차에 동석한다는 말을 듣고도 표정에 변화가 없었다. 그래서 클레브 공작은 아내가 함께 있기를 피하려 하는 자가 이 둘 중 어느 누구도 아닌 딴 사람이라고 생각했다. 공은 의혹을 일소해 버리기 위해 국왕이 가 있는 왕비의 거실로 들어갔다. 잠시 후 아내 곁으로 되돌아온 공은 그들과 스페인에 동행하는 사람이 느무르 공작이라는 말을 듣고 왔노라고 아내 귓전에 속삭였다.

남편의 입에서 느무르 공의 이름이 나왔을 뿐 아니라, 긴 여행 중에 매일 남편의 면전에서 느무르 공을 봐야 한다고 생각하니, 클레브 공작부인의 가슴엔 파도가 밀어닥쳤다. 감추려 해도 감출 수가 없는 이 난처한 상황을 어떻게든 해 보려고 부인은 이렇게 말했다.

"그러한 인선(人選)이라면 당신의 불만이 크실 텐데요. 이제껏 당신이 이루신 명예의 반은 그 분의 것이 되어 버리게 되잖아요. 어느 분이라도 좋으니 딴 분과 바꾸어 달라고 다시 말씀드려 보면 어떨까요?"

"느무르 공작이 동행할지도 모른다는 말만으로 당신이 그렇게 걱정하는 것은 내 명예 때문만은 아니겠지."

클레브 공작이 말했다.

"당신의 염려는 그것과는 다른 어떤 이유에서 온 것일 게요. 다른 부인들 같으면 가슴에 넘쳐흐르는 기쁨을 말할 텐데 당신은 다른 걸 걱정하고 있지 않소. 그러나 염려할 것은 없소. 지금 내가 말한 것은 거짓말이니까. 이미 다 알고도 남음이 있는 일이었지만, 확인을 해보려는 것이었소."

이렇게 말하고 공은 밖으로 나가 버렸다. 자기가 그 자리에 계속 있는 것은 아내의 괴로움을 더욱 가중시킬 것이라고 생각했기 때문이다.

마침 이 때 느무르 공이 들어왔다. 그리고 클레브 공작부인의 심상치 않은 모습을 보자, 가까이 다가가서 아주 낮은 목소리로 말했다.

"실례인 줄 압니다만, 왜 그렇게 서 계십니까. 아무래도 침통해하시는 것 같아서……."

이 소리를 듣고 부인은 정신을 차렸다. 자기 자신의 생각과 이런 장면을 남편에게 들켜서는 안 되겠다는 걱정이 앞서서 느무르 공이 무슨 말을 했는지도 알아듣지 못하고 다만 공의 낯을 살피면서 말했다.

"제발 부탁이오니, 부디 아무에게도 말하지 말아 주세요."

"그럼요. 그러고말고요!"

공이 대답했다.

"저는 조금도 폐를 끼칠 생각은 없습니다. 그런데 왜 그렇게 한탄을 하고 계시는 겁니까? 저는 부인에게 말 한 마디 거는 것도, 부인을 한 번 만나 보는 것조차도 조심하고 있습니다. 곁에 가까이 가는 것조차 벌벌 떠는 판인데 왜 그런 말씀을 하십니까? 왜 부인의 걱정 근심이 나 때문인 것처럼 말씀하시는 건가요?"

클레브 공작부인은 느무르 공에게 그 어느 때보다도 가슴 속에 있던 모든 것을 고백하는 기회를 주어 버린 것 같아 후회했다. 그래서 부인은 한 마디 응답도 않고, 그 곳을 떠나 집으로 돌아왔다. 그러나 남편은 비통해하고 있었고, 부인은 이제껏 남편이 그렇게 심란해하는 모습은 본 적이 없었다. 클레브 공의 눈에는 아내가 점점 더 마음의 동요를 일으키는 것처럼 보였다. 그의 입에서 아까 한 이야기가 또 나오지나 않을까 해서 아내가 안절부절못하는 모습이 환히 보였다. 남편은 아내의 뒤를 쫓아 거실까지 갔다.

"그렇게 도망치지 않아도 되오."

남편이 말했다.

"이제 당신이 싫어하는 말은 안 할 테니까. 아까 기습적으로 당신의 마음을 떠본 것에 대해 사과하겠소. 내가 한 짓으로 인해 나에게는 천벌이 내려졌다오. 느무르 공은 내가 가장 두려워하는 사람이었소. 그 사람이라면, 당신이 왜 그렇게 불안해했었는지 잘 알 것 같소. 아무쪼록 당신 자신을 위해서 굳건히 처사를 잘 해 주오. 거기다가, 가능하면 나를 위해서도 말이오. 나는 지금 남편으로서 당신에게 부탁하는 것이 아니오. 당신에게 모든 행복을 주려고 하는 한 남자로서 부탁하는 것이오. 당신이 좋아하는 사람보다도 훨씬 더 격렬하게, 그리고 진심으로 당신에게 애정을 품고 있는 남자로서 이렇게 말하는 것이오."

마지막 말을 할 때 그는 가슴이 답답함으로 가득 차서 겨우 말을 끝냈다. 이러한 남편의 말에 감격한 아내는 흐느끼면서 상냥하고 애절한 마음으로 남편을 포옹했다. 그리고 이것을 기회로 두 사람의 마음은 묶어졌다. 잠깐 동안 아무 말도 할 수 없을 정도로 두 사람의 기력은 다 빠져 버렸다.

왕녀의 혼례 준비가 끝나고, 들러리로 알바 공이 도착하자 전례 없는 성대한 의식으로 그를 영접했다. 국왕은 영접사로서 콩데 대공과 기즈 공작, 로렌 추기경과 페라에 공, 말비용과 기즈 기사 등을 비롯한 모든 공들을 내보냈다. 이들은 모두 수많은 가신(家臣)과 정복을 입은 하인들을 거느리고 있었다. 국왕 자신도 수석 원수를 앞세우고 2백 명의 귀족으로 하여금 뒤를 따르게 하면서 루브르 궁전의 제1문에서 알바 공을 맞이했다. 알바 공은 국왕 앞에 오자 무릎을 꿇고 인사를 하려 했으나, 국왕은 이를 말리고 좌우에 선 왕비와 엘리자베트 왕녀가 있는 곳으로 그를 안내했다. 알바 공은 국왕과 왕비에게 스페인 왕이 보내는 훌륭한 기념품을 전달했다. 그러고 나서 국왕의 여동생 마르그리트 공주가 있는 방으로 가서 사보아 공의 인사 말씀을 전달하면서 그의 도착도 가까운 시일 내에 이루어질 것이라고 말했다. 그런 뒤 루브르 궁전에서는 알바 공과 수행 사절인 오렌지 대공에게 궁정 미녀들을 자랑하기 위한 성대한 환영회가 베풀어졌다.

클레브 공작부인은 이 연회에 가고 싶지 않았지만, 꼭 나오라는 남편의 부탁과 이를 행하지 않을 때 남편의 노여움을 생각하니 안 나갈 수가 없었다. 그리고 클레브 공작부인이 연회에 나갈 결심을 하게 된 또 다른 이유는 느무르 공이 연회에 안 나온다는 소식을 들었기 때문이었다. 느무르 공은 마침 사보아 공을 맞으러 나가 있었고, 사보아 공이 도착한 뒤에도 혼례 준비 때문에 늘 사보아 공 곁에 붙어 있어야만 했다. 이런 까닭으로 클레브 공작부인은 여느 때와 같이 느무르 공과 얼굴을 마주치지 않아도 좋았기 때문에 좀 안심이 되었던 것이다.

샤르트르 대공은 느무르 공과의 대화를 잊지 않고 있었다. 느무르 공이 이야기한 것이 공 자신의 일일 것이라고 생각했기 때문에 줄곧 느무르 공을 주시하고 있었다. 그러니 적어도 그 신상이 간파되었을 법한데, 알바 공이나 사보아 공의 도착 등으로 궁정 안의 모든 것이 바삐 돌아가고 있었으므로, 그 진상을 밝히는 열쇠를 손에 넣을 수는 없었다. 한편, 대공은 모든 것을 똑똑히 처리하고 싶은 조바심에서라기보다는 자기가 사랑하는 사람에게는 알고 있는 것을 무엇이든지 이야기하고 싶은 인지상정에서, 애인인 마르티니 부인에게 세상에는 알 수 없는 짓을 하는 여자도 있으며, 자신의 애인에 대한 이야기를 남편에게 털어놓는 부인도 있더라고, 느무르 공에게서 들은 이야기를 하고 말았다. 그리고 그 격렬한 연애를 불러일으킨 사람이 느무르 공 자신인 것 같으니, 그의 거동을 눈여겨보기 바란다고까지 말했다. 마르티니 부인은 이 말을 듣고 퍽 기뻐했다. 왕세자비가 느무르 공에게 호기심을 갖고 있다는 것을 아는 부인인지라, 꼭 이 사건의 진상을 캐내고야 말겠다는 결심까지 하게 되었다.

혼례식이 치러지기 며칠 전, 왕세자비는 국왕과 발랑티누아 공작부인을 위해 야간 연회를 베풀었다. 클레브 공작부인은 치장을 하는 데 시간이 걸려 늦어서야 궁정에 들어갔다. 문 앞에서 시종 하나가 반색을 하더니, 왕세자비가 찾는다고 했다. 왕세자비에게로 가자, 왕세자비는 누워 있던 침대에서 일어나면서 기다리고 있었노라고 반가워했다.

"기다리고 계셨다 하니, 그렇다면 이번엔 제가 인사를 올릴 차례가 아닌가 합니다."

부인은 재치 있게 대답을 했다.

"저를 만나고자 하셨다니 다른 무슨 까닭이라도 있으신지요?"

"맞았어요."

왕세자비가 대답했다.

"아마 당신은 나에게 사례를 해 주지 않으면 안 될걸요. 듣기만 해도 당신이 꼭 기뻐할 일을 이제부터 가르쳐 드릴 테니까요."

클레브 공작부인은 침대 옆으로 가서 무릎을 꿇었다. 부인의 얼굴엔 마침 그림자가 드리워져 있었다. 이것은 부인에게 다행한 일이었다.

"예전에 느무르 공에 대해 이야기한 적 있죠? 공의 성격이 너무나 달라졌다고. 그런데 이제야 그 까닭을 알아냈어요. 그걸 내가 이야기하면 당신은 아마 깜짝 놀랄 거예요. 느무르 공은 이 궁정 안에서도 가장 아름다운 어느 여인을 몹시도 사랑하고 계시는데, 그 여인도 공을 호의적으로 받아들이고 있다는 소문이에요."

클레브 공작부인은 자기를 두고 하는 말은 아니라고 생각했다. 자신이 몰래 느무르 공을 사모하고 있다는 사실은 그 누구도 모르고 있으리라 생각했기 때문이다. 그러므로 왕세자비의 입에서 흘러나온 말이 클레브 공작부인의 가슴을 아프게 한 것은 상상하고도 남음이 있을 것이다. 부인은 벙어리 냉가슴 앓는 듯했다.

"느무르 공의 나이나 지위로 볼 때 그렇게 훌륭한 분에게, 그런 일이 일어났다고 한들 조금도 놀랄 일이 못 된다고 생각하옵니다만……."

"그야, 나도 그만한 일로 당신이 깜짝 놀라리라고는 생각하지 않아요. 여기서 중요한 것은 느무르 공을 사랑하고 있으면서도 이를 감추고 있었던 그 여인이, 그 불타는 가슴을 언제까지나 억누를 자신을 잃어 마침내 남편에게 실토를 하고, 궁정에서 떠났으면 하는 요청을 했다는 것이죠. 게다가 이것이 느무르 공 자신의 입에서 나온 말이라고 하니 놀랍지 않아요?"

클레브 공작부인은, 처음에는 이것이 자신의 일이 아니라 다른 여성의 이야기려니 생각하며 마음을 졸였는데, 나중에야 다름 아닌 바로 자신의 이야기인 것을 알고는 절벽에서 거꾸로 떨어지는 느낌이었다. 부인은 왕세자비가 이야기를 계속하고 있는 동안 침대 밑으로 고개를 숙이고 있었는데, 왕세자비는 이야기를 하느라 정신이 팔려 부인이 난처해하는 것을 전혀 알아차리지 못하고 있었다. 클레브 공작부인은 간신히 정신을 차리고 말했다.

"그 이야기는 사실 같지가 않은데요. 어느 분이 그런 이야기를 아뢰었나요?"

"마르티니 부인이죠."

왕세자비가 말했다.

"샤르트르 대공에게서 직접 들었다는군요. 샤르트르 대공이 마르티니 부인을 좋아하는 것은 당신도 알잖아요. 이것은 비밀이지만, 직접 느무르 공에게서 들은 것이라고 부인에게 귀띔을 해 주었대요. 물론 느무르 공은 여주인공의 이름도 대지 않고, 그 남자 애인이 자기라고 말하지는 않았다지만, 샤르트르 대공은 그것이 느무르 공 자신의 얘기라고 굳게 믿고 있다더군요."

클레브 공작부인은 이제 더 이상 의심할 여지가 없었다. 왕세자비가 이렇게 말했을 때 누군가가 들어왔다. 왕세자비는 무슨 큰 발견이나 한 듯이 신이 나서 소리를 질렀다.

"어머나, 장본인이 오셨군요. 당장 여쭈어 봅시다."

뒤돌아볼 것도 없이, 클레브 공작부인은 느무르 공작이라는 것을 알아차렸다. 그래서 부인은 왕세자비 곁으로 바싹 다가가서 작은 소리로 이렇게 속삭였다.

"지금 우리가 한 이야기를 이 분에게 하셔서는 아니 되옵니다. 넌지시 샤르트르 대공께만 털어놓으신 거니까, 두 분 사이가 나빠질지도 모를 일이에요."

왕세자비는 웃으면서 정말이지 조심성이 깊은 분이라고 대답하고서는, 방에 들어선 느무르 공을 바라보았다. 느무르 공은 오늘 밤 연회 때문에 화려한 복장을 하고 있었는데, 그 타고난 말투로 입을 열었다.

"왕세자비 전하, 제가 귀신같이 맞추어 볼까요. 제가 여기에 왔을 때, 전하께서는 마침 제 이야기를 주고받으시다가, 무언가 저에게 물으시려고 하셨는데 클레브 공작부인께서 제지하신 것이 아닙니까?"

"맞아요!"

왕세자비가 대답했다.

"하지만 여느 때와 달리 오늘만큼은 부인의 말씀을 안 들어 줄 작정이에요. 그리고 내가 들은 이야기가 정말인지 당신에게 물어 보고 싶어요. 공께서 궁정의 어느 부인을 사랑하시고, 또 그 부인으로부터도 사랑을 받으신다는 소문이 있는데 그게 사실인가요? 들리는 바로는 그 여인이 벙어리 냉가슴 앓듯 당신에게는 보일세라 감추고 있으면서 남편에게는 모두 털어놓았다는군요."

클레브 공작부인의 난처함은 상상도 못할 정도였다. 만약 이 때 이 궁지로부터 그녀를 구출하기 위해 죽음이라는 것이 모습을 나타냈다면, 클레브 공작부인은 아마 그 사신(死神)을 맞아들였을 것이다. 그건 그렇고 느무르 공의 난처함도 클레브 공작부인에 못지않은 것이었는지도 모른다. 자신에게 호의적으로 대해 주고 있는 왕세자비로부터, 더욱이 자신과 마찬가지로 왕세자비가 똑같이 신뢰하고 있는 클레브 공작부인 앞에서 이런 말이 나왔으니, 아무리 호방한 느무르 공작이라 할지라도 큰일이 났다는 생각에 머리가 혼미해졌으며, 그 심정이 완연히 얼굴에 나타나는 것을 막을 수가 없었다. 자신의 잘못 때문에 클레브 공작부인이 난처해지고, 미움을 받을 만한 짓을 했으니 아무 대답도 못할 만큼 가슴이 찢어지는 듯했다. 왕세자비는 어리둥절해하는 공을 보면서 공작부인에게 말했다.

"자, 보시라니까요! 공의 태도를 보아 지금 이야기가 사실이라는 걸 알고도 남겠죠?"

그 동안 제정신을 차린 느무르 공은 이 위험천만한 궁지에서 탈출하지 않으면 안 되겠다고 절실히 느꼈다. 그는 긴장된 마음과 표정으로 말했다.

"비 전하, 제가 슬쩍 가르쳐 준 제 친구 이야기인데, 그것을 샤르트르 대공께서 남에게 털어놓으셔서 신의에 어긋나는 일을 하셨으니 유감으로 생각하는 바입니다."

그러고 나서 태연자약하게 웃으면서 말을 덧붙였다.

"물론 저도 복수를 하는 것은 극히 쉬운 일이지요."

그런 태도를 보이자 왕세자비는 아까의 짙은 의심을 잊은 듯했다.

"샤르트르 대공께서도 저에게 꽤 중대한 비밀 하나를 털어놓았습니다. 하지만 무슨 까닭으로 왕세자비 전하께서는 영광스럽게도 제가 그 사랑 이야기에 관계가 있는 것으로 만드셨는지 그 이유를 모르겠습니다. 샤르트르 대공께서도 아마 그 이야기가 저와 관계가 있는 것이라고 틀림없는 확신을 갖고 말씀을 하신 것은 아닐 테고, 저도 이 자리에서 밝히겠지만 저와는 상관없는 일입니다. 저야 짝사랑을 하는 데만 적격자이지, 사랑을 받는 데는 서투른 자 아닙니까. 오늘 왕세자비 전하께서 하신 말씀은 정말 뜻밖의 일입니다."

느무르 공은 의심의 화살을 피하기 위하여 몇 년 전 비에게 보였던 자기의 연모를 조금 들춰내 보는 것도 흥취가 없을 바 아니려니 생각하고, 그런 말을 입 밖에 냈던 것이다. 왕세자비도 느무르 공이 무슨 말을 하는지 잘 알고 있었지만, 그 말로는 충분한 대답이 되지 않았으므로, 여전히 아까의 당황한 모습을 놀려댔다. 그러자 느무르 공이 대답했다.

"왕세자비 전하, 제가 친구의 일을 생각하다가 이성을 잃었나 봅니다. 친구가 목숨보다도 소중하게 생각하고 있는 것을 경솔하게 누설한 셈이 되고 말았으니 말이죠. 제가 비난을 받아야 함은 마땅하지만 제 친구는 이야기를 반밖에 하지 않았고, 사랑하는 여인의 이름도 말하지 않았습니다. 그것은 그렇다 치고 어쨌든 제 친구는 아주 격정적인 사랑을 하고 있으면서도, 그 사랑을 이룰 수 없는 가엾은 사람이옵니다."

"그렇게 가엾다고 동정하시는 그 분은 그녀에게서 사랑을 받고 있지 않은가요?"

왕세자비가 되물었다. 그러자 공이 말했다.

"정말로 그를 사랑하는 여성이라면, 남편에게 고백을 할 수 있었을까요? 아마 그 여인은 사랑이라는 것을 모르고 있을 겁니다. 자기에게 애정을 보이는 남자에게 조금 고마워할 정도의 기분을 가지고 그게 사랑인 줄 착각하고 있었던 거겠죠. 그러니 제 친구가 그런 여성을 상대로 무슨 희망을 가질 수 있겠습니까? 참으로 불행한 일이지만, 어쨌든 상대 여성에게 '사랑에 빠진다'라는 불안을 느끼게 했다는 점에서, 조금의 행복은 느끼는 듯합니다. 그리고 그 친구는 그 행복감을 이 세상의 그 어떤 기분과도 바꾸지는 않을 거라더군요."

"당신 친구란 분의 사랑은 참 담담하군요."

왕세자비가 말했다.

"왜 그런지 공 자신의 일을 말씀하시는 것 같다는 생각이 들긴 하지만 나 자신도 이제는 클레브 공작부인과 같은 의견이 되는 것 같아요."

"아무리 생각해도 실제 이야기라고는 믿어지지 않습니다."

이제껏 잠자코만 있던 클레브 공작부인이 대답했다.

"그것이 정말이라고 해도, 도대체 어떻게 해서 그러한 부부 사이의 진지한 대화가 밖으로 새어나갔단 말입니까? 설령 그 주인공이 느무르 공작님이라 할지라도 스스로 입 밖에 내실 리가 없으실 테고 부인의 남편이 그런 일을 떠벌이셨다고 하면, 그야말로 그 부인이 취하신 방법에 어울리지 않는 남편이시죠."

클레브 공작부인이 남편을 의심하기 시작한 것을 눈치챈 느무르 공은, 좋은 기회를 놓치지 않으려고 부인의 의심에 부채질을 해댔다. 쓰러뜨리지 않으면 안 될 강적이었기 때문이다. 그래서 부인에게 이렇게 대답했다.

"질투, 그리고 남에게서 들은 것 이상으로 무언가 더 들으려고 하는 호기심은 이 세상 남편들로 하여금 여러 가지 경솔한 행동을 저지르게 하는 법이죠."

이렇게 된 마당에, 이제는 반항도 고집도 더 부릴 수 없고 더 이상 자리를 같이할 수가 없어, 클레브 공작부인은 몸이 좋지 않다는 핑계를 대고 자리를 뜨려고 했다. 그 때 발랑티누아 공작부인이 들어와서 폐하가 오고 있다는 사실을 왕세자비에게 알렸다. 왕세자비는 옷을 갈아입기 위해 방으로 갔다. 그 뒤를 따르려는 클레브 공작부인의 곁으로 재빠르게 다가간 느무르 공이 말했다.

"한마디만 들어주신다면, 이 목숨도 아깝지 않습니다. 드릴 말씀은 많습니다만, 아까도 왕세자비께 무언가 말 중에 뜻을 담아 암시해 드린 것이 있는데 그것은 왕세자비 전하와는 관계가 없는 다른 이유에서 말씀드린 것이라는 것을 꼭 믿어 주십사 하는 것입니다."

클레브 공작부인은 느무르 공의 말을 못 들은 척하고, 뒤를 돌아보지도 않았다. 그리고 슬쩍 공의 곁을 떠나 국왕의 뒤를 따랐다. 그런데 뒤따르는 사람이 매우 많아서 혼잡을 이루고 있었으므로, 치맛자락이 옆 사람 발에 밟혀 넘어질 뻔했다. 그리고 이것을 핑계로, 참고 견딜 수 없는 이 심리적 곤경을 피해 집으로 돌아갔다.

클레브 공작은 루브르 궁전에서 아내의 모습이 보이지 않자, 그 동안의 이야기를 듣고 사태를 짐작했으며 자신도 곧 집으로 돌아왔다. 아내는 엎드려 누워 있었는데, 별로 아픈 것 같지는 않았다. 그러나 곁에서 살펴보니 아내의 불쾌감이 보통이 아니었으므로 공은 왜 그러냐고 물어보았다.

"아픈 것말고 또 다른 고통이 있는 것이 아니오?"

"이렇게 마음이 괴로운 적은 없었어요."

부인이 대답했다.

"지난번 제가 말씀드린 아주 이상한, 아니 이상하다기보다는 미친 여자 같은 고백을 당신은 어떻게 생각하셨는지요? 비밀로 지켜 주실 값어치도 없는 그런 것이었나요? 만일 그렇다 하더라도, 당신 자신을 위해서 그 비밀을 지키셨어야 하는 것 아닌가요? 제가 입을 다물고 끝내 말씀드리지 않은 남자가 누구인지를 기어코 알아내시려는 호기심에서 누구에겐가 누설하신 것 아닙니까? 당신이 이렇게 경솔한 일을 하신 것은 단순한 호기심만이라고는 생각할 수가 없어요. 정말이지 난처하게 되었습니다. 그 일이 모두에게 알려지고 말았어요. 그리고 제가 바로 그 주인공이라는 것도 모르고, 저에게 그 이야기를 해 주는 사람조차 있어요."

"그게 무슨 말이오?"

남편이 대답했다.

"그러면 당신은 우리만의 일을 내가 다른 사람들에게 말했다는 뜻으로 지금 나를 책망하고 있는 거요? 모두에게 다 소문이 나 버렸다고 짐짓 가르쳐 주는 셈이군. 절대로 입 밖에 낸 적이 없다고 말하기도 싫소. 설마 당신이 그런 소문을 믿고 있지는 않겠지. 필시 이것은 누군가 다른 사람의 이야긴데 당신이 자기 일인 줄 잘못 안 것일 게요."

"아뇨, 천만에요."

부인이 대답했다.

"그와 똑같은 이야기는 이 세상에 하나뿐이에요. 그런 일은 우연히 생각나거나 하는 것이 아니니까요. 아마 그런 일을 생각해 본 사람조차 없을 겁니다. 머리에 떠오르지도 않을 테니까요. 사실은 아까 왕세자비께 모든 이야기를 들었습니다. 왕세자비께서는 샤르트르 대공께서 하신 이야기라 하시고, 대공은 느무르 공한테서 들었다는 겁니다."

"뭐, 느무르로부터!"

클레브 공작은 노여움과 절망이 섞인 표정으로 외쳤다.

"느무르 공은 당신이 자기를 사랑하고 있다는 것을 알고 있소? 내가 그것을 알고 있다는 사실도 그가 알고 있소?"

"당신은 걸핏하면 느무르 공 얘기를 하시는군요."

부인은 핀잔을 주었다.

"지난번 당신이 의심하셔서 저에게 물을 때는 대답해 드리지 않겠다고 말씀드렸어요. 제가 그 이야기에 관계가 있다는 것과, 느무르 공도 당신으로부터 의심을 받고 있다는 것 등을 알고 계신지 어떤지 모르겠습니다만, 좌우간 그 분은 친구에게서 들은 말이라더군요. 그 친구는 여자 이름은 말하지 않았고요. 그렇다면 당신은 느무르 공의 친구로서, 당신이 자신의 의혹을 풀려고 그 분에게 누설한 것으로밖에는 생각할 수가 없잖아요."

"그렇다고 그런 일까지 털어놓고 이야기하고 싶어지는 친구라는 것이 이 세상에 있을 수 있다고 생각하오?"

클레브 공작이 대답했다.

"아무리 자기 의문을 풀어 보고 싶더라도, 감쪽같이 감추어야 할 일을 남에게 가르쳐 줄 사람이 있겠소? 제발 당신이야말로 누구에게 이야기한 적이 없는지 잘 생각해 보아요. 이 비밀의 누설 경로는 나보다도 당신 쪽에 있다고 보는 편이 맞는 것 같은데. 당신 혼자서는 짊어질 수 없는 마음의 무거운 짐을 다소라도 가볍게 하기 위해 누군가 믿는 친구에게 이 난처한 일을 어쩌면 좋겠냐고 호소한 것이 아니오? 그런데 그 친구가 당신을 배반한 것이 아니겠소?"

"그렇게까지 해서 저를 괴롭히지 마세요."

부인이 소리쳤다.

"자신의 잘못을 남에게 전가시키시다니, 그런 무자비한 말은 거두어 주세요. 당신은 내가 당신에게 말씀드릴 수 있었다 해서, 그 이야기를 누구에게나 할 수 있다고 생각하셨나 보죠?"

클레브 공작부인이 전에 남편에게 고백한 것은 아주 성실한 고백이었으나 지금은 강경하게 남에게 누설한 것을 부정하고 있으니 클레브 공작은 어찌 판단해야 좋을지 알 수가 없었다. 그러나 자신도 무엇 하나 누설한 것이 없었다. 거기다가 이것은 남이 추측할 수 있는 따위의 사건도 아닌데, 세상에 알려져 버렸다고 하니, 아무래도 둘 중에서 누구 하나가 저지른 일이라고밖에는 해석이 안 되었다. 어쨌든 공의 가슴을 쓰라리게 한 것은, 이제 이 비밀이 온 세상에 퍼지고 말 것이라는 사실이었다.

　클레브 공작부인도 비슷한 생각을 하고 있었다. 남편 입에서 흘러나갔다고 단정하기도, 또 그렇지 않다고 단정하기도 어려웠다. 그러나 '남편이란 호기심에서 자칫 경솔한 짓을 하기 일쑤다'라는 느무르 공의 말이, 지금의 클레브 공의 경우 들어맞는 것 같아 보였다. 이렇게 생각해 보니, 부인은 자기가 남편에게 베푼 신뢰를 클레브 공작이 남용한 것이라고 생각하지 않을 수가 없었다. 일이 이렇게 되자 부부는 각자 추측의 포로가 되어, 오랫동안 말없이 지냈는데, 간혹 입을 열더라도 벌써 몇 번이나 했던 소리를 똑같이 거듭할 따름이었다. 부부는 이 일로 말미암아 이제껏 없었던 고독감을 느끼고, 덧없는 생각에 잠겼다.

　그 날 밤 이 부부가 어떤 모습이었을지는 능히 짐작이 갈 것이다. 클레브 공작은 가장 사랑하는 아내가, 다른 남자에게 마음을 빼앗겨 버린 불행을 꾹 참아 내느라고 그의 인내력을 모두 소진시키고 허덕이고 있었다. 이젠 아무 기력도 없었다. 자신의 명예나 긍지에 이다지도 상처를 준 이번 사건에 사력을 다해서 부딪칠 필요는 없다고까지 생각했다. 이 문제를 어떻게 생각해야 좋을지 몰랐다. 앞으로 아내에게 어떤 태도를 취하도록 이끌어야 할지, 자기 자신의 처신을 어떻게 해야 할지 도무지 알 수가 없었다. 어느 편을 바라보아도 깎아지른 언덕과 깊이를 모를 강뿐이었다. 결국 기나긴 동요와 불안에 시달린 끝에 어쨌든 자신의 불행을 더 이상 다른 사람들이 짐작하거나 알게 하지 않겠다고 결심했다.

클레브 공작은 아내 방으로 가서 이렇게 말했다.
"지금은 우리 둘 중에 누가 비밀을 누설했느냐 따위로 신경전을 벌일 때가 아니오. 당신 귀에 들어오는 소문은 당신과는 관계가 없는 이야기라고 세상 사람들에게 인식시킬 필요가 있소. 이것을 느무르 공이나 그 밖의 사람들에게 이해시키는 것이 당신이 할 일이오. 무엇보다도 느무르 공에 대해서는, 특별히 아주 엄격하고 냉담한 태도로 대할 필요가 있소. 그러면 당신에게서 사랑을 받고 있다고 생각하는 느무르 공의 우쭐대는 태도도 없어질 것이오. 그렇게 대해 주었다고 해서 느무르 공이 어떻게 생각하지나 않을까 하는 따위는 걱정할 필요도 없소. 이후 당신이 약하게 보이지만 않으면 느무르 공의 감정도 달라질 것이오. 게다가 무엇보다도 루브르 궁전이나 그 밖의 모임에는 지금까지와 다름없이 얼굴을 내놓도록 해야 하오. 몸을 숨기면 더 의심할 테니 말이오."
이 말만 하고, 클레브 공작은 부인의 대답도 기다리지 않고 나가 버렸다. 부인은 남편의 말이 다 지당하다고 생각했고, 거기다가 느무르 공에 대해서는 화가 나 있었으므로, 남편의 분부를 지켜 나가는 데는 문제가 없을 듯 생각되었다. 다만 결혼의 모든 식전(式典)에 참석하여 아무렇지도 않은 듯 행동하는 일에는 자신이 없었다. 그건 그렇다 치고, 클레브 공작 부인은 많은 귀부인들 가운데서 왕세자비의 드레스를 들어모시는 일을 맡았는데, 만약 이 소임을 사퇴한다면 호사가들이 입방아를 찧어댈 것이고, 그들의 짐작대로 이유를 붙여 떠들어댈 것이 분명했다. 그래서 부인은 끝까지 평상심을 유지하리라 결심했다. 그러나 정작 결혼식 당일에 그러한 결심을 실행하기로 했고, 참을 수 없는 여러 감정에 몸을 맡겼다. 결국 부인은 혼자 거실에 자기 자신을 가둔 채 하루를 지냈다. 부인의 괴로움 중 가장 큰 것은, 느무르 공을 원망하지 않으면 안 될 이유가 있다는 것과 공을 변호할 도리가 없다는 것이었다. 공이 그 이야기를 샤르트르 대공에게 했다는 사실은 분명했다. 공 자신이 자백한 것이고, 공의 말투로 보아 클레브 공작부인과 관계가 있는 이야기라는 것에는 의심할 여지가 없었다. 이와 같은 불근신(不謹慎)이 어찌 용서될 수 있을 것인가? 전에는 그렇게도 남을 감격케 한 공의 근신이 이제는 어디로 갔단 말인가?

  부인은 이윽고 생각했다. 느무르 공은 자신이 짝사랑이라고 생각하는 동안에는 매우 신중했으나 상대방의 마음을 알아챘다고 생각했을(이것도 아직 그렇다고 말할 수는 없는데도) 경우에는 신중성을 잃고 있었다는 것을……. 남에게 광고를 하지 않으면 사랑을 받고 있다는 생각이 들지 않기 때문에 떠들 수 있는 말은 모두 떠들어 댄 것이리라. 내가 사랑하는 사람이 자기라고 고백한 적이 없는데도, 공이 제멋대로 상상을 하고, 그 상상을 남에게까지 지껄이고 만 것이라고 생각했다. 만약 뚜렷이 내 마음을 알았다고 하더라도, 틀림없이 같은 짓을 저질렀을 것이다. 자존심을 만족시켜 주는 일일지라도 숨기고 있을 사람이라고 생각한 것이 잘못이었다. 남편 또한 여느 남자들과는 다른 사람이라고 생각했기 때문에, 자신과는 관계없는 세상의 여느 여자들과 같은 기분이 되어 버린 것이다. 부인은 부인을 행복하게 해 줄 남편에 대한 애정과 존경을 잃고 말았다. 이렇게 소문이 나 버리면 언젠가는 세상 사람들에게서 속된 사랑 때문에 미친 여자로 취급받게 될 것이다. 부인이 사랑을 쏟았고 그 사랑을 장본인도 알고 있었기 때문이다. 이러한 불행을 피하려고 했기 때문에, 마음의 평안뿐 아니라 목숨조차도 건 것이었는데 부인은 허탈했다.

이렇게 슬픈 회포를 더듬어 보니, 눈물이 끊임없이 흘러내렸다. 하지만 설사 어떤 고민이 닥치더라도, 느무르 공의 태도에 불만을 품고 있지만 않았다면 어떠한 슬픔도 견디어 냈을 것이라고 부인은 생각했다.

한편, 느무르 공작이라 해서 마음이 편안할 리는 없었다. 샤르트르 대공에게 이야기해 버린 자기의 경솔함과, 거기서 생긴 참혹한 결과는 공에게 죽음에 가까운 슬픔을 안겨 주었다. 클레브 공작부인에게 안겨 준 당혹과 혼란, 비탄의 모습을 눈앞에 그려 보니 가슴이 찢어질 것만 같았다. 그 이야기 때문에 부인에게 쓸데없는 이야기들을 지껄여 버린 것도 후회스러웠다. 그 말만을 놓고 볼 때는 다정한 사랑의 속삭임이었지만, 부인에게는 무례하고 천한 말로 들렸을지도 모른다. 왜냐하면 '격정적인 사랑'을 하고 있는 부인이 누구를 뜻하는 것인지와 그 부인에게 사랑을 받고 있는 남자가 바로 자기라는 것도 잘 알고 있다는 듯한 말투였기 때문이다. 부인과 만나 직접 이야기를 하는 것이 느무르 공이 가진 희망의 전부였는데, 이제는 그런 것을 바라지 않고 오히려 사양하는 편이 낫겠다고 생각하기도 했다.

"도대체 그녀에게 무슨 이야기를 하려는 것인가?"

느무르 공은 혼잣말을 했다.

"벌써 다 드러내 보인 것을 또 한 번 보이려 하는 것인가? 이제껏 단 한 번도 부인을 사랑한다고 말해 보지도 못한 주제에 부인이 나를 사랑하고 있다는 것을 알고 있다는 듯한 표정을 하고 있던 것인가? 이제 정말 공공연히 사랑을 고백하고, 가능성을 타진해 보아야 하는 것인가? 별안간에, 뻔뻔해진 사나이의 얼굴이란 이런 것이라며 들이댈 작정인가? 천만에, 이제 나는 그녀의 곁에 가는 것조차 생각할 수가 없다! 부디 이 얼굴을 좀 봐 달라고 할 수 없다! 어디서 내 몸의 결백을 드러내 보일 수가 있단 말인가? 나에게는 변명할 말조차 없는 것이다. 그녀에게 낯을 보일 자격조차도 없다. 한순간 어리석은 짓을 저지른 탓으로, 그녀가 나에게서 자기 몸을 지키는 좋은 방법을 제공하고 만 셈이다. 그것은 아마도 그녀가 찾으려 애쓰던 다른 어떤 방법보다도 훌륭한 것일 것이다. 나는 내 경솔함 때문에 부인의 사랑을 받을 수 있는 행복과 명예를 몽땅 잃고 말았다. 그녀에게 죽음에 가까운 괴로움을 주지 않고 나 스스로 체념할 수도 있는 일인데……."

이제 곰곰이 생각하니, 그녀 때문에 그가 받은 고통보다도, 그가 그녀에게 준 고통이 훨씬 더 크다는 것을 알았다.

느무르 공은 오랫동안 비탄에 잠겨, 같은 생각만 거듭하고 있었다. 부인을 만나 이야기하고 싶다는 생각이 몇 번이나 들었고, 그 방법을 찾아내려고도 했다. 그러나 결국 큰 과오를 저지른 뒤인지라, 부인의 지금 기분을 미루어보건대, 자기가 취할 수 있는 최선의 방법은 오직 슬픔과 침묵으로 일관하면서 진심어린 경의를 부인에게 보이는 것, 부인 눈앞에 얼씬거리는 짓을 삼가고 있다는 사실을 알아채게 하는 것, 그리고 우연한 기회에 부인의 기분이 호전되는 것을 기다리는 것밖에 없다고 생각했다. 공은 또 비밀을 누설한 샤르트르 대공의 배신도 책망하지 않기로 결심했다. 이것을 따지면, 도리어 대공의 의혹이 더 커질 거라고 생각했기 때문이다.

이튿날은 왕녀의 약혼식이, 그 이튿날은 결혼식이 거행되어, 궁정의 모든 사람들은 이 일에만 정신이 쏠려 있었다. 클레브 공작부인과 느무르 공은 슬픈 표정이나 심란한 마음을 남들에게 감추려고 노력하고 있었다. 왕세자비는 클레브 공작부인에게 잠깐 몇 마디만을 했을 뿐이었고, 클레브 공작도 감정을 통제하여 쓸데없는 이야기는 아내에게 더 이상 하지 않기로 했기 때문에, 부인은 미리 염려하고 있던 곤란을 당하지 않고 하루를 지냈다.

왕녀의 약혼식이 루브르 궁전에서 거행되고, 축연과 무도회가 끝나자 왕족들은 관례대로 사교관(司敎館)에 가서 묵었다. 이튿날 아침, 알바 공은 지금까지의 간소한 차림 대신에 적·황·흑 3색이 섞인 비단에 보석을 단 옷을 입고, 머리에는 보석관을 쓰고 있었다. 눈부시게 차려입은 시종들을 거느린 오렌지 대공과, 각기 가신(家臣)들을 거느린 스페인 사절들은, 알바 공을 그의 숙소로 정한 블루아 궁저(宮邸)까지 맞으러 가고 거기서 4열 종대로 서서 사교관으로 향했다. 알바 공의 행렬을 맞아, 왕족 일행은 서열대로 서서 예배당으로 발걸음을 옮겼다. 우선 국왕이 보석관을 쓴 왕녀를 선도하고, 왕녀의 드레스를 몽팡시에 양과 롱그빌 양이 받쳐 들고 뒤따랐다. 그 다음에는 왕비가 관을 쓰고 걸어가고, 그 뒤로 왕세자비, 공주, 나바르 여왕이 차례로 따랐으며, 궁정의 귀부인들이 각기 옷을 들고 대기했다. 이 귀부인들은 자신들과 똑같은 옷을 입은 고상하고 아름다운 시녀들을 데리고 있었다. 그러므로 시녀들의 옷을 통해 누구의 시녀인지를 쉽게 알아볼 수가 있었다. 일행이 예배당에 마련된 단상에 앉자, 결혼 의식이 거행되었다. 그리고 다시 사교관으로 돌아와 오찬이 벌어졌다. 5시경에는 궁정에서 축하연이 벌어졌다. 여기에는 고등법원이나 궁정, 시청의 고관들이 초대되었다. 국왕과 왕비, 귀현신사(貴顯紳士) 및 그 부인들은 홀의 대리석 식탁 앞에 자리를 잡았다. 알바 공은 스페인 새 왕비 곁에 앉았다. 대리석 식탁에서 한 단 낮게, 국왕의 오른쪽으로는 외국 사신이나 대사교, 훈장 수여자를 위한 식탁이 준비되고, 그 반대쪽에는 고등법원 법관들의 자리가 마련되었다.

기즈 공작은 금실로 만들어진 옷을 입고 국왕의 시중을 들었으며, 콩데 대공은 빵을 날랐고, 느무르 공은 술을 따르는 일을 맡았다. 이윽고 식탁이 치워진 뒤에 무도회가 벌어졌다. 이날 무도회는 발레라든가, 보기 드문 연극 때문에 춤이 중단되기는 했지만, 곧 다시 시작되곤 했다. 이렇게 밤이 지나서야 국왕을 비롯한 궁정 귀족들은 루브르 궁전으로 돌아갔다. 클레브 공작부인은—아무리 슬픔에 잠겨 있어도—느무르 공작의 눈에는 비길 데 없이 아름답게 보였다. 식의 혼잡을 틈타 부인에게 다가가서 말을 걸 기회는 얼마든지 있었지만 공은 감히 그러지 못했다. 다만 슬픈 표정을 짓고 곁에 가까이 가는 일조차 황송하다는 듯한 태도를 보였을 뿐이다. 부인은 변명 따위를 듣기 전에 벌써 느무르 공을 용서할 기분이 되어 있었다. 공은 다음날도, 또 그 다음날도 그런 태도를 보였다. 그리고 그 태도는 클레브 공작부인의 마음속에 적지 않은 효과를 주었다.

드디어 무술 시합의 날이 왔다. 여러 비들은 지정된 자리에 앉았다. 네 명의 주전자는 많은 말과 시종을 데리고 경기장 한 모퉁이에 모습을 나타냈다. 그것만으로도 프랑스에서는 일찍이 보지 못한 장관이었다.

국왕은 흰색과 검은색으로만 된 옷을 입고 있었다. 이것은 발랑티누아 공작부인이 미망인이기 때문이며, 언제나 그랬었다. 페라에 공작과 그 시종들은 노랑과 빨강이 조화를 이룬 옷을 입고 있었다. 기즈 공작도 연분홍과 흰색의 옷을 입고 나타났다. 처음에는 아무도 기즈 공작이 왜 그런 색의 옷을 입었는지 몰랐었는데, 그것은 공이 연모하던 여인이 좋아하던 색이었다는 것을 아는 사람은 알게 되었다. 공이 자신의 입으로 말하지는 않았지만, 그 색깔을 통해 아직도 첫사랑의 추억을 잊지 못하고 있음을 알 수 있었다. 느무르 공은 노랑과 검정을 사용했다. 모두들 그 까닭을 알려고 애썼으나, 소용이 없었다. 하지만 클레브 공작부인만은 금방 알아차릴 수가 있었다. 부인은 예전에 공 앞에서 자기는 노란색을 좋아하지만, 금발이기 때문에 좋아하는 색을 뜻대로 못 쓴다고 말한 적이 있었다. 노란색은 클레브 공작부인이 좀처럼 쓰지 않는 색이었으므로 부인이 좋아하는 색이려니 생각하는 사람은 없을 테고, 이 금빛을 몸에 감고 나와도 별로 실례가 될 일은 아니려니 느무르 공은 생각했다.

네 명의 주전자만큼이나 훌륭한 솜씨를 보인 무사는 이제까지 없었다. 국왕은 이 나라 제일의 기수인지라 국내에서는 비길 사람이 없었다. 느무르 공은 어떠한 동작을 하든 모두 우아했으므로 클레브 공작부인만큼 관심을 갖지 않은 부인들일지라도 끌리는 터였다. 느무르 공의 모습이 장내에 보이자, 부인은 가슴이 뛰기 시작했다. 공이 멋진 실력을 뽐내는 것을 보고도 기쁨을 감추는 모습은 안쓰러울 정도였다.

해가 저물기 시작하자 경기도 거의 끝나고, 곧 퇴장 시간이 가까워 왔다. 그러나 국왕이 마상 시합을 한 번 더 하자고 분부를 내린 것이 이 나라에 불행을 가져오는 결과가 될 줄은 아무도 예상하지 못했다. 국왕은 명인(名人)으로 이름 높은 몽고메리 백작에게 자신의 상대가 되라고 분부를 내렸다. 백작은 이 핑계 저 핑계를 대면서 사퇴를 했으나, 국왕은 거의 화까지 내면서 고집을 부렸다. 왕비도 이 시합을 중지시키려고 오늘은 만족할 만한 성적을 올렸고 파리와 시골 국민들이 모두 그 실력을 봤으니 부디 무리하지 말라고 권고했다. 그러나 국왕은 이제부터의 시합은 자신을 위해서가 아니라 왕비에 대한 사랑을 위한 것이라고 말하며, 경기장 한가운데로 나갔다. 왕비는 사보아 공작을 시켜 해도 저물고 했으니 그만하라고 간청했으나, 소용이 없었다.

드디어 시합이 시작되었다. 그러나 몽고메리의 부러진 창이 국왕의 투구를 뚫고 들어가 눈을 찌르고 말았고, 국왕은 말에서 떨어졌다. 주마료(主馬療)의 관원과 몽모랑시가 급히 달려갔으나, 뜻밖의 중상에 모두들 놀랐다. 그러나 국왕은 태연한 모습으로 '과히 염려를 말지어다'라고 호령을 했다. 경사로운 날에 이와 같은 불길한 사고가 생겼으니, 모두들 얼마나 놀라고 슬퍼했을지 짐작이 갈 것이다. 곧 국왕을 침소로 옮기고 의사들이 진찰을 한 결과 결코 가벼운 부상이 아니라는 진단이 나왔다. 이 때 몽모랑시 수석 원수는 한 예언가가 국왕이 결투로 목숨을 잃을 거라고 예언했던 것을 상기했다.

당시 브뤼셀에 머물러 있던 스페인 왕은 이 불상사에 관한 보고를 듣고, 곧 시의(侍醫)를 보냈다. 이 의사는 매우 유명한 국수(國手)였는데, 그도 회복될 가망이 없다고 단정했다.

원래 몇 파로 나뉘어 이해관계가 얽히고설킨 궁정인지라, 장차 일어날 중대 사건을 앞에 놓고 그 혼란이란 이루 형언할 수가 없었다. 그러나 이러한 동요는 모두가 음모 형식을 취하고 있어 어느 것 하나 겉으로 드러난 것이 없었으므로, 와 있는 외국 사신의 눈으로 보기에 궁정은 오로지 국왕의 안유(安癒)만을 비는 숭고한 모습뿐이요, 오직 국왕의 차도에만 관심이 있는 듯했다. 여러 비와 공주들도 며칠을 줄곧 침소 대기실에서 기침(起寢)을 했다.

클레브 공작부인도 당연히 궁정에서 기거해야 했지만, 느무르 공작과 마주치게 될까 봐 집에 머무르고 있었다. 자신의 난처한 처지를 남편이 알면 안 될 것 같았고 나아가서는 자기의 결심이 허물어질 것만 같아서, 꾀병을 핑계로 삼은 것이다. 궁정은 모두들 허둥지둥하는 판이라, 클레브 공작부인의 동태를 살피려 한다든지, 병이 진짜인지 가짜인지 밝힐 경황도 없었다. 다만 남편만은 그 사실을 알고 있었고, 부인도 이것을 남편에게만은 숨기지 않았다. 이리하여 부인은 두문불출, 주위에서 일어나고 있는 대변동도 모르는 채 자유로이 무언가를 생각하고 있었다. 궁정 사람들은 모두 국왕께 문병을 하고 완쾌되길 기도하고 있었다. 클레브 공작은 때때로 집으로 돌아와 궁정의 돌아가는 상황을 이야기해 주었다. 공이 부인을 대하는 태도는 평상시와 다름이 없었으나, 다만 단둘이만 있는 자리에서는 전보다 다소 차갑고 서먹서먹한 느낌이었다. 공은 지나간 일에 대해서는 이야기를 하지 않았고, 부인도 마찬가지였다.

한편, 느무르 공은 클레브 공작부인에게 말을 걸 기회가 어쩌면 생기지 않겠느냐고 기다리고 있었는데, 이제는 그녀의 모습조차 찾아볼 수가 없었으므로 큰 비탄에 빠지게 되었다. 국왕의 병세는 점점 악화되어 7일째 되는 날에는 시신(侍臣)들도 회복할 가망이 없다고 판단했다. 국왕은 수일 후에 닥칠지도 모르는 죽음을 태연한 태도로 기다렸다. 국민의 경모를 한 몸에 받고 있던 이 젊은 국왕은 가장 사랑하는 연인에게 사랑을 받는 행복 속에서 돌아가게 됐다며 태연자약한 터이라, 모두들 국왕의 각오와 달관에 감탄하고 있었던 것이다. 죽기 전날, 국왕은 여동생 마르그리트 공주와 사보아 공의 결혼식을 조촐하게 올렸다.

발랑티누아 공작부인의 입장이 어떻게 될지는 쉽게 상상할 수 있는 일이었다. 왕비는 공작부인에게 국왕의 위문을 불허했을 뿐 아니라, 시종을 보내어 공작부인이 보관하고 있던 옥새와 왕관의 보석을 가져오게 했다. 공작부인이 폐하께서 돌아가셨느냐고 묻자 시종은 아직은 아니라고 답했다. 그러자 공작부인이 말했다.

"그렇다면 나에게 그런 명령을 내릴 수 있는 사람은 아무도 없소. 폐하께서 나에게 넘겨주신 것을 부당하게 돌려보내라는 것은 있을 수 없는 일이오."

국왕이 투르넬 궁에서 서거하자 페라에 공, 기즈 공작, 느무르 공 세 사람이 황태후(카트린 드 메디시스 왕비―옮긴이)와 신왕(프랑수아 왕세자―옮긴이), 신왕비(메리 스튜어트―옮긴이)를 루브르 궁전으로 모셨다. 느무르 공은 황태후를 수행하고 있었다. 일제히 걷기 시작했을 때, 황태후는 몇 걸음 뒤로 물러서서 며느리에게 말했다.

"당신이 먼저 서야 할 게요."

그러나 이 말은 서열이 바뀐 것에 대한 예라기보다는 가시가 돋친 듯한 느낌이었다.

제4장

　로렌 추기경은 더욱더 황태후를 마음대로 조종할 수 있게 되었다. 샤르트르 대공은 황태후의 총애를 영영 잃고 말았지만, 여전히 마르티니 부인을 사랑하고 있었고, 황태후에게서 해방된 느낌을 즐기고 있었으므로, 이를 괴롭게 생각하지는 않았다. 추기경은 국왕이 병상에 누워 있던 열흘 동안 차근차근 계획을 세우고, 자신의 계획대로 해 나가야 한다고 황태후를 부채질했다. 그러므로 국왕이 승하하자 곧 황태후는 수석 원수에게 투르넬 궁을 떠나지 말고, 폐하의 유체를 모시라고 분부했다. 이 임무 때문에 수석 원수는 모든 정무를 멀리하게 되었으며 행동의 자유를 잃고 말았다. 원수는 나바르 왕에게 친서를 보내어, 급히 상경을 해서 힘을 모아 기즈 가문의 권세를 억누르려고 했다. 그러나 이미 군대의 지휘권은 기즈 공작이, 재정은 로렌 추기경이 장악하고 있었다. 발랑티누아 공작부인은 궁정에서 쫓겨났다. 수석 원수의 공공연한 적인 투르농 추기경, 발랑티누아 공작부인의 적인 올리비에 대법관이 다시 취임했다. 이리하여 궁정의 인사는 일변해 버렸다. 기즈 공작은 친왕들과 동열(同列) 대우가 되고, 국장(國葬) 거행 시에는 금상 폐하의 외투자락을 받들어 모셨다. 기즈 공작과 그 형제들은 모두 권력의 자리에 앉았다. 그것은 로렌 추기경이 황태후의 신임을 받고 있기 때문이려니와, 사실은 황태후도 기즈 가문이라면 불안의 씨가 될 때에는 언제든지 멀리할 수도 있으나, 왕자들의 지지를 받고 있는 수석 원수는 그렇게 안 되리라고 생각하고 있었기 때문이었다.

  선왕이 엄수(嚴修)되고, 몽모랑시 수석 원수는 루브르 궁전으로 돌아왔는데, 그를 접대하는 새 국왕의 모습은 극히 냉담했다. 원수는 새 국왕을 모시고 몇 가지 말씀을 드리려 했지만, 국왕은 그러한 자리에 기즈 가문의 누군가를 부르고, 그가 보는 앞에서 원수에게 "원수는 이제 좀 쉬시는 것이 좋겠소이다"라고 권하기도 하고 "재정이나 군사권도 모두 딴 분에게 맡겼으니까, 의논할 일이 있으면 사람을 보내겠소"라고 말하기도 했다. 원수는 황태후로부터는 더욱 더 냉대를 받았을 뿐만 아니라, 원수가 일찍이 선왕에게 "왕자 전하들께서는 조금도 폐하를 닮으시지 않았사옵니다"라고 속삭인 것을 아직도 원망스럽게 여긴다면서 꾸지람까지 들었다. 이윽고 나바르 왕이 들어왔는데 그도 똑같은 냉대를 받았다. 형인 나바르 왕만큼이나 참을성이 없는 콩데 대공은 즉석에서 공공연히 불평을 했지만 어찌할 도리가 없었다. 강화 조약 비준을 위하여 플랑드르에 파견된다는 명목으로 콩데 대공은 보기 좋게 궁정에 발도 못 붙이게 되었다. 또 나바르 왕은 왕대로 자기의 영토가 침략당하지나 않을까 하는 걱정을 하게 되었다. 이러한 상황을 겪자 나바르 왕은 베아른으로 돌아가고 싶은 충동을 느꼈다. 또 황태후는 엘리자베트 왕녀 환송의 소임을 나바르 왕에게 하명하고, 반드시 귀국해야 할 이유를 제시했기 때문에, 나바르 왕은 왕녀보다도 먼저 출발하지 않으면 안 될 입장이 되었다. 이리하여 기즈 가문의 권세에 대항할 만한 인물은 궁정 안에서 찾아볼 수 없게 되었다.

클레브 공작으로 말하면, 엘리자베트 왕녀의 환송 책임을 빼앗긴 것이 유감이었지만 이 책임을 맡은 나바르 왕의 신분을 생각해 보면 불평을 말할 나위도 없었다. 그런데 클레브 공작이 유감으로 여긴 것은 이 직책이 면직됨에 따라 명예를 잃은 것보다는, 뜻하지 않게 아내를 궁정에서 멀리하게 하는 기회를 잃은 것이었다.

선왕이 돌아가신 며칠 뒤, 중신(重臣) 회의에서는 대관식을 위하여 클레브 공작을 랭스로 보내기로 결정했다. 이 소식이 알려지자, 이제껏 요양을 한다면서 궁정에 나가지 않던 클레브 공작부인은 궁정 사람들과 같이 랭스에는 가기 싫으니, 혼자 별장이 있는 쿨로미에로 가서 요양을 하고 싶다고 남편에게 말했다.

남편은 자신과 같이 가고 싶지 않은 것이 건강상의 이유인지 아닌지 밝혀 주지 않아도 좋지만, 어쨌든 가지 않겠다는 제의에는 찬성한다고 대답했다. 공으로서는 벌써 그렇게 마음먹었던 일이었다. 아내의 정숙함을 믿고는 있었지만, 아내가 사모하고 있는 남자 앞에, 아내를 드러내 놓는 것은 신중한 일이 아니라고 생각했기 때문이다.

곧 느무르 공작은 클레브 공작부인이 랭스에 가지 않는다는 소식을 들었다. 그는 얼굴을 보지 못하고 랭스로 떠나기에는 섭섭해서, 출발 전날에 부인이 혼자 집에 있는 기회를 틈타 실례가 되지 않을 만한 시간에 방문을 했다. 다행히 소원은 이루어졌다. 가운데 뜰에 들어서자, 마침 느베르 부인과 마르티니 부인이 나오는 중이었으며, 두 부인은 지금 클레브 공작부인이 혼자 있다고 말해 주었다. 계단을 오르면서, 공은 뛰는 가슴을 주체하기가 어려웠다. 느무르 공의 방문을 시종으로부터 보고받은 클레브 공작부인의 기분도 공의 기분과 맞먹는 것이었다. 혹시 사랑에 관한 이야기를 하려는 것은 아닐까, 나도 자칫 그 분이 기다리는 답변을 해 드리게 되지나 않을까, 이번 느무르 공의 방문 때문에 남편이 어떤 불안감을 갖게 되지는 않을까, 나중에 무어라 이야기를 하든, 아니면 감추든 얼마나 자신이 가엾을 것인가 하는 심정으로 갈등하던 부인은 자신이 가장 바라던 일인데도 불구하고 결국 이를 피하기로 결심했다. 그래서 응접실에 와 있는 느무르 공에게 시종을 보내어 별안간 몸이 안 좋아져서 이렇게 와주셨는데도 뵙지를 못해 미안하게 됐다고 전했다. 부인을 못 만난다는 일은 느무르 공에게 얼마나 애절한 일이던가!

이튿날, 공은 길을 떠났다. 우연을 바라는 것도 이제 자신이 없었다. 왕세자비 곁에서 잠시 말을 나누었을 뿐, 부인과는 직접 말을 한 적도 없었다. 샤르트르 대공에게 무심코 내뱉은 말이 이렇게 혹독한 결과를 가져다주리라고는 상상조차 못한 일이었다. 그리하여 이제 희망을 짓밟아 버리고 단념할 수밖에 없었다. 공은 가눌 수 없는 아픔을 느끼며 출발하고 말았다.

한편, 클레브 공작부인은 느무르 공작의 방문으로 인해 심란해졌던 마음이 좀 가라앉았다. 면회를 거절한 이유가 된 불안도 사라져 버리고 지금에 와서는 무언가 잘못이라도 저지른 느낌이 들었다. 만약 자신에게 조금 더 용기가 있었더라면 느무르 공을 불러들였을 텐데 하며 아쉬워했다.

한편 느베르 부인과 마르티니 부인은 클레브 공의 저택을 나서자마자 그 길로 왕세자비에게로 갔다. 그 자리에는 클레브 공작도 와 있었다. 이제는 왕비가 된 왕세자비가 어디서 오는 길이냐고 묻자, 두 부인은 클레브 공작부인을 문병하고 오는 길이라고 대답했다. 그리고 거기서 다같이 점심을 들었는데 떠날 때는 느무르 공이 찾아오는 것을 보고 이리로 왔다고 말했다. 한 대로 본 대로 말한 것뿐인데, 클레브 공의 귀에는 심상치 않게 들렸다. 물론 느무르 공이니까, 자신의 아내와 대화를 할 기회쯤은 흔히 있겠지 하고 짐작은 하고 있었으나, 이 때 공이 자신의 아내에게 속마음을 털어놓고 있는 것은 아닌가 하고 생각하니, 도저히 참을 수가 없었고 예전과는 다른 질투의 불길이 훨훨 타올랐다.

가만히 있을 수가 없어 급히 왕비 곁을 떠나기는 했지만, 집에 돌아가서 무엇을 어떻게 하자는 작정도 없었으며, 또 느무르 공과 아내의 대화를 중단시킬 셈도 아니었다. 집 가까이에 이르러 아직도 느무르 공이 머무르고 있는지 살펴보았지만, 이미 돌아간 듯하여 한숨을 쉬고, 오래 있던 것은 아니라는 것을 아니까 마음이 놓였다. 클레브 공작은 질투를 해야 할 상대가 어쩌면 느무르 공이 아닌지도 모른다고 생각했다. 그리고 그것을 의심하지 않으려 하면서도 다시 애써 의심을 하려고 했다. 그러나 여러 가지 증거를 볼 때 의심할 여지조차 없는 것인지라, 공으로서는 자기 자신이 까닭 없이 즐기는 이 반신반의 상태에 언제까지 머물러 있을 수는 없었다. 그래서 공은 부인이 있는 방으로 들어갔다. 잠깐 동안 공연히 이 소리 저 소리 하다가 그 날 아내가 한 일이나 만난 손님에 대해서 물어 보지 않을 수가 없었다. 부인은 아무 숨김없이 이야기를 했다. 그러나 손님 이름 중에 느무르 공의 이름이 없었으므로, 클레브 공작은 만난 손님이 그게 전부냐고 캐물었다. 이렇게 해서 아내가 느무르 공의 이름을 실토하게 하고 아울러 무언가 숨기는 것 때문에 아내가 괴로움에 잠기지 않도록 도와주기 위해서였다. 그런데 사실, 부인은 느무르 공을 만난 적이 없으므로 그의 이름을 말하지 않았을 뿐이었다. 그래서 클레브 공작은 입맛이 쓰다는 듯 말을 이었다.

"그렇다면, 느무르 공작이 여기 안 왔다는 거요? 아니면, 만난 사실을 벌써 잊고 있었던가?"

"그 분을 뵌 적은 없습니다."

부인이 대답했다.

"기분이 안 좋아서 시종에게 거절의 말을 전하게 했습니다."

"그럼, 내내 기분이 좋다가 그가 왔을 때만 기분이 안 좋아졌다는 거요?"

클레브 공작이 이어서 물었다.

"다른 손님들은 모두 만났으니 말이오. 왜 느무르 공작에게만 그런 차별 대우를 한 것이오? 왜 다른 사람과 같이 공평하게 대하지 않고, 그를 만나는 일을 두려워하는 거요? 당신의 야박함이 보통의 무례와는 성질이 다르다는 사실을 그가 잘 알고 있다는 것을 당신도 아니까 그렇게 딱 잘라 면회를 거절할 수 있었을 것 아니겠소? 그렇지 않으면 그에게 그렇게 야박하게 대할 수가 있겠소? 당신과 같은 사람은 전혀 모른 척하고 있다면 모르거니와, 다른 어떤 태도를 보이더라도 상대편을 기쁘게 하게 마련이니까."

"당신이 느무르 공에 대해서 어떠한 의심을 하고 계시든 상관하지 않겠습니다만……."

클레브 공작부인이 입을 열었다.

"그 분을 만나지 않았다고 해서 꾸지람을 들을 줄은 미처 몰랐습니다."

"천만의 말씀! 꾸짖고말고……."

클레브 공작은 말을 덧붙였다.

"거기엔 이유가 있기 때문이오. 생각해 보오. 느무르 공이 이제껏 아무 말도 한 적이 없다면, 왜 당신이 그를 안 만나려고 했겠소? 무언가 말한 것이 있기에 만나고 안 만나고를 결정짓게 된 것 아니오? 아무 말도 않고 사랑의 표시를 보였다고 한다면 그렇게 강한 인상을 당신에게 줄 리가 없지 않겠소? 당신은 나에게 그와 당신 사이의 진상을 밝히지 않고 대부분을 감추고 있소. 거기다가 아주 일부분만 고백한 것조차 후회를 하고 있으니, 그 뒤를 이어 고백할 용기는 갖고 있지 않겠지. 나는 지금까지 내가 그다지 불행한 남자라고는 생각하지 않았는데, 이제 보니 이 세상에서 내가 가장 불행한 것 같소. 당신은 나의 아내이고, 나는 당신을 사랑하고 있는데도 당신은 다른 남자를 사랑하고 있으니 말이오. 궁정에서 가장 인기 있는 남자가 당신과 매일 만나고, 당신으로부터 사랑을 받고 있다는 사실을 다 알고 있소. 그러니 나는 대체 뭐란 말이오."

공작은 외치듯 말했다.

"그 남자에 대한 연정도 당신이라면 능히 누를 수가 있고 또 그것이 가능하다고 믿고 있었으니, 내가 바보였지……."

"그렇다면 처음엔 보통이라고는 할 수 없는 일을 아시고도 칭찬을 해 주시더니, 지금에 와서는 그걸 후회하고 계신다는 뜻인가요?"

클레브 공작부인이 슬픈 듯이 말했다.

"당신은 제 마음을 다 이해해 주시는 줄 알았는데, 제가 잘못 알고 있었다는 건가요?"

"그렇소."

클레브 공작은 수긍했다.

"당신이 잘못 안 것이오. 나도 당신에게 불가능한 것을 기대했지만, 마찬가지로 당신도 나에게 불가능한 것을 기대하고 있었던 것이오. 나에게 이성을 가지라고 말을 해도, 이제 그것은 무리라오. 어쩐지 당신은 내가 당신을 사랑하고 있다는 것도, 내가 당신의 남편이라는 것도 잊은 것 같구려. 둘 중 하나에 해당된다 하더라도 극단으로 흐르는 법인데 하물며, 동시에 두 가지를 갖추었으니 도대체 어떻게 되겠소? 그렇지! 그걸 어떻게 알겠소."

공작은 말을 이었다.

"나는 지금 아주 불안정한 상태요. 내 힘으로는 억누를 수가 없소. 나는 이제 당신에게 맞는 사람이 아닌 것 같소. 당신 또한 나에게 어울리는 사람은 아닌 듯하오. 나는 당신을 열렬히 사랑하면서도 증오하고 있고, 당신을 공격하면서도 용서를 빌고 있소. 당신을 찬미하면서도 이런 나 자신을 부끄러워하고 있소. 이제 나에게는 침착함도 이성도 없소. 쿨로미에 별장에서 당신의 고백을 들은 뒤로부터 그 소문이 퍼져 있는 지금까지 나는 내가 어떻게 살아왔는지 모르겠소. 어디서 그 말이 샜는지, 또 그 일에 관해서 느무르 공과 당신 사이에 어떤 이야기가 오고 갔는지, 나로서는 알 도리가 없소. 당신도 설명해 주지는 않을 것이고, 나 또한 설명해 달라고는 안 하겠소. 다만 한 가지 기억해 두어야 할 것은, 당신 덕분에 나라는 사람이 이 세상에서 가장 불행한 사나이로 전락했다는 사실이오."

클레브 공작은 이 말까지만 하고, 방을 나가 버렸다. 그리고 이튿날 부인을 만나 보지도 않고 출발했다. 그러나 이내 곧 편지를 보내왔다. 슬픔과 성의, 다정함으로 가득 찬 글이었다. 부인도 답장을 썼다. 거짓 없는 자신의 결백을 표명함과 아울러 앞으로 아내로서의 길을 벗어나지 않을 것을 굳게 맹세한다는 내용이었다. 그 맹세는 어느 것이든 거짓이라고는 하나도 없는 진실한 것이었으므로 클레브 공작은 몹시 감격하여 얼마 동안은 마음을 가라앉힐 수 있었다. 물론 느무르 공작도 자기와 함께 국왕을 시종하는 터이므로, 그가 아내와 같은 곳에 있지 않다는 안도감도 한몫했다. 지금까지 부인이 남편에게 먼저 이야기를 걸 때는 으레 부인에게 끝없는 애정을 보여 왔고, 부인은 부인대로 성실하게 처신을 했으며, 애정은 물론 아내로서의 임무도 완수해 왔으므로, 공은 감명을 받았다. 그리고 그 사실을 생각할 때마다 느무르 공의 모습이 흐려지는 것이었다. 그러나 그것도 순간의 일, 조금 지나면 다시 또렷하게 느무르 공의 모습이 되살아났다.

느무르 공이 떠난 후 부인은 그의 부재에 대해 아무렇지도 않게 생각했다. 그러나 얼마 안 있어 그에 대한 생각이 다시 애절해지기 시작했다. 사실, 느무르 공을 사랑하기 시작한 뒤부터는, 그를 만나야 할지 안 만나야 할지를 머릿속에 떠올리지 않는 날이 없었다. 이제는 우연히 만날 수도 없다고 생각하니 깊은 슬픔에 잠기게 되었다.

그래서 부인은 파리를 등지고 호젓한 쿨로미에 별장으로 갔다. 떠날 때 남편은 큰 그림을 그 곳으로 옮기는 일을 잊지 않았다. 그 그림은 발랑티누아 공이 크고 화려한 아내의 별장을 치장하기 위해 그리게 한 원화를 모사한 것으로서, 죽은 선왕 때의 중요한 사건들이 그려져 있었다. 그 중에는 메스의 공방전도 한 폭 있고, 눈부신 공훈을 세운 사람들의 모습도 그려져 있었다. 그리고 느무르 공도 그려져 있었다. 아마도 느무르 공이 그려져 있기 때문에 클레브 공작부인은 이 그림이 갖고 싶었던 것이리라.

마르티니 부인은, 국왕을 시종하지 않아도 되었기 때문에 4~5일간 쿨로미에로 놀러가겠다고 부인에게 약속을 해 놓았다. 이 두 부인은 왕비의 애총을 받는 사이였지만, 그것 때문에 서로 반감을 갖거나 질투를 하거나 하는 일도 없이 친하게 지냈는데, 그렇다고 흉중을 털어놓는 처지는 아니었다. 클레브 공작부인은 마르티니 부인이 샤르트르 대공을 사랑하고 있다는 것을 알고 있었지만, 반대로 마르티니 부인은 클레브 공작부인이 느무르 공작을 마음속에 간직하고 있고, 또 공으로부터 사랑을 받고 있다는 사실을 몰랐다. 다만 클레브 공작부인이 샤르트르 대공의 조카딸이라고 해서 마르티니 부인은 남달리 부인을 위하는 처지였다. 또 클레브 공작부인은 마르티니 부인을 자기와 똑같이 사랑에 빠져 있는 괴로운 여인, 더욱이 자기가 사모하는 분의 친구를 사랑하고 있는 여인이란 정리(情理)로서 좋아하고 있는 터였다.

약속대로 마르티니 부인은 쿨로미에로 클레브 공작부인을 찾아왔다. 부인은 아주 조용히 살고 있었는데, 그보다 더 철저히 고독한 생활을 하고자 밤에는 시녀 없이 홀로 뜰에서 시간을 보냈다. 그러므로 부인은 별장과 떨어진 별채에 머물러 있었다. 그 곳은 부인은 모르고 있는 사실이지만 실은 느무르 공이, 부인과 남편이 나누는 이야기를 엿들은 바로 그 곳이었다. 부인은 뜰을 향한 작은 방에 들었다. 시종들은 이 별장의 다른 방이나 출입구에서 대기하고 있었으며, 부르기 전에는 그녀가 있는 방에는 들어오지 않았다. 마르티니 부인은 쿨로미에가 초행길이었으므로, 그곳의 아름다움에 놀랐는데, 더욱이 별채의 아름다움에는 감탄을 아끼지 않았다. 그래서 이 손님과 여주인은 늘 별채에서 밤을 보냈다.

이런 딴 세상 같은 아름답고 아늑한 분위기 속에 단둘이 있다는 거리낌 없는 기분에서, 가슴이 타는 연애 이야기라든가 그것을 품고 살아야 하는 괴로움, 또 한편으로는 인생의 즐거움에 관한 이야기를 끊임없이 이야기했다. 그렇다고 각자의 비밀까지 툭 털어놓은 것은 아니지만, 이렇게 이야기를 주고받는 것만으로도 충분히 즐거운 시간이었다. 마르티니 부인은 여기서 샤르트르 대공이 있는 곳으로 갈 예정이었는데, 만약 그 예정이 없었더라면 쿨로미에를 떠나야 하는 것이 마냥 섭섭했을 것이다. 부인은 궁정의 모든 남녀가 가 있는 샹보르로 떠났다.

대관식은 랭스에서 로렌 추기경의 지휘 하에 거행되었다. 궁정은 예정대로 늦은 여름을 지내기 위해 당시 신축된 샹보르 이궁으로 옮겨졌다. 왕비는 마르티니 부인이 도착하자 매우 기뻐했으며, 극진히 대접을 하고 나서 클레브 공작부인의 병세나 시골 별장에서 지내는 모습 등에 관해 물었다. 이 자리에는 마침 느무르 공과 클레브 공도 인사를 드리기 위해 와 있었다. 쿨로미에 별장에 감탄을 금치 못한 부인은 요모조모 칭찬을 한 뒤, 별채의 아담함과 부인이 밤이면 그 집 근처를 산보하며 즐거운 나날을 보내는 것 등을 이야기했다. 몰래 부부 사이의 이야기를 엿들어, 그 곳의 길과 구조를 알고 있는 느무르 공은 마르티니 부인의 말을 듣고, 불현듯 그리로 간다면 부인의 모습을 엿볼 수 있을 거라고 생각했다. 그래서 몇 마디를 마르티니 부인에게 캐물었다. 클레브 공작은 마르티니 부인이 이야기를 하고 있는 동안, 느무르 공의 일거수일투족을 살피고 있다가 느무르 공의 머릿속에 무슨 생각이 떠올랐는지를 알게 되었다. 클레브 공작은 느무르 공의 질문으로 보아, 자기 짐작이 틀림없음을 확신했다.

그래서 '오냐, 네가 내 아내를 몰래 만나러 갈 작정이로구나' 하고 자기도 나름대로의 계획을 세웠다. 이 추측은 물론 들어맞았다. 사실 이 계획은 느무르 공이 벌써부터 세워 놓았던 것으로, 그날 밤 그 실행 방법을 짜고 또 짰다. 그리하여 이튿날 아침 국왕에게 그럴듯한 구실을 대어 파리에 다녀오겠노라고 허락을 구했다.

클레브 공은 느무르 공의 여행 이유를 짐작하고 있었지만, 이 기회에 아내의 행동을 뚜렷이 밝히고, 자신의 끊이지 않는 불안을 끝내려고 마음먹고 있었다. 그래서 자기도 느무르 공과 동시에 출발하여 그의 여행이 어떤 결말을 지을지 뒤를 밟아 볼 생각이었다. 그러나 자기까지 국왕에게 말미를 달라면 수상하게 여겨질 것이고, 또 느무르 공도 눈치를 채서 작전을 바꾸는 구실을 제공할 수 있으므로 성실하고 재치 있는 심복에게 심부름을 시키기로 결심을 했다. 공은 그를 불러 간곡히 자기의 고충을 털어놓았다. 그리고 이제껏 클레브 공작부인이 얼마나 정숙했었나를 이야기하고, 이제부터 느무르 공작의 뒤를 밟으며 감시를 게을리해서는 안 된다고 일렀다. 그리고 감시 장소는 쿨로미에 별장과 그 주변이며, 밤의 어둠을 타서 느무르 공이 뜰에 뛰어들지도 모른다고 자세히 일러주기까지 했다.

 그 심복은 이런 일을 재치 있게 해내는 사나이였으므로, 아주 차근차근 그 소임을 완수해 나갔다. 심복은 느무르 공의 뒤를 밟아 쿨로미에까지 고작 10킬로미터도 못 미치는 마을까지 왔는데, 마침 거기서 느무르 공이 가던 길을 멈추고 쉬고 있기에, 날이 저물기를 기다리고 있는 거라고 짐작했다. 그러나 그 마을에서 똑같이 어둡기를 기다리는 것이 좀 수상하게 보일 것 같아서, 마을을 지나 숲 속으로 들어갔다. 그리고 느무르 공이 지나갈 듯한 길의 근처에 몸을 감추었다. 과연 그의 짐작은 들어맞았다. 땅거미가 지자, 발자국 소리가 들려왔다. 어두컴컴했지만 그것이 느무르 공임을 쉽게 확인할 수가 있었다. 공은 별장까지 가서 울타리 밖을 한 바퀴 돌고 나더니, 사람들의 이야기 소리에 귀를 기울였다. 그리고는 가장 몰래 들어가기 쉬운 곳을 찾는 듯했다. 그런데 산나무 울타리는 매우 높고, 안에도 또 다른 산나무 울타리가 쳐 있어서 좀처럼 들어갈 수가 없게 되자 상당한 곤란을 느끼는 듯이 보였다. 그렇지만 느무르 공은 성공했다. 그리고 일단 뜰에 들어서자, 클레브 공작부인이 있는 곳을 알아냈다. 거실에는 많은 불이 켜져 있고 창이란 창은 모두 열려 있었기 때문이었다. 공은 살그머니 산나무 울타리 밑을 끼고 창 밑으로 기어들었는데, 그 때의 조마조마함은 말로 표현할 수가 없었다. 공은 출입구로도 쓸 수 있는 열어젖힌 창가 밖에 숨어서, 클레브 공작부인의 모습을 살펴보고 있었다. 부인은 홀로 방에 있었다. 공은 그녀의 요염하고 청초한 모습에 뛰는 가슴을 억지로 눌렀다. 무더운 여름밤이었으므로, 부인은 머리를 그냥 자기 손으로 묶어 늘어뜨리고 있을 뿐, 가슴도 마냥 내놓고 있었다. 그리고 그런 모습으로 긴 의자에 기대어 누워, 앞 테이블 위에 있는 리본이 가득 들은 바구니에서 몇 개를 집어내고 있는 것이 아닌가. 남은 잘 모르겠지만, 느무르 공은 그것이 무술 시합 때 자기가 떨친 표지의 빛과 같은 것임을 알았다. 부인은 그 리본을 집어내어서는 등나무 지팡이에 매고 있었다. 그런데 그 지팡이는 인도에서 가지고 온 것으로서 느무르 공 자신이 잠깐 쓰다가 여동생에게 준 것을, 다음에는 클레브 공작부인이 느무르 공의 것이었음을 모른 척하고 넘겨받은 것이었다. 누구나 마음이 얼굴에 나타나는 법이므로 부인은 아주 정다운 얼굴로 이 일을 끝낸 뒤, 촛대를 집어 들고 테이블 곁으로 갔다. 그리고 느무르 공이 그려져 있는, 파리에서 가져온 '메스의 공방전'이라는 이름이 붙은 유화 앞에 앉아, 사랑하는 이성에게만 보일 수 있는 아련한 시선으로 정신없이 공의 뒷모습이 그려진 그림을 보고 있었다.

 이 때 느무르 공은 도저히 말이나 글로 표현할 수 없는 감정을 느꼈다. 이 밤중에, 더구나 이렇게 아름다운 곳에서, 그토록 그리워하던 사람을 바라보는 것, 더욱이 그녀가 누군가가 지켜보고 있다는 것을 모른다는 것에서 스릴 있는 만족감을 느꼈다. 그녀가 자신이 그려진 그림을 보고 그토록 황홀해하는 모습을 바로 눈앞에서 볼 수 있으리라는 것은 일찍이 경험한 바도 없으며 상상조차 할 수 없는 것이었다.

느무르 공은 이제 자기가 어디에 몸을 감추고 있는지도 잊고, 물끄러미 부인을 바라다볼 뿐, 그대로 시간이 멈춰 버린 것 같았다. 공은 다시 정신을 가다듬고, 부인에게 말을 걸려면 그녀가 뜰로 나올 때까지 기다려야 한다고 생각했다. 그 때라면 시녀들도 따르지 않을 것이고, 아주 안전하게 이야기를 나눌 수 있으리라 생각했기 때문이다. 그런데 그녀는 도무지 밖으로 나올 생각을 하지 않는 것 같았다.

공은 차라리 방 안으로 들어갈까 하는 생각까지 했다. 그러나 막상 실행하려고 하니 가슴이 두근거리고 불안해지기 시작했다. 부인을 불쾌하게 한다면 큰 낭패를 볼 것임에 틀림없기 때문이었다. 지금 고요하고도 아름다운 얼굴을 하고 있는 부인을 느닷없이 공포에 떨게 하는 것은 아닌지 쉽게 결정을 내리지 못하고 있었다. 여기서 공은, 몰래 그녀를 쳐다보는 것만으로 만족을 해야지, 자기 모습을 부인에게 보인다는 것은 미친 짓이라고, 아쉽지만 결론을 내렸다. 아직 한 번도 가슴에 감춘 사랑을 고백하지도 않은 여인에게, 예고도 없이 이 깊은 밤중에 기습을 해서 갑자기 사랑 고백을 한다는 것은 너무나도 대담한 짓일 수밖에 없었다. 또 이런 상황에서 자신의 고백에 부인이 귀를 기울여 주리라고 생각하는 것도 무리였다. 만약 잘못해서 공 스스로가 부인을 위기에 빠뜨리게 하면, 부인은 몹시 화를 낼 것이라 생각했다. 이런 생각에 이르자 용기는 사라져 버렸다.

그러나 자신이 왔다 갔다는 걸 그녀에게 알리지도 못하고 되돌아가야 한다고 생각하니 발걸음이 떨어지지 않았다. 그래서 기어이 부인에게 말 한 마디라도 걸어 보겠다는 충동을 누르지 못해, 조금 전에 자신이 목격한 장면에 희망을 걸고 무조건 시도해 보기로 했다. 그러나 이삼 보쯤 다가서기도 전에 몹시도 흥분한 탓인지 어깨 부위가 창틀에 걸려 자신도 모르는 사이에 소리를 내고 말았다.

클레브 공작부인은 소리가 난 곳을 되돌아보았다. 그녀의 머릿속이 느무르 공에 대한 생각으로 꽉 차 있어서 그랬는지, 아니면 촛불이 밝게 비추는 사이로 공의 얼굴이 드러나서인지, 아무튼 그것이 느무르 공이라는 것을 알아차리고 부인은 소스라치게 놀랐다. 부인은 뒤도 돌아보지 않고 시녀들이 모여 있는 방으로 뛰어 들어갔다. 부인은 너무나 놀라고 흥분한 상태였으므로 그 감정을 감추기 위해, 몸 상태가 안 좋아졌다는 말을 시녀에게 하지 않을 수 없었다. 실은 이렇게 해서, 시녀들의 주의를 자기에게 모으는 동안에 느무르 공이 소리 없이 빠져나가 줄 것을 희망했다. 그러나 다시 생각해 보니, 혹시 느무르 공이라고 생각하게 된 것이 자신의 착각이 아닐까 하는 의구심도 들었다. 공은 지금 샹보르에 있어야 하지 않은가. 설령 거기에 있지 않더라도 그러한 철없는 모험을 할 사람은 아니라고 생각했기 때문이었다. 부인은 다시 한 번 별채의 거실로 가서 창 밖의 뜰에 누가 있는지 몇 번이나 확인하고 싶었다. 아마도 부인은 느무르 공이 그녀를 그리워하는 것

이상으로, 공이 뜰에서 부인을 기다려 주고 있기를 간절히 바라고 있었는지도 모른다. 그러나 결국 이성과 신중함이 다른 모든 감정을 눌러 버렸다. 그리고 부인은 모험을 감행하여 의문을 풀기보다는, 도리어 미해결의 문제로 남겨두는 편이 좋겠다고 생각하게 되었다. 그렇다 하더라도 아마도 느무르 공이 바로 곁에 와 있을지도 모르는 별채를 떠나, 본관으로 가서 잘 생각은 없었다. 이럭저럭 시간을 보내다가 본관으로 돌아간 것은 동이 틀 무렵이었다.

한편, 느무르 공은 부인이 촛불을 들고 밖을 비추고 있는 동안 꼼짝 않고 숨어 있었다. 공은 부인이 자기라는 것을 알아챘으며, 황급히 방을 나가 버린 것도 자기를 여러 사람들 앞에서 피하려는 심사려니 생각했지만, 한 번만이라도 만나고 싶은 희망을 버릴 수가 없었다. 그러나 별채에 있는 각 방의 문이 차례차례 닫히고, 촛불이 하나하나 꺼지는 것을 보자, 이제는 절망이라고 체념해 버렸다. 공은 이윽고 울타리 밖으로 말을 타러 나갔다. 클레브 공의 심복은 그 근처에 숨어 있었기 때문에, 느무르 공이 아까 잠시 머물렀던 마을로 향하자 거기까지 미행했다. 느무르 공은 이 마을에서 낮 동안을 보내고, 날이 어두워지자 다시 쿨로미에로 가서 여전히 부인이 자기를 피하고 몸을 숨겨 버리는 매정한 행동을 할지 또 한번 시험해 보려 했다. 물론 그로서는 부인을 본 것만으로도 기뻤으나, 한편 자기를 회피하는 그러한 행동이 그녀의 입장에서 볼 때는 당연한 것이었음에도 불구하고 몹시도 슬펐다.

이때처럼 느무르 공의 연정이 불같이 타오르고 거센 적은 없었다. 공은 별장의 별채 뒤를 흐르는 시내를 따라 심어져 있는 버드나무 아래를 걸어 내려갔다. 그리고 아무에게도 띄지 않고, 아무에게도 들리지 않는 멀리까지 오자, 공은 타오르는 연심에 몸을 맡겨 버렸다. 그러자 마음이 조여 오고 눈물이 줄줄 흘렀다. 이것은 단지 괴로움의 눈물만은 아니었다. 거기에는 형언할 수 없는 쾌감과 사랑에서만 찾아볼 수 있는 매혹이 한데 섞여 있었던 것이다.

느무르 공은 부인을 사랑하게 된 후부터 부인의 태도를 차례차례 추억해 보았다. 남몰래 자신을 사랑하면서도 자신에게 언제나 예의범절을 갖춘 신중함과 엄격함을 보였던 그녀. 공은 '결국 그녀는 나를 사랑하고 있는 것이다'라고 생각했다.

'그녀는 나를 사랑하고 있어. 이건 의심할 수 없는 일이야. 아무리 훌륭한 서약이나 아무리 멋진 호의라 할지라도 그녀가 나에게 보여준 사랑의 표식만큼 뚜렷한 것은 없어. 그런데도 나는 지금, 마치 혐오스럽다는 듯 얄궂은 대접을 받고 있어서 미칠 지경이야. 그녀는 나에 대해서도, 그녀 자신에 대해서도 자신을 굳게 지키고 있으니 도대체가 기회를 만들 수가 없어. 나에게 사랑을 받지 못하고 있다면, 오히려 관심을 끌기 위해 더 신경을 쓸 법도 한데……. 그녀는 나를 좋아하고, 아니 사랑하고 있는데도 그 마음을 나에게 감추고 있는 것이 분명해. 그러면 대체 내가 무엇을 바라야 하는 거지? 앞으로 어떠한 변화를 기대해야 할까? 이 절세미인에게 사랑을 받았다고 한들 무엇이 달라졌던가. 사랑을 받고 있다는 것을 알고, 내 마음은 미칠 듯했는데, 이렇게 얄궂게도 가슴만 바싹바싹 태우면서 끝내야 하다니! 오, 아름다운 여인이여, 내가 당신을 사랑하고 있으므로, 부디 용서하시오.'

이어 공은 소리쳤다.

"당신의 진심을 보여주십시오. 하다못해 한 번이라도 당신의 그런 진심을 보여주신다면, 그 다음에는 나를 괴롭히는 저 서먹서먹한 태도로 다시 돌아가도 좋습니다. 엊저녁, 내 초상화를 바라보고 있던 때와 같은 눈으로 저를 한 번만이라도 보아 주십시오. 그 그림은 그렇게 상냥한 눈으로 보아 주시면서 정령 나를 그렇게 매정하게 피하시는 겁니까? 무엇을 두려워하고 계신 겁니까? 왜 나의 이 깨끗한 사랑이 당신에게는 무서운 것이어야 합니까? 당신도 나를 사랑하고 있습니다. 아무리 감추셔도 소용없습니다. 당신 자신이 뜻하지 않게 증거를 보여주셨으니까요. 나는 내 행복을 알고 있습니다. 그러니 제발 그것을 맛보게 해 주십시오. 그리하여 더 이상 나를 불행하게 만들지 말아 주십시오. 부인에게 사랑을 받고 있으면서도 여전히 불행하다는 게 있을 수 있는 일입니까?"

공은 이어 생각에 잠겼다.

'엊저녁에 나를 그녀에게 던지고 싶었던 기분을 어찌 억누를 수가 있었을까? 만약 내 감정대로 그렇게 해버렸더라면, 그녀를 놓치지 않았을지도 모르는 일인데. 아냐, 그렇게만 생각할 수는 없어. 아마 그 소리가 내가 낸 소린 줄 몰랐을지도 몰라. 아무래도 내가 필요 이상으로 슬퍼하고 있는 거겠지. 그런 밤중에 누군가 곁에 와 있다는 걸 상상하지 못하는 것은

당연하니까.'

하루 종일 느무르 공은, 사색의 쳇바퀴를 돌고 있었다. 나중엔 골치가 아파 날이 빨리 저물기를 바랐다. 밤이 되자, 공은 다시 별장을 향해 출발했다. 클레브 공의 심복은 변장을 하고 전날 밤 그 자리까지 뒤를 밟았다. 그리고 공이 또다시 울타리를 뚫고 뜰로 들어가는 것을 목격했다. 뜰에 들어가자, 공은 오늘 밤은 자기가 들어오지 못하게 부인이 신경을 쓰고 있다는 것을 금방 알 수가 있었다. 이 더운 날씨에 드나드는 문이 잠겨 있는 것이었다. 창문도 모조리 닫혀 있고, 촛불 하나 켜져 있는 방이 없었다.

클레브 공작부인은 자기 방 문을 잠그고 들어앉아 버렸다. 엊저녁처럼 도망칠 수 있을지 자신이 없었기 때문이었다. 이제까지 몸을 잘 지켜 왔는데, 그것을 허무는 것 같은 꼴이라도 보이게 되어 클레브 공작의 입에 오르게 된다면…… 하고 두려워했던 것이다.

이제는 부인을 볼 희망이 없어졌지만, 느무르 공으로서는 그리운 여인이 머물고 있는 이 곳에서 금방 나가 버리고 싶지는 않았다. 그래서 그 밤을 그냥 뜰에서 지새며, 달빛에 보이는 뜰의 나무들을 바라다보면서, 이것들이 모두 그녀의 눈에 보이는 물건이겠구나 하고 생각하며 스스로를 위로했다. 이럭저럭 하는 동안에 먼 하늘이 환해졌는데도, 느무르 공은 나가고 싶지가 않았다. 그러나 들킬 염려가 높았으므로 부득이 떠날 수밖에 없었다.

그러나 이틀이나 허비해 버렸는데 잠깐이라도 만나지 못하고 떠난다는 일은 공으로서는 있을 수 없는 일이었다. 마침 그즈음 쿨로미에 가까이 있는 별장에 와 있던 여동생을 찾아갔다. 메르쾨르 부인은 뜻밖에 오라버니를 맞아들이면서 퍽 놀랐다. 공은 솔직히 이번 여행의 목적을 자세히 이야기한 뒤, 여동생 스스로 '그럼 내가 클레브 공작부인을 찾아가 보겠어요'라는 말까지 하도록 유도해냈다. 그 별장에 닿게 되면, 느무르 공은 빨리 폐하께로 가야 하니까 여동생에게는 쿨로미에서 작별하기로 하자고 말했다. 이것은 여동생을 그 별장에서 먼저 돌려보내고자 하는 계략에서 나온 말로 이렇게 해 놓으면 나중에 틀림없이 클레브 공작부인과 단둘이서 만날 수 있으리라고 생각했기 때문이다.

둘이 같이 쿨로미에에 도착했을 때, 클레브 공작부인은 마침 화단을 둘러싼 길을 산책하고 있었다. 느무르 공의 모습을 보자 부인의 가슴은 뛰고, 그날 밤 그녀가 본 것이 느무르 공이었음을 의심할 수가 없게 되었다. 이 느낌이 뚜렷해지자, 느무르 공작이 저지른 그 뻔뻔스러움과 경솔함에 부인은 화가 났다. 느무르 공은 부인의 표정에서 냉랭함이 감도는 것을 엿보고, 바늘에 콕콕 찔리는 것 같은 아픔을 느꼈다. 대화는 흔해 빠진 겉치레로 흘렀으나 공은 그 능란한 화술로 클레브 공작부인을 위로하는 데 힘썼기 때문에, 처음 부인이 보인 서먹서먹한 태도는 어느덧 좀 풀릴 수밖에 없었다.

이렇게 되어 공도 처음의 축 늘어진 어깨를 펴고, 별채를 보여 달라고 졸라댔다. 그리고 오다가 보니 그 곳은 세상에서 가장 아름다운 안식처라고 칭찬을 하면서 거기다가 자세한 설명까지 해댔으므로, 같이 동석한 메르쾨르 부인은 공에게 울타리 안의 아름다운 곳에 대해 그렇게도 자세히 알고 계시니, 아마 울타리 너머로 본 것이 아니라 몇 번 와 본 게 아니냐며 마냥 떠들어댔다.

"천만에요, 부인! 그렇지 않아요."

클레브 공작부인은 느무르 공의 말을 재빨리 가로챘다.

"느무르 공은 한 번도 그 곳에 들어가신 적이 없습니다. 그 곳은 아주 최근에 준공을 했고, 또 한 번도 보여 드린 적이 없는걸요."

"제가 별채 가까이 가본 것은 아주 최근의 일입니다."

느무르 공은 클레브 공작부인의 낯을 살피면서 이상한 소리를 했다.

"그 때 거기서 저를 보시고도 잊으셨다면, 그것을 기뻐해야 할지 슬퍼해야 할지 모르겠습니다만……"

메르쾨르 부인은 뜰의 아름다움을 감상하느라 정신이 없어 오빠의 이야기는 귓전으로 듣고 있었지만, 클레브 공작부인은 얼굴이 붉어지고 차마 느무르 공을 똑바로 쳐다보지도 못했다.

"도대체 무슨 말씀을 하시는지……"

부인이 말했다.

"거기서 보았을 거라니요……. 그럼 아마 그 때 제가 그 곳에 없었을 때겠죠."

"그래요, 부인!"

느무르 공이 말을 이었다.

"그 때 저는 허락도 없이 그 뜰에 들어갔으니까요. 그리고 저는 거기서 내 인생에서 가장 즐거운, 그리고 또 가장 애틋한 시간을 가졌습니다."

클레브 공작부인은 공의 말뜻을 알아들었으나, 가부의 대답은 하지 않았다. 부인은 어떻게 해서든지 저 그림이 놓인 방에 메르쾨르 부인을 들여보내고 싶지 않다는 것만을 생각하고 있었다. 그 방에는 느무르 공작의 그림이 놓여져 있었으므로, 그 여동생에게 보이고 싶지가 않았던 것이다. 이럭저럭하는 동안에 시간이 상당히 지났고, 그럼 이만 실례하겠다며 메르쾨르 부인이 자리에서 일어났다. 그런데 느무르 공은 여동생과 같이 갈 생각을 안 하고 있는 걸 보니 그제야 클레브 공작부인은 앞으로의 일을 짐작할 수가 있었다. 파리에서 당한 것과 똑같은 상황에 처하게 되었지만, 부인은 그 때와 똑같은 결심을 다시 했다. 느무르 공의 이 뜻하지 않은 공식 방문이 점점 남편의 의심을 짙게 하리라는 걱정이 그런 결심을 하는 데 큰 작용을 한 것이다.

이 때 부인은 느무르 공을 혼자만 남지 못하게 하기 위하여 메르쾨르 부인에게 숲이 끝나는 데까지 전송하겠다고 했다. 공의 마차는 나중에 따라오도록 하라는 클레브 공작부인의 매정스러움에 느무르 공은 가슴이 찢어지는 것 같았다. 더욱이 어젯밤을 꼬박 샜기 때문에 안색이 몹시 나빴다. 메르쾨르 부인이 공에게 어디 몸이 불편하냐고 물었다. 그러나 공은 아무도 눈치를 못 채게 클레브 공작부인을 보면서, 내 몸이 이렇게 나쁜 것은 애정에 대한 절망 때문이라는 눈짓을 부인에게 보냈다. 그렇다고 해서 정말 뒤를 따라갈 수도 없고, 미련이 남아 느무르 공은 둘이 멀어져 가는 것을 우두커니 바라다보고만 있었다. 더욱이 이제와 새삼 여동생과 같이 갈 수도 없었다. 이렇게 되어 공은 홀로 말을 타고 파리로 가고, 이튿날 샹보르로 떠났다.

클레브 공의 심복은 시종일관 느무르 공의 동정을 샅샅이 살핀 뒤 마찬가지로 파리로 갔다. 그리고 느무르 공이 샹보르로 떠난 것을 알자, 그를 앞질러 클레브 공에게 보고를 하기 위해 역마에 채찍을 가했다. 한편, 클레브 공작은 이 심복을 자기 인생의 행불행을 판가름해 주는 운명의 사자(使者)로 믿고 간절히 기다리고 있었다.

심복을 맞자마자 클레브 공작은 그 눈치를 살폈다. 혹시 불길한 보고일까 해서 가슴이 내려앉았다. 그러자 슬픔은 숨을 막히게 했고 말을 할 기운도 없어졌다. 공작은 잠시 고개를 숙이고 나서, 겨우 정신을 차린 후 심복에게 손을 저어 물러가도 좋다고 신호를 했다.

"좋아, 나가 주게. 무슨 보고를 하려는지 알고 있네. 들으나 마나야. 난 지금 그 말을 들을 경황이 없어."

"저는 주인님이 생각하신 대로인지, 아닌지를 증명할 아무 증거도 갖고 있지 못합니다."

심복이 대답했다.

"느무르 공은 별장의 별채 뜰로 이틀 밤 연속 울타리를 넘어 들어가셨습니다. 이튿날은 메르쾨르 부인과 더불어 당당히 본관 정문으로 방문을 하셨습니다만……."

"글쎄, 알았다니까, 그만두래도!"

클레브 공작은 재차 손을 저어, 물러가라고 손짓을 하면서 말했다.

"그 이상 난 들을 필요가 없네."

일이 이렇게 되자, 심복도 절망에 빠져 있는 주인을 내버려 둘 수밖에 없었다. 아마도 클레브 공작이 이처럼 큰 절망을 느낀 적도 없을 것이다. 공작은 담력이 있고 열정적인 사람으로서, 이렇게 연인에게 배반을 당하고, 아내에게 배척을 당한 치욕을 동시에 느낀 적이 없었다.

그리하여 심신에 몹시 타격을 받은 클레브 공작은 다시 일어설 기력조차 잃고 말았다. 그리고 그날 밤으로 열이 나서 진찰을 해 보니, 보통이 아닌 증상을 보였으므로 의사는 마음의 준비를 하는 것이 좋겠다며 그의 임종을 시사했다. 급보가 별장의 클레브 공작부인에게 가 닿자, 그녀는 눈이 휘둥그레져서 달려왔다. 부인이 와 닿았을 때, 그의 병세는 더 악화되어 있었다. 증세도 증세려니와 그의 태도가 워낙 냉랭한지라 부인은 한편으론 놀라고, 한편으론 극심한 슬픔에 감싸여 버렸다. 남편은 그녀를 다정한 눈으로 보지조차 않았다. 남편은 그녀의 간호마저 억지로 받고 있는 눈치였으나 아마도 아파서 그런 것일 거라고 부인은 생각했다.

당시 궁정은 모두 블루아로 와 있었는데, 블루아에 부인이 와 있는 것을 안 느무르 공은 그녀와 같은 곳에 있을 수 있다는 기쁨을 감출 수가 없었다. 그래서 그녀를 만나기 위해 클레브 공의 병문안을 핑계 삼아 매일 병실을 찾아갔으나 소용이 없었다. 부인은 병실에만 종일 틀어 박혀 있고, 남편의 병세의 악화에 애를 태우며 오직 닥쳐올 슬픔에 잠겨 있을 뿐이었다. 부인이 슬픔에 빠져 있다는 말을 듣고 느무르 공도 비관했다. 그러한 슬픔이 클레브 공에 대한 부인의 애정을 강하게 만들어 주리라는 것을, 그리고 이런 애정이 부인의 가슴속에 고이 간직되어 있는 한 자신에 대한 연정이 식으리라는 것을 쉽게 알 수 있었기 때문이었다. 그렇게 생각하니 잠시 가슴이 짓눌리기는 했으나, 클레브 공작이 빈사지경이라는 것을 생각하자 다시 새로운 희망이 용솟음치는 것이었다. 곧 클레브 공작부인은 자유의 몸이 될 것이며, 자기에게도 이제부터는 영구한 행복과 기쁨이 줄지어 찾아들 거라고 꿈꾸었기 때문이다. 공은 너무 기뻐서 미칠 것 같았고 마음이 설레었다. 그러나 이러한 생각을 줄곧 유지한다는 것은 불가능했다. 이러다가 만약 희망을 잃는 일이라도 있어, 얼마나 자기가 비참해질 것인가를 생각하면 모골이 송연해져서, 이제는 짐짓 그러한 생각을 하지 않기로 했다.

그러는 동안 클레브 공작은 이제 의사도 돌보지 않는 상태가 되었다. 병이 더해 가는 어느 날, 퍽 피로운 밤을 그냥 지샌 새벽이었는데 공은 잠깐이라도 곤히 자 보고 싶다고 말했다. 병실에는 클레브 공작부인만 있었다. 이불을 덮어 주자 공은 잠이 들기는커녕 도리어 초조해했으므로, 부인은 침대 가까이 가서 무릎을 꿇었다. 그의 얼굴은 소리 없는 눈물로 젖어 있었다. 클레브 공작은, 부인으로서는 짐작도 못할 일이지만, 심복이 별장의 상황을 귀띔한 보고 때문에 일어난 화병이라는 사실을 부인에게 감추느라고 애쓰고 있었다. 여전히 다정한 부인의 간호를 받으며, 때로는 진심으로 보이는 것 같았지만, 때로는 거짓과 부정을 감추기 위한 것처럼 보이기도 해서 자기도 갈피를 못 잡을 만큼 슬픔이 치솟아 견딜 수가 없었다. 부인은 가엾은 남편을 보며 비탄에 잠겨 울었다.

"당신은 자주 우는구려!"

공이 말했다.

"당신을 마음의 바닥에서부터 슬프게 만들 줄 모르는 사나이 때문에, 이렇게 말한다고 해서 나는 이젠 당신을 책망할 기운도 없는 위인이지만 말이야……."

공은 모기 소리만한 목소리로 말을 떠엄떠엄 이었다.

"나는 당신에게서 받은 참혹한 고통 때문에 죽어 가고 있소. 당신은 쿨로미에에서 나에게 사실을 솔직히 고백하는 훌륭한 태도를 보여주었는데도, 왜 이제 와서 이런 비련의 결말을 나에게 안겨 준 것이오? 당신이 갖고 있는 정절의 의지만으로 느무르 공에 대한 그리움을 억누를 수 없었다면, 그렇게 짐짓 나에게 고백을 할 필요는 없었을 거요. 부끄러운 이야기지만, 나는 내가 당신에게 배반을 당해도 어쩔 수 없다고 생각할 만큼 당신을 사랑하고 있었소. 설사 배반을 당하더라도 내가 그것을 몰랐었을 때의 마음의 평화가 그립소. 물론 지금에 와서는 당신 덕택에 그러한 기분도 망가지고 말았지만, 왜 당신은 나를 저 흔한 남편들처럼 아무 불안도 모르는 눈뜬장님으로 내버려두지를 않았소? 잠자코만 있었더라면, 나는 평생 동안 당신이 느무르 공을 사랑하고 있다는 것을 모르고 지냈을 것이오. 나는 지금 죽어 가지만……."

공은 천천히 말을 이었다.

"그러나 나는 당신 덕분에 죽음 또한 즐거워졌소. 당신에게 느끼고 있던 존경과 애정을 빼앗기고 만 지금에 와서는, 살아 있는 편이 두려워지니 말이오. 이제 더 살아 있어 봤자, 뭐하겠소? 그렇게도 사랑하고 믿었는데, 이렇게도 참혹하게 나를 배반한 여인과 같이 산다는 건 힘든 일이오. 그렇다고 당신과 별거를 할 수도, 내 성격에도 맞지 않는 폭력을 당신에게 쓸 수도 없잖소? 나의 애정은 당신이 상상하는 이상의 것이었소. 그러나 나는 그 애정의 대부분을 당신을 귀찮게 해서는 안 되겠다는 염려와, 세상에 흔한 여느 남편답지 못한 태도를 취해서 당신에게 멸시를 당하지 않을까 하는 염려에서 그 애틋한 애정을 감추고 있던 것이오. 나는 당신의 순진무구한 마음에 어울리는 남편이었소. 다시 한 번 말하지만, 지난날 당신의 진정한 사랑을 받지도 못하고, 이제 죽을지라도 그것은 바랄 수가 없으므로, 나는 여한 없이 죽음을 맞이할 것이오. 잘 살기를 바라오. 당신도 지금 당장은 모르겠지만, 언젠가는 정말로 올바른 애정을 갖고, 당신을 사랑하던 한 남자를 그리워할 것이오. 그 때는 당신도 당신을 너무나 사랑했던 한 남자가 당신이 저지른 한때의 정염 때문에 얼마나 괴로움을 겪었는가를 깨닫게 될 것이오. 나처럼 무뚝뚝한 사나이에게서 사랑을 받는 것과, 다만 애정을 미끼로 허영심에 들며 당신을 유혹하려는 사나이들에게서 사랑을 받는 것이 어떻게 다른가 하는 것도 알게 될 것이오. 그러나 내가 죽으면 어쨌든 당신은 자유를 얻게 될 것이오."

그리고 공작은 덧붙였다.

"그 때는 부정이라고 일컬어지는 오명을 쓰지 않고도, 느무르 공을 행복하게 해 줄 수가 있소. 아니야, 그러한……."

공은 또 말했다.

"내가 죽은 뒤의 일 따위는 알 바 아니오. 그런 일에 신경을 쓸 만큼 호인이 될 수도 없으니까."

클레브 공작부인은 남편이 자기의 정조를 의심하고 있다는 것은 꿈에도 몰랐으므로, 이런 말을 듣고도 처음에는 무슨 뜻인지 잘 몰랐다. 다만 자기가 느무르 공을 좋아하는 것을 꾸지람하고 있는 것이로구나 하는 정도로 생각하고 있었다. 그런데 그런 것이 아니라는 것을 알자 정신이 번뜩 났다.

"여보! 제가 부정한 짓을 저질렀다니요!"

부인은 외치다시피 말했다.

"그런 일, 전 생각조차 한 적이 없어요. 어떤 엄한 부덕(婦德)이라도, 요새 제가 취해 온 태도와 몸가짐에 대해 뭐라고 하지 못할 겁니다. 전 당신이 곁에 계셔서, 저를 지켜보고 계신다 생각하고 늘 행동을 조심해 왔는걸요."

"그러면 당신은……."

클레브 공작은 경멸하는 눈초리로 부인을 흘겨보면서 물었다.

"당신이 별장에서 느무르 공과 같이 지낸 밤도 내가 곁에서 지켜보고 있었으면 좋았을 거라는 것이오? 나는 외간 남자와 같이 밤을 지낸 여자 이야기를 하고 있는데 당신이 그렇게도 알아듣지 못하니 내 입으로 하는 그 이야기를 꼭 들었으면 좋겠소?"

"아뇨, 아니라니까요."

부인은 펄쩍 뛰었다.

"당신 이야기는 제 이야기가 아닙니다. 절대로 저는 밤은 물론 단 한 시간도 느무르 공과 지낸 일이 결코 없습니다. 그와는 단둘이서 만난 일도 없습니다. 그를 관대히 봐 온 일도, 그의 이야기에 귀를 기울인 일도 없습니다. 어떤 맹세라도 하겠습니다."

"더 이상 말하지 마시오."

클레브 공작은 말을 못하게 했다.

"거짓 맹세든, 정직한 고백이든, 난 마찬가지로 괴로울 뿐이니까."

클레브 공작부인은 기가 막혀 말이 안 나왔다. 눈물과 슬픔에 할 말을 빼앗겼던 것이다. 그러나 억지로 힘을 내서 말했다.

"부탁이니 당신 얼굴이라도 제게 바로 보여주세요. 제 말씀을 들어 보세요. 나에게만 관련된 말씀이라면, 전 잠자코 꾸지람을 듣겠습니다. 하지만 당신의 몸에도 관계가 있는 것이오니, 제가 드리는 말씀을 꼭 들어 보세요. 당신 자신을 소중히 생각하시고 말이에요. 성심성의껏 말씀드리면, 저의 결백을 믿어 주시지 않을 리가 없어요."

"당신에게 나를 납득시킬 힘이 있으면 다행이지만!"

공이 말했다.

"하지만 도대체 당신이 뭐 변명할 말이 있소? 느무르 공이 여동생과 같이 내 별장에 오지 않았다고 변명을 할 참이오? 이틀 밤을 느무르 공과 당신이 뜰에서 보내지 않았다고 거짓말을 할 참이냔 말이오?"

"네! 그것을 저의 부정이라고 말씀하신다면, 아니라는 증거를 보여 드릴 수가 있습니다."

부인은 반박했다.

"저를 믿어 달라고 말하진 않겠습니다만, 시종들은 믿어 주세요. 느무르 공이 별채에 오신 전날 밤, 제가 뜰로 나간 일이 있는지 없는지 아무쪼록 시종들을 불러 물어 주세요. 그리고 그 전날 밤은 여느 때보다도 두 시간이나 일찍 뜰에서 방안으로 들어왔으니까, 이것도 사실인가 물어봐 주세요."

그러고 나서 부인은 창 밖에서 사람이 얼씬거린 일을 자세히 이야기했다. 그것이 느무르 공이라고 짐작했다는 이야기도 정직하게 말했다. 조리 있고 근거 있는 듯한 이야기였으므로, 클레브 공작은 믿어도 좋을 만하다는 생각이 들었다. 거기다가 '진실이란 때로는 그것이 정말일까 하고 생각되는 것도 있는 법이지'라고 여겨져 의심도 차츰 풀리기 시작했다. 그리하여 아내의 결백을 믿어도 좋겠다는 생각이 들었다.

"당신을 믿어도 좋을지 난 아직 모르겠소만……."

공은 천천히 그리고 조용히 말했다.

"이제 죽음도 다가오는데, 나를 생의 집착에 얽매이게 하는 일은 이제 알고 싶지가 않소. 당신의 변명도 이젠 때가 늦었구려. 그러나 역시 당신은 내가 존경할 만한 사람이었다고 생각하니, 마음의 무거운 짐도 훨씬 가벼워지는 것 같소. 아무쪼록 내가 죽은 뒤라도 나를 그리워해 준다면 좋겠소. 그리고 될 수 있으면, 당신이 지금 다른 남자에게 품고 있는 애정을 죽은 나에게도 가질 수 있을 거라고 내가 믿게 해 주구려."

클레브 공작은 말을 이으려고 했지만, 입만 우물우물할 뿐 말이 되어 나오지를 않았다. 부인은 의사를 불러들였지만 임종은 피할 수 없어 보였다. 공작은 겨우 숨만 붙은 채로 며칠을 더 산 뒤 친지와 친구들 앞에서 마지막 가는 길을 눈인사로 대신한 뒤 의연한 태도로서 최후를 맞았다.

클레브 공작부인의 비탄은 그녀를 거의 미치게 할 정도였다. 왕비도 걱정이 되어 그녀를 달래러 오고, 당분간 휴양해야 한다며 부인을 어느 수도원으로 데려다 주었다. 부인은 가는 동안 내내 멍한 상태로 있었기 때문에 어느 수도원인지도 몰랐다. 몇 달 후, 시누이들의 손에 의하여 파리로 되돌아왔을 때도 부인은 제정신이 아니었다. 너무 슬퍼서가 아니라, 아예 슬픔을 느끼지 못하는 정신 이상자처럼 보였다. 가까스로 정신을 차리고 나자, 이제는 가고 없는 남편의 인품과 남편을 죽음으로 몰고 간 원인이 되살아나 이번에는 죄책감에 사로잡히고 말았다. 결국 자신이 남편의 죽음을 재촉하고 말았다고 생각했으며, 그 원인을 제공한 느무르 공작도 원수처럼 느껴졌다.

한편 느무르 공은 당분간은 예의상 꼭 필요한 심려 외에는 어떠한 감정도 부인에게 보이지 않았다. 부인을 너무나 잘 이해하고 있는 자기인지라 너무 정중해도, 또 너무 경솔해도 안 되겠기에 일거수일투족에 몹시 신경을 썼다. 그녀가 수도원에서 돌아온 뒤에 그가 들은 것은 아직 안정이 필요하다는 것이었다.

  느무르 공의 시종 중에 클레브 공작의 시종과 가까이 지내는 사람이 있었는데, 그 시종에 주인 클레브 공작의 죽음이 너무도 애석하여, 느무르 공이 쿨로미에에만 가지 않았더라도 이런 초상까지는 나지 않았을 것이라고 했다는 말을 듣고, 그 말을 주인에게 귀띔해 주었다. 이 말을 들은 느무르 공은 몹시 놀랐다. 그러나 잘 생각해 보니 짐작이 가는 데가 있었다. 만약 클레브 공작부인이 남편의 병의 원인이 '질투'에서 비롯되었다고 믿고 있다면, 부인은 지금 어떤 기분일까. 그리고 그와의 관계에 앞으로 어떤 간격을 두게 될까. 공은 얼마든지 추측할 수가 있었다. 그리하여 공은 자기 이름을 부인에게 상기시켜서는 안 되리라 생각하고, 괴로운 일이기는 했지만 당분간은 그대로 지내기로 했다.

  그러나 느무르 공은 파리로 나가자, 부인의 병세가 궁금해져서 그 집 문 앞까지 가고 말았다. 시종들은 "요새 아무도 안 만나시고, 찾아오신 분의 성함조차 보고를 못하게 하고 계십니다"라고 대답했다. 공은 이러한 엄명은 아마도 자기를 기피할 목적으로, 자기 이름조차 듣기 싫어서 취한 조치일 것이라고 짐작했다. 그러나 부인을 사모하는 마음은 가실 줄을 모르고, 이렇게 그녀를 만나지 못하며 허송세월을 보내는 것을 도저히 견딜 수 없었다. 그리고 아무리 어렵더라도 무언가 술수를 써서 이 견디지 못할 상황에서 빠져나가려고 했다.

클레브 공작부인의 비애는 이성의 한도를 넘어 있었다. 숨이 끊어질 듯한 괴로움에 허덕이던 남편, 자기에게 그와 같은 애정을 안고서, 자기 때문에 죽어 간 남편의 일이 머릿속에서 떠나지를 않았다. 자신이 남편을 위해 다하지 못한 일들을 끊임없이 생각하면서, 남편에게 애정을 쏟지 않은 것을 후회하고 또 후회했다. 그리고 참으로 아까운 분이라고 생각했다. 가능하다면 자기도 이제부터 그가 꼭 기뻐할 만한 생애를 보내야겠다고 위로하며 나날을 보냈다.

그건 그렇다 치고, 남편은 어떻게 해서 느무르 공이 쿨로미에에 온 것을 알았을까 하는 생각이 들었다. 설마 느무르 공이 직접 말했으리라고는 생각하지 않았지만, 지금에서야 그게 무슨 상관이냐는 기분이 들기도 했다. 그만큼 부인은 느무르 공이라는 이름만 생각해도 정나미가 떨어졌다. 그래서 자신의 병도 차츰 나아가고, 이젠 안심할 만큼 사이가 벌어졌다고 믿고 있었던 것이다. 그러나 느무르 공이 저지른 짓이 곧 남편의 사인이 된 것이라 생각하면, 불현듯 '당신은 곧 느무르 공과 결혼할 것'이라는 말을 하면서, 염려를 놓지 못하고 눈을 감던 남편이 생각나 아픔이 밀려왔다. 그러나 이러한 여러 가지 슬픔도, 지금에 와서는 막연한 슬픔 속에 녹아 버린 것처럼 느껴졌다.

몇 달이 지나서야, 부인은 이런 쓰라린 괴로움에서 벗어났지만 울적한 나날은 여전히 계속되었다. 마르티니 부인은 파리에 와서 머무르는 동안 부인을 정중하게 찾아와 주었다. 그녀는 궁정의 돌아가는 상황이나 사건 등을 이야기해 주었는데, 클레브 공작부인은 흥미를 보이지 않았지만 그래도 기분 전환이 될까 하여 이야기를 계속했다. 샤르트르 대공이나 기즈 공작의 일, 그밖에 외모나 재능으로 이름난 사람들이 거론되었는데 마르티니 부인은 그칠 줄 모르고 이야기를 계속했다.

"그리고 느무르 공 이야긴데요. 그 분은 맡으신 일이 바빠서 그런지, 여인들과의 교제는 좀처럼 하지 않는대요. 그리고 좀 우울해하시는 것 같고요. 여인들과의 점잖은 만남까지도 극도로 피하고 계신 것 같아요. 하지만 파리에는 자주 오시는 것 같고 오늘도 아마 여기 계실 겁니다."

느무르 공의 이름이 나오자, 클레브 공작부인은 덜컥 가슴이 내려앉았고 낯이 뜨거워졌다. 눈치를 챈 마르티니 부인은 화제를 다른 데로 돌렸다.

그 이튿날, 클레브 공작부인은 집 근처에 있는 비단 가공사의 집에 들렀다. 전부터 부인은 자신이 처한 상황에 알맞은 옷감을 부탁해 왔었다. 이 직공은 세공(細工) 기술이 독특했으므로, 자기도 그런 것을 주문할 작정이었다. 그가 보여주는 천을 쭉 살펴보고 얼굴을 들자 또 하나의 방으로 통하는 문이 있는 것이 보였다. 저 방에도 물건이 있겠다는 생각에 거기 있는 것도 보여 달라고 부탁하자 주인은 그 방에는 물건이 없고 지금 현재 남에게 빌려 주고 있다고 말했다. 열쇠도 그 사람이 가지고 있으며, 대낮에 잠깐 들러서는 창 밖으로 보이는 아름다운 집이나 뜰을 그린다고 말해 주었다.

"그 분은 아주 잘생긴 남자분인데 그런 일로 벌이를 삼는 분 같지는 않습니다. 그런데 오시기만 하면, 저 창 밖의 집이나 뜰만 바라보시다 가시죠."

클레브 공작부인은 이 말에 귀를 기울이고 있었다. 느무르 공이 자주 파리에 온다는 마르티니 부인의 말과 이 가게 주인의 말을 연결시켜 보았다. 그러자 자주 자기 집 언저리를 맴도는 느무르 공의 모습이 떠올랐다. 그리고 느무르 공이 자기를 만나려고 그렇게도 열심이었던가를 생각하니, 까닭 없이 가슴이 뛰는 것이었다.

부인이 가게 아래층 창가로 가서 밖을 내다보자, 어느 창으로나 자기 집의 뜰이나 본채가 환히 들여다보였다. 이번엔 반대로 부인의 집으로 돌아가서 이층의 창을 바라보자, 짐작대로 문제의 남자가 언제나 밖을 내다보고 그림을 그린다는 창문이 있었다. '역시 그였어!' 하고 생각하니 부인의 기분은 달라졌다. 이제 슬픔도 생활과 조화를 이루고 마음도 어느 정도 가라앉아 위안하러 오는 손님도 줄어든 판인데, 만날 수도 안 만날 수도 없는 사람, 느무르 공이 창 밖에 와 있노라 생각하니 또다시 부인의 가슴이 술렁거렸다. 안절부절못하겠고, 집에 있으면 그가 자기를 길 건너편에서 쳐다보는 것만 같았다. 그녀는 집을 나가 저 멀리 성 밖의 숲을 거닐기로 했다. 거기라면 아무의 눈에도 띄지 않고 견딜 수가 있으리라 생각했기 때문이다. 과연 그 곳은 자기 혼자만의 시간을 즐길 수 있는 고요한 곳이었다. 부인은 바람이 솔솔 부는 숲 사이를 가슴을 마음껏 펴고, 꽤 오랫동안을 거닐었다.

이번엔 작은 숲을 지나, 산길 끝에 있는 정원의 깊숙한 곳에 닿았다. 그 곳에 네 기둥과 지붕만 있는 네모난 정자가 있는 것을 보고 그 쪽으로 발길을 옮겼다. 정자 가까이까지 가서야 한 남자가 긴 의자에 누워 있다는 것을 알았다. 처음에는 자고 있구나 하고 갈까 말까 주저했다. 자고 있으면 남의 잠을 깨우게 될 것이고, 안 자고 있다면 서로 모르는 처지에 서먹서먹해질 수 있었다. 그래서 되돌아갈 수밖에 없겠구나 하고 생각할 때, 놀라 일어나 앉는 남자가 눈에 띄었다. 느무르 공이라는 걸 알아차린 부인은 "어머나!" 하고 발길을 멈추었다. 느무르 공도 부인 뒤를 따르던 종의 발소리 때문에, 인기척을 알아차렸다. 그러나 발소리를 낸 쪽은 거들떠보지도 않고, 자기한테로 걸어오는 사람들을 피하기 위하여 슬쩍 다른 좁은 길로 몸을 감추어 버렸다. 물론 그 때 공은 공손히 머리를 숙이고 있었기 때문에, 상대의 얼굴은 살펴볼 겨를도 없었다.

 만약 자기가 피하려고 한 상대가 누구인지 알았다면 숨을 헐떡이면서 되돌아왔을 터인데, 그는 그대로 좁은 골목을 성큼성큼 걸어가 버렸다. 그리고 마차를 대기시켜 놓은 뒷문으로 그가 나가는 것이 클레브 공작부인의 눈에 띄었다. 이 짧은 순간의 재회는 부인의 심리에 어떤 영향을 미쳤을 것인가! 잠자코 있는 연정의 불길이 얼마나 거세게 부인의 가슴속에서 타올랐을 것인가!

 부인은 느무르 공이 있던 의자에 앉아, 마치 겁에 질린 것처럼 그대로 꼼짝 않고 있었다. 이제 느무르 공의 모습은 이 세상에서 누구보다도 견딜 수 없이 그리운 대상으로 부인의 가슴에 새겨진 것이다.

'이다지도 오랫동안, 경애와 정열로 나를 사랑하고 계셨다니……. 나를 위해 모든 것을 희생하고, 내 슬픔을 짐작하여 조심성 있게 처사를 하고 계셨다니……. 먼발치에서라도 나를 보시려고 애써 오셨구나. 화려한 궁정을 뿌리치시고, 내가 숨어 살고 있는 집의 벽을 바라보기 위해, 그것도 나를 만날지 못 만날지 모를 이런 곳에까지 가슴을 달래러 오셨던 거로구나. 그렇다면 내가 사랑을 바쳐도 좋을 분 아닐까. 이제 그 분으로부터 사랑을 못 받게 된다 할지라도 나는 끝까지 그 분을 사랑할 거야. 나의 애정이 이렇게 거세다니……. 그뿐인가, 그 분은 고상한 인격을 지닌 분으로서 나와도 잘 어울릴 거야. 이제 나는 남편에 대한 정절의 의무도 없어. 어떠한 장애도 내겐 없는 거야.'

이러한 생각은 아주 새로운 것이었다. 클레브 공작의 죽음에 대한 슬픔에 사로잡혀서 그런 생각 따윈 해볼 겨를도 없었지만 잠깐 느무르 공의 모습을 보게 되자 이러한 생각이 한꺼번에 쏟아지는 것이었다. 그러나 이런 생각으로 머리가 꽉 차 버리자 한편으로는 이런 생각도 들었다.

'하지만 그 분은 남편의 죽음을 초래한 장본인이야. 남편은 임종시 내가 그 분과 재혼을 하게 되지나 않을까 염려하면서 죽어 갔어. 그런 상상을 하다니 나도 정말이지 한심해. 내가 느무르 공과 결혼한다면, 남편이 죽기 전에 이미 느무르 공에게 연정을 품고 있었던 것과 똑같이 죄를 짓는 것이 돼.'

부인은 자기가 남몰래 구하고 있는 행복과, 정반대의 반성에 몸을 맡기며, 지금의 조용한 생활이 산란해지는 것과 결혼으로 인해 예상되는 장애를 깊이깊이 생각하고는 더욱더 자기 자신의 삶을 되돌아보았다. 이리하여 결국 두 시간 넘게 그 자리에 머물렀다가, 느무르 공을 만나는 것은 자기의 의무에 위반되는 행위이므로 끝까지 피하지 않으면 안 된다고 결심을 굳히고 집으로 돌아왔다.

그러나 이 결심은 이성과 부덕의 가르침에 따른 것뿐이어서, 인간의 본심을 좌우할 힘은 없었다. 부인의 본심은 누가 무어라 해도 느무르 공작을 사랑하고 있는 것이었으므로, 이 눈에 안 보이는 동아줄을 끊으려고 허덕이는 부인의 모습은 차마 곁에서 지켜볼 수 없을 만큼 애처로운 것이었다. 그 날 부인은 일찍이 없던 애통함을 느끼면서 뜬눈으로 밤을 샜는데, 새벽이 되어 문득 창문 밖에 누가 와 있지나 않을까 하는 생각이 들었다. 그리하여 누가 부르기라도 한 듯이 종종걸음으로 나가 보았다. 그런데 느무르 공이 와 있는 것이 아닌가. 부인은 슬쩍 몸을 감추었지만, 그 때문에 도리어 느무르 공이 자신의 모습을 뚜렷이 알게 되었다고 생각했다. 맞닥뜨려서는 안 된다고 생각은 했지만 안 만나면 너무나 허전할 것 같았다. 한편 공은 이러한 모습이 그녀의 눈에 띌 날을 이제껏 기다려 왔다. 그리고 그러한 소망이 이루어지지 않은 날에는, 어제처럼 그 공원에 가서 부인의 모습을 눈에 그리곤 했던 것이다.

드디어 이러한 어중간한 상태에 진력이 난 느무르 공은 운명이란 도전해야 하는 것이라 생각하고 타개책을 찾아보려고 결심했다. 느무르 공은 생각했다.

'도대체 나는 무엇을 기다리고 있는 것인가? 그녀가 나를 사랑하고 있다는 것을 안 지도 꽤 오랜 세월이 지났다. 그녀는 지금 자유의 몸이다. 나를 거절할 이유도 없지 않은가. 그런데 왜 나에게 말 한 마디 안 걸고 몰래 모습을 감추어 버리도록 놔두었는가? 이 사랑 때문에 이성도, 대담성도 다 잃어 버린 것인가? 이 여인으로 말미암아 나중에 다른 여인과 사랑을 하게 될지라도 늘 이런 식의 남자가 되어 버리는 건 아닌가? 물론 클레브 공작부인의 남편을 잃은 슬픔은 위로해 주어야 할 것이다. 하지만 아무리 그래도 너무 오래 끌고 있는 것 같다. 이대로 어름어름하고 있다가는 불타는 사랑의 정념마저 꺼져 버리게 될지도 모른다.'

이렇게 생각하고서, 느무르 공은 클레브 공작부인을 만날 계교를 짰던 것이다. 공은 새삼 이 사랑을 샤르트르 대공에게 숨길 필요가 조금도 없다고 생각했다. 그리하여 대공에게 그의 조카딸에 대한 자신의 뜻을 털어놓자고 결심했다.

마침 샤르트르 대공은 파리에 와 있었다. 스페인 왕비를 전송하는 국왕을 시종하기 위해 여행용품이나 옷을 주문하려 했던 것이다. 느무르 공은 샤르트르 대공을 찾아가서, 이제껏 감추어 왔던 클레브 공작부인과의 관계를 낱낱이 이야기했다. 다만 클레브 공작부인의 기분만은 대공도 알고 있는 듯하기에 굳이 언급을 하지 않았다.

샤르트르 대공은 느무르 공의 말을 듣고 크게 기뻐하며, 그런 사실은 몰랐지만 자신의 조카딸이 과부가 된 뒤부터 그에게 걸맞은 여인은 프랑스 전국에서 조카딸 정도일 것이라고 생각했었다고까지 말해 주었다. 그러자 느무르 공은 부인에게 청혼을 할 작정인데 어떻게 하면 좋을지 가르쳐 달라고 졸랐다.

샤르트르 대공이 그녀에게 데리고 가 주겠다고 하자, 느무르 공은 지금은 그 누구와의 면회에도 응하지 않고 있는 듯하니, 이 편에서 강압적으로 나가면 기분을 상하게 할지도 모른다고 말했다. 그러므로 남자들끼리 미망인의 집을 방문하는 것보다는, 대공이 무슨 핑계를 대어 조카딸을 자택으로 초대하는 편이 낫겠다고 제안했다. 느무르 공은 그녀가 와 있을 때 뒷담 사다리를 타고 몰래 샤르트르 대공 관저로 들어간다는 작전 계획까지 세웠다. 그리고 모든 일은 계획대로 착착 진행되었다. 이윽고 클레브 공작부인이 도착했다. 샤르트르 대공은 그녀를 반갑게 맞아들이고 서재로 안내했다. 조금 있자 느무르 공이 우연히 찾아든 것처럼 서재로 들어섰다. 클레브 공작부인은 느무르 공의 모습을 보자 매우 놀라면서 귀밑까지 빨개졌으며, 그런 자신의 모습을 감추려고 허둥댔다. 대공은 으레 하는 이야기를 잠시 동안 하다가 조금 이르고 올 말이 있다며 자리를 떴다. 그리고 능청스럽게 클레브 공작부인에게는, 곧 돌아올 테니 그 동안 미안하지만 손님 응대 좀 대신해 주지 않겠느냐고 부탁을 하고 나갔다.

오랜만의 재회였다. 느무르 공과 클레브 공작부인의 가슴이 두방망이질을 했다. 둘은 헛기침조차 하지 않고 묵묵히 앉아 있었다. 이윽고 느무르 공이 침묵을 깨뜨렸다.

"부인께서는 늘 저를 피하고만 계시더니, 이렇게 오늘 우연히 여기서 뵙게 되는군요. 제겐 행운의 날인가 봅니다. 모처럼 단둘만의 세상이 되었으니 말씀을 좀 드려도 괜찮겠습니까?"

느무르 공은 두서없이 말했다.

"응하지 않겠습니다."

부인은 매정스럽게 입을 열었다.

"이 일로 인해 소문이 어떻게 날지도 모르는 일이니까요."

이렇게 말하고 부인은 자리를 뜨려 했다. 느무르 공은 이를 만류하면서 말했다.

"걱정하실 것 없습니다. 제가 여기에 와 있다는 것을 아는 사람은 단 한 사람도 없습니다. 그러니 염려하시는 일은 결코 일어나지 않을 겁니다. 제발 제가 드리는 말씀을 들어 보십시오. 저를 위해서 듣는 것이 싫으시면, 부인을 위한 것이라 생각하시고 차근차근 들어 보십시오. 이제 제 힘으로는 어찌할 수도 없는 사랑에 빠져 헤어나오질 못하고 있으니 이것이 부인께 폐를 끼치게 될지 몰라서 걱정일 따름입니다."

이 말에 비로소 클레브 공작부인은 상냥하고 예쁜 눈으로 사랑에 불타는 천진난만한 느무르 공의 모습을 바라보면서 가슴속 깊숙이 숨겨 두었던 말을 꺼냈다.

"저 같은 여자에게 사랑을 구하시어, 도대체 무엇을 하실 작정입니까? 제 사랑을 받더라도 아마 당신은 후회하게 될 것이고, 저도 그렇게 한 것을 뉘우칠지도 모를 일입니다. 공께서는 앞날이 창창하시지 않으십니까? 아마 더 큰 행운이 찾아올 겁니다."

"네? 부인 아닌 다른 사람에게서 제 행복을 구하라고요!"

공은 외치다시피 말했다.

"부인에게 사랑을 받는 일 이외의 행복이 어디 있겠습니까? 아직 한 번도 말씀드린 일은 없습니다만, 부인에게 제 그리움이 통하지 않으리라고는 생각하지 않았습니다. 그리고 그것이 저에겐 일찍이 없었던 진실한 사랑이라는 것도 설마 모르시지는 않을 겁니다. 하지만 이 애타는 그리움이 얼마나 호된 시련을 받아 왔는지 부인께서는 아마 모르실 겁니다. 부인의 몰인정한 거절로 인해 얼마나 괴로운 시련을 겪어내야 했는지 좀 알아주십시오."

"그럼 저더러 이야기를 하라는 말씀이시고, 저도 대답할 결심을 했으니……."

부인은 다시 안락의자에 앉으면서 대답했다.

"그러면 저도 솔직한 심정으로 말씀 올리겠습니다. 저에 대한 당신의 마음을 눈치채지 못했다고는 말씀드리지 않겠습니다. 이렇게 말한다고 해서 이제 새삼 믿어 주실지는 모르지만 저를 대하시는 당신의 마음을 저는 잘 알고 있었습니다."

"그렇게 잘 알고 계셨으면서도……."

느무르 공이 그녀의 말을 막았다.

"아무렇지도 않게 느끼셨다는 겁니까? 실례되는 질문 같습니다만 부인은 아무런 인상도 받지를 않으셨다는 겁니까?"

"네, 그건 저의 태도를 보시면 짐작하실 수 있을 겁니다."

부인이 대답했다.

"하지만, 저는 오히려 당신이 제 태도를 어떻게 풀이하셨는지를 여쭈어 보고 싶습니다."

"감히 그 말씀을 드리기 위해서는, 제가 훨씬 더 행복한 입장에 놓여질 필요가 있습니다."

느무르 공이 대답했다.

"더욱이 제 장래 따위는 제가 부인에게 여쭈는 일과는 아무 관계가 없는 것입니다. 부인에게 알려드릴 수 있는 것은, 부인이 제게 감추고 계시던 일을 클레브 공에게 고백하지 말아야 했고, 또 나에게 보여주신 일을 클레브 공에게는 감추어 주셨어야 했다는 것이죠."

"그런데 어떻게 제가 남편에게 무언가 고백했다는 것을 알고 계시는지요?"

부인이 낯을 붉히면서 물었다.

"부인으로부터 직접 들었습니다."

공이 대답했다.

"먼저 용서하십시오. 저는 대담하게도, 두 분이 나누는 말을 몽땅 엿들었습니다. 그렇다고 해서 그것을 악용했다든가, 그것으로써 내 사랑의 기대를 부풀렸다든가, 부인에게 말을 건다든지 할 만큼 대담한 행동은 하지 못했습니다."

그리고 나서 공이 별장의 별채 뜰에서 부인과 남편이 주고받는 말을 엿들은 것에 대해 이야기하기 시작하자 부인은 이야기를 중단시키며 말했다.

"그럼 왕세자비께서도 당신의 이야기를 들은 분들에게서 전해들은 셈이로군요."

이 때 느무르 공은 이 이야기가 새어나가게 된 경위를 설명했다.

"핑계 따윈 안 대셔도 좋습니다."

부인이 대답했다.

"그런 핑계를 듣지 않아도 벌써 당신을 용서했습니다. 하지만, 평생 당신에게 감출 작정이던 일을 제 입으로 직접 들으셨다니까 솔직하게 말씀드리지요. 당신은 제가 당신을 뵈올 때까지 전혀 몰랐던 사랑이란 감정을 제 가슴에 심어 놓으셨습니다. 그리고 그것은 이제껏 겪어 보지 못했던 느낌이었으므로, 처음엔 마냥 놀라기만 했습니다. 그러나 시간이 지날수록 제 가슴은 어떤 큰 불안에 떨었습니다. 이런 말씀을 드려도 이젠 부끄럽지가 않습니다. 제가 자유의 몸이 되었사오나 그 때는 남편이 있는 몸인지라 기분대로 행동할 수가 없었다는 것쯤 당신도 알고 계실 줄 압니다."

"압니다."

느무르 공은 클레브 공작부인의 무릎에 손을 얹으면서 말했다.

"저는 지금 너무나 기뻐서, 부인 무릎 아래서 죽고 싶을 따름입니다."

"제가 드린 말씀으로……."

부인은 생긋이 웃으면서 대답했다.

"벌써 다 아시던 일 아닙니까."

"아뇨. 천만에요, 부인!"

공이 대답했다.

"우연한 기회에 안 것과 이렇게 직접 듣는 것과는 큰 차이가 있습니다. 더욱이 오늘은 자진해서 저에게 알려주시는 걸요."

"그래요, 정말 그래요."

부인이 말했다.

"저는 당신이 그것을 알고 계시는 게 좋겠다고 생각했으며, 제 마음을 당신께 고백하는 것이 마냥 즐겁기만 합니다. 제가 당신을 좋아해서라기보다는, 제 자신이 가엾어서 이런 말씀을 드리는지도 모르지요. 하지만 이렇게 고백을 한다 해도 달라질 것은 없을 것이고, 저에게 지워진 의무와 엄숙한 법칙을 따름에는 변화가 없을 겁니다."

"그렇게 생각하셔서는 안 됩니다."

느무르 공이 대답했다.

"이젠 부인을 얽어맬 의무 따윈 없습니다. 부인은 이제 자유로운 몸입니다. 그래서 저는 감히 저에 대한 부인의 현재 마음을 계속 이어가야 한다고 생각합니다. 아울러 모든 것이 부인의 마음먹기에 달렸다고 말씀드리고 싶군요."

"하지만 제 마음은······."

부인이 말을 받았다.

"누군가를 생각해도 안 된다, 특히 당신이란 사람은 이 세상의 그 누구보다도 생각해서는 안 된다고 명령하고 있는 걸요. 그것은 저만이 알 뿐 당신은 모르고 계실 까닭이 있습니다······."

"제가 모를 이야기는 아닌 듯한데요."

공이 대답했다.

"그리고 그런 것은 정말 이유라고는 말할 수 없겠지요. 클레브 공작은 저를 실제 이상의 행복한 사람으로 생각하고 있었던 것 같습니다. 그리고 제가 하도 그리워서, 부인의 기분도 모르고 제멋대로 몇 가지 무례한 짓을 한 것을 아마도 부인이 공을 배신하고 부정한 짓을 저지른 줄로 알았던 것 같습니다."

"그 때의 일은 이제 말씀하지 말아 주십시오."

부인이 말했다.

"생각만 해도 못 참겠어요. 부끄러워 죽을 지경입니다. 그리고 그 뒤 일어난 일을 생각하니 가슴이 아프기만 합니다. 당신의 존재가 남편의 사인이 되었다는 것은 틀림없는 사실입니다. 당신의 경솔한 행동 때문에 남편에게는 의처증이 생기고, 결국은 그 때문에 목숨을 잃은 것입니다. 당신은 그 손으로 남의 목숨을 끊은 것과 마찬가지입니다. 만약 당신과 남편이 결투라도 해서 같은 결과가 일어났다면, 도대체 그 땐 제가 어떻게 해야 한다고 생각하세요? 그야 세상 사람들은 의처증으로 죽은 것과 결투를 하다 죽은 것은 다르다고 하겠지요. 그러나 제 경우엔 하나도 다를 것이 없습니다. 남편이 죽은 것은 당신 때문이며, 또 저 때문이기도 하니까요."

"아!"

느무르 공이 소리쳤다.

"당신은 아무 근거도 없는 의무감으로 내 행복을 방해하려 하시는 겁니까? 왜 그런 쓸데없는 생각을 하시는 겁니까! 그런 공허하고 터무니없는 생각에서 벗어나십시오. 당신은 사랑하는 사람이 행복하게 되는 것을 원하지 않습니까? 이게 도대체 뭡니까! 나는 당신과 생을 같이하려고 꿈꾸고 있었습니다. 당신을 사랑하는 것은 제 운명입니다. 당신은 저의 여인이 되기에 충분한 모든 것을 갖추고 있어요. 당신이 저를 싫어하지 않고, 저도 당신이 제게 어울리는 이상적인 아내임을 발견했습니다. 당신은 저의 연인이자 아내로서의 장점을 모두 갖춘 유일무이한 존재입니다. 남자들은 사랑하는 여인과 결혼을 할 때도 막상 부부가 된다는 것에 벌벌 떨기 일쑤고, 또 부부가 된 후에는 자기 아내의 몸가짐을 의심스러운 눈초리로 지켜보고 있습니다. 그런데 당신에게는 도무지 그런 걱정이 소용없습니다. 다만 감탄스러울 뿐이지요. 그래서 제가 이러한 행복을 향해서 나아가고 있는데, 당신 스스로 이런 다시없을 행복의 기회를 방해하는 것은 저로서는 견디기가 힘듭니다. 아, 참! 당신은 처음부터 저를 다른 남자들과 구별하시지 않더군요. 당신은 사람을 잘못 보신 겁니다."

"그게 아닙니다."

부인이 대답했다.

"당신께서 의심하시는 것처럼, 만약 제가 처음부터 당신을 다른 남자와 구별을 해서 대해 드리지 않았다면 저에게 의무를 강요하는 동기도 이렇게 엄하지는 않으리라고 생각합니다. 당신을 구별해 모셨기에, 당신에게 애착을 느끼는 저의 불행도 예상하지 않으면 안 되었습니다."

"그렇게 불행을 두려워하신다고 하면 전 대답할 여지도 없습니다."

공이 대답했다.

"그러나 솔직히 말씀드리면, 아까는 그렇게 기쁜 말씀을 하시던 당신이 이제는 새삼 이렇게도 무참한 말씀을 하시리라고는 꿈에도 생각을 못했습니다."

"아뇨, 결코 무참한 말이 아닙니다."

클레브 공작부인이 말했다.

"저는 그 말을 하는 것조차 죄송스러워서 못 견디겠습니다."

"아! 아까는 그렇게까지 말씀을 하시고서, 이제는 새삼 왜 또 저를 슬프게 하시는 거죠?"

"전, 이 이야기를 시작했을 때와 똑같이 솔직하게, 좀더 말씀을 드리고 싶습니다."

부인이 말했다.

"이런 말씀을 드릴 때는 신중하지 않으면 안 되는 것이지만 그런 것은 일절 생략하고 곧장 말씀드리오니, 아무쪼록 도중에 방해를 하지는 말아 주십시오. 그렇게까지 저를 생각해 주시는 당신께, 보잘것없는 보은의 표지로라도 지금의 제 기분을 조금도 감추지 않고, 있는 그대로를 보여 드리지 않으면 안 된다고 생각하고 있습니다. 그러나 이렇게 거리낌 없이 저의 느낌을 말씀드리는 것도 저의 일생에서는 아마 이번뿐일 겁니다. 그렇게 생각하면서도, 막상 털어놓자니 부끄러워서 못 견디겠군요. 이젠 당신으로부터, 이제까지와 같은 사랑을 받지는 못할 것이 뻔하고 그것이 저에게는 무서운 불행이라는 생각도 듭니다. 그리고 그 극복하기 어려운 의무감이 없어졌다 하더라도 저에게 앞으로 다가올 불행에 몸을 내던질 각오가 있는지 없는지, 도무지 불안하기만 합니다. 당신도 자유로운 몸이시고, 저도 그러한 몸이므로, 지금 우리들이 장래를 약속한다 하더라도 세상으로부터 비난을 받을 리는 없겠지요. 그러나 남자들은 영원한 약속을 맺은 뒤에도, 계속 사랑의 정열을 이어가지는 못합니다. 그렇다면 저의 경우만은 기적을 바라도 좋은 것일까요? 모든 행복의 원천인 저 정열이 식어가는 것을 지켜보기에 안성맞춤인 자리에다가 어떻게 내 몸을 갖다놓을 수가 있겠습니까? 결혼한 뒤에도 연정을 끝까지 지탱해 나갈 수 있는 분은 아마도 클레브 공작 한 분이었던 것 같습니다. 그러나 불행하게도 저는 그러한 행복을 맛보는 것을 싫어했었지요. 그건 그렇고, 남편의 정열만 하더라도, 그것이 그렇게 오랫동안 지속된 것은 아마도 내가 그에게 연모의 정을 갖고 있지 않다는 것을 그가 알고 있었기 때문이 아니었나 생각됩니다. 그런데 당신의 경우, 당신의 정열을 그와 같이 오래 지속시킬 수 있었던 것은 저를 차지하는 데 방해물이 너무 많았기 때문이지요. 그리하여 줄곧 마음이 변하지 않고 여기까지 끌어오실 수 있던 겁니다. 장애가 많았기 때문에, 그것이 도리어 집착을 불러일으킨 셈이었죠. 그런데 지금에 와서는 뜻하지 않게 보여 드린 제 마음을 통해 여러 가지를 아셨기 때문에, 이제 당신께서는 전과 같이 긴장하실 것도 없습니다."

"아!"

느무르 공이 외쳤다.

"이야기하시는 동안 잠자코 있으려 했지만, 이젠 더 참을 수가 없습니다. 그것은 너무 심한 말씀입니다. 얼마나 제게 호의를 안 갖고 계시길래 그런 말씀을 하십니까?"

"정직하게 말씀드리면……."

부인이 대답했다.

"저는 당신을 사모하는 마음에 이끌려 가기는 합니다만, 그렇다고 해서 눈이 멀지는 않았습니다. 당신이란 분은 연애에 타고난 소질을 가지셨을 뿐만 아니라 언제나 연애에 성공할 만한 장점을 모조리 갖추고 계신 분이에요. 이제껏 벌써 여러 번이나 사랑을 하셨고, 앞으로도 또 하시겠죠. 저는 이젠 더 이상 당신의 행복의 원천은 되지 못할 거예요. 지금껏 저에게 하시던 것과 똑같이 다른 여인에게도 하실 테고 그렇게 되면, 저는 죽을 것 같은 괴로움을 느낄지도 모르죠. 질투의 불행이 저만 피해 가리란 보장이 없거든요. 이제 여기까지 이야기해 버리면 무엇 하나 숨기는 바 없이 샅샅이 말씀드리는 것입니다만, 사실 저는 당신 덕분에 벌써 질투의 쓴맛을 보았습니다. 테민느 부인의 편지를 왕세자비께서 누군가가 당신에게 보낸 것이라 하면서 저에게 넘겨주시던 밤, 저는 얼마나 큰 고통에 시달렸는지 모릅니다. 그래서 질투야말로 모든 고통 가운데서 가장 괴로운 것이라는 생각이, 그 때 이후 쭉 머릿속에 새겨져서 떨어지지를 않고 있습니다. 그런데 부인이란 부인은 모두, 허영심에서인지 흥미를 느껴서인지, 어쨌든 당신의 관심을 끌려고 애를 쓰고 있으며 당신을 싫다고 하는 여자는 한 사람도 없습니다. 나의 경험으로 보더라도, 당신에게 유혹을 느끼지 않는 부인은 한 분도 없었거든요. 당신이란 분은 늘 누군가를 사랑하며 또 누군가의 사랑을 받고 계신 분이에요. 저는 그렇게 여러 번 잘못을 저지르지는 않을 겁니다. 이런 말씀을 드린다고 해도, 지금의 저로서는 다만 괴로움을 감수할 수밖에는 도리가 없을 것 같아요. 여자들도 자기가 사랑하는 사람에 대해서 불평을 늘어놓을 때가 있습니다. 그러나 남편에 대해서는 애정이 없어졌다 해서 어찌 불평을 말할 수 있겠습니까. 가령 그런 불행에는 곧 익숙해진다 하더라도 자꾸자꾸 클레브 공작의 환영이 나타나서 자신의 죽음이 당신 때문이라고 책망하시고, 또 당신을 사랑하고 당신과 재혼한 일로 저를 책망하여 그와 당신의 애정 차이를 나에게 때때로 느끼게 한다면, 그럴 때도 제가 그런 불행에 익숙해질 수가 있을까요? 이렇게 당신을 거부할 여러 가지 이유가 있는데도, 그것을 무시하는 일은 도저히 할 수 없습니다. 역시 저는 지금대로 살지 않으면 안 될 것 같아요. 지금 상태에서 한 발자국도 안 나가리라는 결심을 무슨 일이 있어도 끝까지 지켜 나가야 된다고 생각합니다."

"뭐라고요? 그것을 당신이 견디어 나갈 수 있을 거라고 생각합니까?"

느무르 공은 외쳤다.

"당신을 사랑하고 있는 사람에게, 당신이 아니면 행복을 느끼지 못하는 사람에게 당신의 그런 결심이 관철될 줄 아십니까? 자기가 좋아하는 것, 자기를 사랑하고 있는 것에 저항한다는 것이 상상 이상으로 어려운 것이란 걸 당신은 모르시고 있군요. 당신은 이제껏 전례가 없을 만큼 엄한 숙덕(淑德)으로 저항해 왔어요. 그러나 이제는 그 숙덕으로 당신의 자연스러운 감정을 억누르지는 못할 겁니다. 뜻에는 어긋날지 모르지만, 당신 자신의 느낌에 따르시는 것이 가장 좋을 줄 압니다."

"제가 하려는 일이 어렵다는 것쯤은 저도 잘 알고 있습니다."

클레브 공작부인이 대답했다.

"아무리 이것저것 이유를 늘어놓아도, 역시 제 결심을 바꾸기에는 역부족입니다. 망부(亡夫)에 대한 생각과 조용히 여생을 보내고 싶은 생각에 바탕을 두지 않으면 정말 어려운 일이겠지요. 자신의 힘을 과신해서는 안 되겠습니다만 그래도 역시 양심이 저주하는 짓을 할 수는 없습니다. 그리고 당신을 생각하는 내 마음을 억누를 수 있다고는 생각하지 않습니다. 그러나 그러한 애정도 저를 불행하게 만들 것이므로 아무리 괴롭더라도 이제는 뵙지 않을 작정입니다. 저를 진정으로 위하신다면 제발 다시는 저를 만나려고 하지 말아 주세요. 부탁입니다. 지금의 저에게는 예전 같으면 허용될 만한 일도 죄로만 여겨지고, 제게 남은 양심이 우리들 사이의 어떤 교섭도 금하고 있으니까요."

느무르 공은 부인의 발밑으로 몸을 내던지고, 슬픔에 못 이겨 미친 사람처럼 애소(哀訴)했다. 말로 설득하고 눈물로 호소하며 강렬하고도 다정한 연정을 부인에게 애타도록 보여주었다. 이에 클레브 공작부인도 감동하지 않을 수가 없었다. 부인은 눈물에 젖은 듯한 눈으로 느무르 공을 보면서 말했다.

"왜 저는 당신 때문에 남편이 죽었다고 책망하고 있는 걸까요? 왜 저는 약혼하기 전에 당신을 뵙지 못했을까요? 차라리 제가 미망인이 된 후 당신을 만났더라면 얼마나 좋았을까요? 왜 운명은 이렇게 넘어서지 못할 장애물로 우리 사이를 갈라 놓는 것일까요?"

"장애는 없습니다."

느무르 공이 말했다.

"장애는 바로 당신 자신이에요. 당신 혼자서 공연히 쓸데없는 환상으로 행복을 방해하고 있는 겁니다. 아무도 숙덕이나 이성을 요구하고 있지 않은데, 당신이 공연히 법도를 만들어 놓고 불행을 자초하고 있는 겁니다."

"맞아요. 그 말씀이 맞아요."

부인이 대답했다.

"저는 제 상상 속에만 남아 있는 의무 때문에 많은 것을 희생하고 있습니다. 제발 시간이 조금 지나가기를 기다려 주세요. 클레브 공작이 돌아가신 지도 얼마 안 되었고, 저 비통한 사실이 아직도 눈앞에 얼씬거리고 있기에, 아직 저는 사물을 바로 볼 수가 없는 건지도 모릅니다. 하지만 당신은 당신을 만나 뵙지 않았으면 사랑이라는 것을 모르고 지냈을지도 모르는 여자에게 사랑이란 걸 알게 한 것, 그것을 하나의 위안으로 삼아 주세요. 당신에 대한 저의 마음은 영원히 변하지 않을 것이며, 설사 제가 어떻게 되든 그것이 사라져 없어지지는 않는다는 것을 믿어 주세요. 그러면 안녕히. 이걸로 작별하겠습니다."

그러고 나서 부인은 덧붙였다.

"이렇게 부끄러운 말씀만 드렸습니다. 모쪼록 샤르트르 대공께는 먼저 갔다고 전해 주세요. 부탁드립니다."

이렇게 말한 후 부인은, 느무르 공이 만류할 겨를도 없이 나가 버렸다. 샤르트르 대공은 옆방에 있었으나, 정신이 반쯤 나간 것 같은 부인의 모습을 보고는 말 한 마디 건네지 않고 그대로 마차에 오르도록 놔두었다. 방으로 돌아와 느무르 공의 표정을 보니 기쁨과 슬픔, 불안과 감탄이 뒤섞인 매우 복잡한 감정을 담고 있었다. 염려와 기대에 찬 사랑의 정열에서 생기는 모든 감정으로 인해 그 역시 이성을 잃고 있었다. 샤르트르 대공은 부인의 모습이 보이지 않는 딴 방에 있었으므로 어떠한 내용이 둘 사이에 오고 갔는지 알 수가 없었다. 그러나 느무르 공에게서 그녀의 이야기를 듣자, 조카딸의 정숙함과 뛰어난 인품에 감탄하지 않을 수가 없었다. 샤르트르 대공과 느무르 공은 앞으로 어떻게 대처할까에 대하여 의논했다. 느무르 공은 이 사랑의 추이(推移)에 다소 불안을 가지면서도, 클레브 공작부인이 언제까지나 지금의 결심을 지킨다는 것은 불가능하리라는 점에서 샤르트르 대공과 의견이 일치했다. 그러나 부인이 부탁한 시간을 기다려 달라는 것도 지키지 않으면 안 된다는 점에서도 의견을 같이했다. 왜냐하면, 만약 느무르 공의 부인에 대한 사랑이 세상에 소문이 날 경우, 부인은 남편이 살아 있었을 때부터 몰래 느무르 공과 관계를 맺었다고 알려지는 것이 두려워 그 뒤로는 정말 두문불출하고 수도원에라도 가 버릴지 모르기 때문이었다.

느무르 공은 여러모로 생각하다가, 자신의 환경을 바꾸어 볼 겸 국왕을 수행하기로 결심했다. 또 나라에서 결정한 것이니 거절할 수도 없는 일이었으므로, 울타리 너머로 그녀를 건너다보던 비단 가게 이층에 들러 보지도 않고 출발하기로 했다. 그리고 샤르트르 대공에게는 부인을 설득시켜 달라고 부탁해 놓았다. 이 부탁하는 말에 혹시 잊은 것이나 없는지 부인의 신경과민을 어루만져 주기 위해 마련한 저 수많은 배려들에 대해서도 꼼꼼하게 체크해 보았다. 샤르트르 대공도 이를 위해 많은 애를 써 주었으니, 이제 좀 쉬게 해야겠다는 생각이 났을 때는 밤이 상당히 깊어서였다.

클레브 공작부인은 잠이 오지를 않았다. 스스로 얽어매 놓은 구속에서 벗어나 생전 처음 한 남자가 사랑을 고백하는 것을 잠자코 들었고, 자기도 그를 사랑하노라고 말한 것이 부인으로서는 뜻밖의 일이었으므로 마음의 갈피를 못 잡고 있었다. 한편으론 자신의 대담함에 놀라고 한편으론 후회도 되었지만, 웬일인지 기쁜 생각도 들어 부인의 가슴은 불안과 타는 듯한 연모로 뒤죽박죽이었다. 그리고 자신의 행복을 방해하는 그 의무라는 것의 근거를 생각해 보니, 역시 그것은 깨지지 않는 돌덩어리 같은 것이어서 서글퍼지고, 그것을 느무르 공에게 뚜렷이 각인시킨 것이 후회되었다. 공원에서 명상에 잠겨 있는 듯한 공의 모습을 보았을 때는, 곧 그와 결혼을 해야지 하는 생각이 머리에 떠올랐으나, 조금 전 느무르 공과 이야기할 때에는 그런 생각을 했던 것쯤은 문제도 안 되었다. 지금으로서는 느무르 공과 결혼을 하는 것이 왜 불행이겠느냐고 스스로 반문을 했고, 왜 그랬을까 하는 후회가 들기도 했다. 지난 일을 잊지 못하거나, 장차 닥칠 일을 공연히 두려워하는 것은 얼마든지 마음먹기에 달렸다는 생각이 들다가도 또 어느 때는 이성이나 의무 때문에 아주 정반대의 일을 생각하게 되어 재혼은 물론, 이제 다시는 느무르 공과는 만나지도 않으리라는 결심으로 갈팡질팡했다. 그런데 결국 부인의 이성과 의무는 첫사랑의 매력에 취한 심정에 휩싸이기에는 너무나 무신경하고 강한 결심이었다. 그래서 부인은 억지로 어려운 결심을 할 필요는 없다고 생각하고, 우선 마음을 좀 안정시켜 천천히 시간을 가진 후에 모든 걸 결정하리라 생각했다. 하지만 상당한 시간이 걸리더라도, 이제 별로 양심에 부끄러울 바는 없지만, 느무르 공과의 교제는 결코 하지 않으리라는 결심만은 지속하기로 했다.

  샤르트르 대공은 부인을 찾아가, 느무르 공을 대신해 꾸준히 설득을 했으나 부인의 태도나 느무르 공에 대한 완강한 마음을 조금도 완화시킬 수 없었다. 부인은 대공에게, 지금의 생활을 그대로 유지하고 싶으며 조금도 바꿀 의사가 없다고 분명히 해두었다. 그 실행이 어려우리라는 것은 알고 있으나, 그것을 완수해낼 용기를 가질 작정이라고도 말했다. 그리고 부인은 느무르 공이 남편의 죽음의 원인이라는 생각에 얼마나 철저해 있는지, 또 느무르 공과의 결혼이 정숙한 과부인 자신의 의무에 어느 정도 위반되는 행위인지를 깊이 확신하고 있는지를 훌륭하게 제시했으므로, 샤르트르 대공은 부인의 머릿속에 엉킨 이 생각을 제거하기란 그리 쉽지 않은 일이라고 생각했다. 그러나 느무르 공에게는 자기가 느낀 것을 솔직히 말하지 않고, 다만 만났을 때의 모습만을 전하면서 느무르 공이 간직하고 싶어하는 희망만은 남겨 두었던 것이다.

  느무르 공과 샤르트르 대공은 이튿날 출발하여 국왕을 수행하는 임무를 맡았다. 샤르트르 대공은 느무르 공의 부탁대로, 클레브 공작부인에게 편지를 써서 공의 소식을 전했다. 이어 두 번째 편지에서는 공 자신의 필적으로 몇 줄을 덧붙였는데, 스스로 규정한 법도에 어긋나는 것을 꺼려하는 부인은, 그 편지가 발단이 되어 또 무슨 잘못이 일어나지나 않을까 하는 걱정에 사로잡히게 되었다. 그리하여 샤르트르 대공에게, 만약 이 다음 편지에도 느무르 공의 일이나 그의 필적을 곁들여 보내신다면 대공의 편지조차 받지 않겠다는 경고까지 써 보냈다. 상당히 격한 말투였으므로, 느무르 공은 대공에게 이제 제발 자신의 이야기는 써 넣지 말아 달라고 오히려 반대의 부탁을 할 판이었다.

  궁정 일행은 스페인 왕비를 환송하여 푸아투까지 갔다. 그 사이에 클레브 공작부인은 스스로를 냉철한 입장에서 돌아보는 자중(自重)하는 태도로 일관하며 나날을 보냈다. 느무르 공이나 느무르 공을 상기시키는 모든 것에서 멀어짐에 따라, 클레브 공작에 대한 추억이 더욱더 생생해졌고, 이렇게까지 기억을 잃지 않고 있는 것에 대해 자랑스럽게 생각하기조차 했다. 느무르 공과 결혼을 안 하는 이유는 자신이 지켜야 할 의무에 비추어 보건대 강경한 것이 당연했지만, 마음의 평화라는 것에 비추어 보아도 지극히 당연한 것이었다. 느무르 공의 사랑도 언젠가는 식을 것이며, 결혼을 하고 나면 반드시 질투의 괴로움에 못 견딜 거라는 생각을 하니, 앞날의 불행이 또렷이 보이는 듯했다. 그렇지만 한편으로는, 그렇게도 자신을 사랑하는 분을 배반하고 부덕도, 세상의 소문도 두려워할 필요가 없는 당당한 결혼을 거절하려고 하는 자신의 뜻이 거의 억지라는 것도 알고 있었다. 다만 그가 없다는 것, 그리고 그로부터 멀리 떨어져 있는 일만이 자신의 결심을 사수하는 길이라고 생각했다. 이것은 결혼하지 않겠다는 결심을 지키기 위해서뿐만 아니라, 느무르 공을 만나지 않기 위해서 지킬 필요가 있는 것이었다.

이렇게 생각한 부인은, 근신을 하고 집을 지켜야 하는 상중(喪中)에, 이제는 조문객도 그치고 했으니 어딘가로 멀리 여행을 떠날 결심을 했다. 피레네 산맥에 있는 넓은 영지가 그러기에는 적합한 곳이라 생각되었으므로, 궁정 일행이 파리로 돌아오기 전에 그 곳으로 떠나 버렸다. 그리고 출발할 때 샤르트르 대공에게 편지를 쓰기를, 당분간은 떠난 자기에게서 편지를 받는 일도, 자기에게 편지를 보내는 일도 생각하지 말아 달라고 했다.

느무르 공은 그녀가 피레네로 떠났다는 소식을 듣자, 마치 애인이 죽기라도 한 것처럼 슬퍼했다. 내일이면 부인을 만나게 되리라 생각했는데 이젠 오랫동안 만날 수 없게 되니 가슴이 터질 것만 같았다. 이제는 마냥 슬퍼할 일밖에는 방도가 없어, 슬프다 생각하니 더 슬퍼지는 것이었다. 클레브 공작부인도 마음의 아픔에 육신의 피로까지 겹쳐 영지에 닿자마자 병상에 눕게 되었다. 그런데 시골 의원의 말로도 가벼이 보아 넘길 수 없는 큰 병이라 하여 이 소식이 궁정에까지 전해지게 되었다. 느무르 공은 더욱더 비탄에 빠졌고 그 괴로워하는 모습은 자포자기를 한 듯 광란에 가까웠다. 샤르트르 대공은 이 일로 인하여 느무르 공의 클레브 공작부인에 대한 사랑이 소문나지나 않을까 쉬쉬하며 진땀을 뺐다. 또 그러한 공을 달래며, 금방이라도 피레네까지 병문안을 가겠다고 나서는 것을 단념시키느라 몹시 애를 먹었다. 샤르트르 대공은 친척이기도 하고, 그녀와 친밀한 사이기도 했으므로 때때로 피레네로 급사를 보내기도 했다. 그리하여 부인이 겨우 위험 상태에서 조금 벗어났다는 희소식을 들었다. 그러나 워낙 쇠약해져 있었으므로 회복될 가망은 없었다.

이렇게 오랫동안 사경을 헤맸기 때문에, 클레브 공작부인은 건강했을 때와는 다른 눈으로 인생의 희로애락을 바라보게 되었다. 죽음의 필연(必然)을 바라보고 있었기 때문에 이제 세상사를 초월하게 되고, 오랜 병 때문에 그러한 것이 습관이 되어 버렸다. 그러나 겨우 회복을 하자, 또다시 느무르 공의 일이 궁금해지는 건 무슨 까닭일까. 이건 안 되겠다 하고 고개를 저으면서, 공과는 결코 결혼을 하지 않도록, 자기에게 부여된 의무의 힘에 구원을 청했다. 이리하여 부인 가슴속에서는 격전이 벌어졌는데, 병고에 지친 기력의 쇠퇴로 겨우겨우 연정의 불을 꺼버리곤 했다. 자신의 죽음을 생각할 때마다 부인은 먼저 간 클레브 공을 회상했다. 그리고 부인의 의무와 일치하는 이 추억은 그녀의 가슴속에 깊디깊은 표적을 새겨 놓았다. 이 세상의 사랑도, 약속도 지금의 부인 눈에는 세상을 달관한 사람들의 눈에 비치듯 나타나는 것이었다. 그리고 이러한 부인의 심경은 쇠약해진 몸 때문인지 무슨 환영처럼 아주 사라져 버리지도 않고 줄줄 이어지는 듯했다. 어떠한 신중한 결심이라도, 어느 우연한 기회에 좌절되는 경우가 있다는 것을 잘 알고 있는 클레브 공작부인은, 그러한 위험에 가까이 하지 않도록 — 즉 자기가 사랑하는 사람이 사는 곳으로는 돌아가지 않도록 — 애썼다. 그리고 그 뒤 전지 요양이라는 핑계로, 특별히 궁정 근무를 떠난다는 확고한 의사도 표하지 않고 어느 수도원으로 몸을 감추었다.

이런 소식을 들은 느무르 공은 이 은서(隱棲)에 놀라, 곧 사태의 심각성을 깨달을 수가 있었다. 일이 이렇게 되자 이제 자신의 소망도 사라졌구나 하고 공은 생각했다. 그러나 그럼에도 불구하고 클레브 공작부인을 자기 곁으로 불러내기 위한 모든 수단을 강구하는 데 여전히 애를 썼다. 그래서 왕비에게도 편지를 써 달라고 청하고, 샤르트르 대공에게도 편지를 써 달라고 청해서 그 편지들을 가지고 수도원에 가는 수고까지 마다하지 않았다.

그러나 모든 것이 헛수고였다. 샤르트르 대공은 그녀를 만나 보았을 때, 부인이 마치 굳은 결심을 하고 있는 양 아무 말도 하지 않았지만, 돌아오지는 않을 거라는 것을 깨달았다. 느무르 공은 온천에 간다는 핑계를 대고 다시 수도원을 찾았다. 그러나 클레브 공작부인은 같이 수도 생활을 하고 있던 아주 훌륭한 부인을 응접실로 대신 내보내서 편지를 전하게 했을 뿐이었다.

이 수도원에서 뵙게 되면 일껏 지켜나가기로 마음먹은 결심이 수포로 돌아갈 우려가 있으므로, 미안합니다만 뵙지 않기로 한 것을 무례하다고 생각하지 말아 주십시오. 내 의무와 마음의 평안이, 당신의 사람이 되었으면 하는 욕망과 양립하지 않는다는 것을 안 뒤에는 이 세상의 모든 것에 흥미를 잃고 말았습니다. 이제 이 세상의 모든 것을 단념했다고 생각해 주세요. 이제는 내세의 일밖에는 생각하고 있지 않으므로, 저와 똑같이 편안한 마음의 당신이라면 뵙고 싶다는 희망만 지니고 있을 따름입니다.

느무르 공은 수도 생활을 하는 그 부인 앞에서 슬픔을 못 이겨 졸도할 것만 같았다. 느무르 공은 그 부인에게 제발 클레브 공작부인을 잠깐만이라도 뵙게 해 달라고 몇 번이나 졸랐으나, 그 부인은 어떤 전언(傳言)도 금지되어 있을 뿐 아니라, 지금 자신이 만나 뵙고 이야기하는 모습조차도 그녀에게 알리는 일은 없을 것이라고 대답하는 것이었다. 할 수 없이 느무르 공은 돌아왔지만, 그 상심한 모습은 곁에서 지켜볼 수가 없을 지경이었다. 그것은 너무나도 순수한 연정으로 사랑해 온 여인을 다시는 만날 수 없는 사나이의 비통한 모습이었다. 하지만 느무르 공은 지칠 줄 모르고, 끈질기게 부인의 마음을 되돌릴 만한 일은 생각이 나는 한 끝까지 거듭해 보았다. 그러나 그러는 동안에 세월은 흘렀고, 안 보면 욕망도 무디어 가는 법, 느무르 공의 고통도 어느덧 어루만져지고 사랑의 불길도 꺼져 버렸다.

 한편, 클레브 공작부인은 집으로 돌아갈 생각이 전혀 없는 것 같았다. 해가 바뀌자 한 해의 반은 수도원에서, 반은 자택에서 지내는 생활을 계속했다. 가장 엄격한 수도원에서도 볼 수가 없는 청정한 생활, 성스러운 나날이었다. 이리하여 부인의 생애는 짧기는 했으나, 누구도 흉내낼 수 없는 모범이 되었던 것이다.

작품 해설 및 작가 연보

라 파예트의 생애와 작품 세계

라 파예트 부인은 뛰어난 심리 소설로 이전의 소설과는 다른 분야를 개척했다.

라 파예트 부인의 본명은 마리 마들렌 피오슈 들라 베르뉴로, 1634년 3월 파리의 소귀족 가문에서 태어났다. 비록 가문의 귀족 작위는 낮았으나, 문학 살롱에서 높은 교양과 재능으로 두각을 나타냈고 상류층 인사들 및 문인들과 교류하였다. 21세 때 명문 라 파예트 백작과 결혼을 했으나 1660년 둘은 별거 생활을 하기로 합의하게 되었다.

라 파예트 부인은 궁정에서 시중을 드는 한편 살롱을 열어 많은 귀족, 학자, 재사(才士)들을 끌어 모았다. 그 당시의 교양인들은 어느 상류 부인의 살롱에 소속되어 인생과 예술, 연애에 관한 토론에 열을 올리는 것이 일반적인 풍조였다.

그녀의 살롱에 《잠언집》의 저자인 모럴리스트 라로슈푸코

가 자주 출입했으며, 프랑스 문학사에서 가장 유명한 우정을 맺었다는 것은 널리 알려진 이야기다. 또한 그 진위는 알 방법이 없으나 그녀의 조언으로 이 모럴리스트의 비관적 인생관이 다소 누그러졌다는 설도 있다.

라 파예트 부인은 유년시절에 받은 교육과 백작부인으로서 닦은 문학적 자질을 가미해 걸작 《클레브 공작부인》을 완성했으며, 그 밖에도 《몽팡시에 공작부인》, 《자이드》, 《탕드 백작부인》 등의 소설과 《1688~1689년의 프랑스 궁정 기록》 등의 기록을 집필했다.

한편 실무적인 면에서도 유능했던 그녀는 시대의 끊임없는 영지 분쟁을 해결해 주고 궁정의 정치, 외교 면에서도 크게 활약했다. 그러나 서한에서 미루어 본 그녀의 성격은 주지적(主知的)이며 연약하고, 익살맞은 여성의 면모도 있었고, 만년에 이르러서는 종교상의 고민에 빠지는 일도 많았다고 전해진다. 라 파예트 부인은 1693년 파리에서 세상을 떠났다.

17세기에 소설이란 장르는 아직 고대·중세의 흔적을 짙게 풍기고 있어 황당무계한 이야기나 모험담, 여러 가지 에피소드를 하나의 큰 사건에 비끄러매어 엮어 가는, 말하자면 연쇄소설 따위의 유치한 전통 속에 있었다. 때문에 외적 사건만이 중요한 위치를 점하고 있어 인간의 내면, 즉 연애 심리 같은 것을 그리는 것은 전혀 찾아볼 수 없었다. 살롱에서는 다투어 소설을 낭독하곤 했으나 그 내용은 오락의 테두리를 벗어나지 못했으며, 그렇다고 소설 창작이 귀족의 명예와 양립하는 것은 아니었다. 《클레브 공작부인》이 씌어진 것으로 추정되는 1677년경도 이와 같은 시대였고, 그녀가 이 작품을 자신의 작품이라고 인정한 것은 그로부터 수십 년 후의 일이었다.

소설뿐만 아니라 역사적 회상기를 즐겨 애독한 라 파예트 부인의 초기 작품은 궁정 실록식의 측면을 짙게 풍기고 있으나, 《클레브 공작부인》의 경우에는 시대와 장소를 초월한 인간의 변치 않는 심리를 교묘히 그려냄으로써 길이 후세에 남을 만한 불후의 걸작이 될 수 있었다.

샤르트르 양은 사랑 없는 결혼에 의해 공작부인이 되지만 어느 무도회에서 같이 춤을 춘 느무르 공을 알게 된 순간부터 평온하던 마음에 파문이 일기 시작한다. 느무르 공 역시 같은 애정을 느끼고 있다는 것을 알게 된 그녀는, 스스로의 정신적 위기를 이겨낼 수 없어 모든 것을 남편에게 고백한다. 남편은 그녀의 솔직한 고백을 기꺼이 용서했으나, 결국에는 질투에 사로잡히게 되고 번민 끝에 죽고 만다. 자유의 몸이 된 후 그녀는 느무르 공의 청혼을 물리치고 수도원으로 들어간다.

《클레브 공작부인》을 부덕(婦德)의 귀감이라 결론짓는 이 도덕성 문제에 대해서 여러 가지 문제성이 없다고는 할 수 없지만 외적인 기술(記述)을 극도로 깎아 내고 주인공의 내면, 정념의 파동을 끝없이 추구해 가는 치열한 문체는 장 라신(Jean-Baptiste Racine)의 고전 비극과 더불어 17세기 문학의 쌍벽이라 일컬을 만하다.

작가 연보

1634년   파리에서 프랑스 소귀족의 딸로 태어남.
1655년   라 파예트 백작과 결혼함. 루이 14세의 동생인 오를레앙 공작 필립의 아내인 왕제비 팔라틴 공녀를 섬겼으며 세비녜 후작부인, 라로슈푸코 등과 친교를 맺음.
1662년   《몽팡시에 공작부인》이 출간됨.
1670년   《자이드》가 출간됨.
1678년   《클레브 공작부인》이 출간됨.
1693년   5월 25일에 파리에서 세상을 떠남.
1720년   《앙리에트 공비전》이 출간됨.
1724년   《탕드 백작부인》이 출간됨.

김인환

- 이화여대 불문과 및 동 대학원 졸업
- 소르본느 대학에서 현대 불문학 교수 자격증과 프랑스 현대 시로 문학 박사 학위를 받음
- 이화여대 불문과 교수 역임
- 역서 : 《온종일 숲에서》, 《연인》, 《방황하는 영혼》, 《위기의 여자》, 《소유하는 악마》, 《잃어버린 시간을 찾아서》 등

판권본사소유

밀레니엄북스 91

클레브 공작부인

초판1쇄 발행 | 2006년 6월 9일
초판7쇄 발행 | 2019년 5월 30일

지은이 | 라 파예트 부인
옮긴이 | 김인환
펴낸이 | 신원영
펴낸곳 | (주)신원문화사
책임편집 | 박은희

주 소 | 서울시 구로구 가마산로 27길 14(신원빌딩 10층)
전 화 | 3664-2131~4
팩 스 | 3664-2130

출판등록 | 1976년 9월 16일 제5-68호

＊잘못된 책은 바꾸어 드립니다.

ISBN 89-359-1363-4 04860